AQUARIUS

AQUARIUS

AQUARIUS

AQUARIUS

每個人心中都有一座島嶼，
藉文字呼息而靜謐，
Island，我們心靈的岸。

故事總要開始

馬華當代小說選

2004-2012

張錦忠‧黃錦樹‧黃俊麟 主編

◎主編

張錦忠

一九五六年生於馬來西亞彭亨州，祖籍廣東潮安，一九八一年來台。台灣師範大學英語系畢業，一九九七年獲台大外文系外國文學博士學位，現為國立中山大學外文系副教授，著有《南洋論述——馬華文學與文化屬性》與《馬來西亞華語語系文學》等書。曾與黃錦樹合編《別再提起——馬華當代小說選（1997-2003）》，與黃錦樹、莊華興合編《回到馬來亞——華馬小說七十年》等。

黃錦樹

一九六七年生於馬來西亞柔佛州，祖籍福建南安，一九八六年到台灣留學。台大中文系畢業，清華大學中文博士。現為國立暨南大學中文系專任教授。著有小說集《夢與豬與黎明》（九歌，1994）、《由島至島》（麥田，2001）、《土與火》等。論文集《馬華文學與中國性》（元尊，1998）、《謊言與真理的技藝》（麥田，2003）、《文與魂與體》（麥田，2006）等。

黃俊麟

一九七二年生於馬來西亞霹靂州太平，祖籍福建南安。畢業於國立台灣政治大學中國文學系。曾任《學海》編輯、《星洲日報》副刊副主任，現任《星洲廣場》主編兼《文藝春秋》編輯。著有小說集《咪搞蒙古女郎》。

◎導讀者

賀淑芳

一九七〇年生於馬來西亞吉打州。政治大學中文所碩士。現為南洋理工大學中文所博士生。著有小說集《迷宮毯子》。

高嘉謙

一九七五年生。國立政治大學中國文學博士，現任台灣大學中文系助理教授。主要研究領域為中國近現代文學、台灣文學與馬華文學。主編《抒情傳統與維新時代》（上海：上海文藝，2012）、馬華文學的日本翻譯計畫「台灣熱帶文學」系列（京都：人文書院，2010-2011）。

張斯翔

一九八四年生，國立台灣大學中國文學碩士，現為同校中國文學系博士研究生。著有學位論文《論馬華同志文學與文化》。

蘇穎欣

一九八八年出生於馬來西亞柔佛麻坡，福建南安人。畢業自台灣國立中山大學外文系，目前就讀於新加坡南洋理工大學英文系博士班。主要研究領域為新馬華文與英文文學、文化。

鳴謝

在本書編輯過程中，許多人提供了寶貴意見，尤其是馬來西亞《星洲日報》副刊主編黃俊麟，所以我們邀他當共同主編。另外也感謝馬來西亞《南洋商報》「南洋文藝」版編者張永修提供若干建議。當然，沒有小說作者共襄盛舉，同意我們收入諸篇作品，《故事總要開始》也無以成書，這裡必須向他們致以萬二分謝意。此外，高嘉謙、張斯翔、蘇穎欣與賀淑芳不僅不吝提供意見，還義不容辭接受「分派作業」，替這本選集的小說撰寫評析，以及暨南大學的研究生黃健富協助打字，謹此向這幾位同鄉致謝。這本馬華小說選能列入寶瓶出版社的Island書系，也是dari pulau ke pulau的一種方式，讓生活在島上的我們感到與有榮焉。這必須歸功於朱亞君社長的善意與勇氣。Island系列也是書中幾位馬華青年作家作品的容身之處，本書在寶瓶出版，有如同鄉在島上相聚，令人倍感親切。本書由禹鐘月小姐負責編輯，這裡要向她的細心與專業致謝。

【序】

故事總要繼續

黃錦樹（國立暨南大學中文系專任教授）

這是三十年內我們在台灣編的第三本馬華小說選，第一本出版於一九九八年《一水天涯——馬華當代小說選（1986-1996）》（台北：九歌）①，時隔六年，第二本於二〇〇四年出版，是為《別再提起——馬華當代小說選（1997-2003）》（台北：麥田）。所收作品的時間跨度都不等，第一本十一年，第二本七年，這一本八年（二〇〇五—二〇一二），都有其偶然性。何以下限斷於二〇一二？一個直接的原因是，去年秋天我到日本「宣傳馬華文學」，回來後即動念要續編馬華小說選，那時已是二〇一二年的秋天了。在日本看到有學者（當然是極小眾）把我們編的選集當成理解馬華文學的窗口，感覺這工作似乎還有點意義。就我個人經驗來說，雖然編過各種選本，卻從未得到讀者的回饋，那反響其實還不如石頭丟進水裡。因此幾年前錦忠雖有問過是否要續編，我都興趣缺缺，那對出版社其實是個負擔，對人情也是個考驗。

與上一本選集間隔八年，但這本書所收的作者和上一本、前一本間有著極大的不同。《別再提起》只有四位作者「倖存」下來（黃、黎、賀、梁）；如果從《一水天涯》看，更只有兩位「倖存」（黃、黎）——我們的當代還延續著——但願沒有「自肥」之嫌。《故事總要開始》中「新人」達八位之多，其中還有三位復返的老將溫祥英（一九四〇—）、洪泉（一九五二—）、丁雲（一九五二—）。

洪泉、丁雲早有作品收入由劉紹銘、馬漢茂主編的《世界中文小說選》（台北：時報，一九八七）的馬來西亞部分，那書早於《一水天涯》，被我們視為在台出版馬華小說選的開端；而溫祥英的作品也曾被我們收錄於《回到馬來亞——華馬小說七十年》（吉隆坡：大將出版社，二〇〇八）及日譯本馬華小說選《白蟻の夢魔》（荒井茂夫等譯，京都：人文書院，二〇一一）。溫祥英是馬華文壇的現代主義老前輩，早年的小說均較簡略，一九九五年退休後復出寫作，巧妙的運用雜語（華語），寫出多篇相當耐讀的短篇，是位可敬的前輩。收進來的〈同治復辟〉貌似離題，曲折蜿蜒的道出一老一少夭折的不倫心事，頗有餘韻。丁雲一向被歸為馬華現實主義作家，早年以短篇〈圍鄉〉成名，近年有馬共題材的長篇鉅製《赤道驚蟄》（二〇〇七）問世。但我覺得像〈通關〉這樣的作品可能是更能夠傳世的——非常準確的再現了南馬人和新加坡之間相互依存、愛恨交加的複雜關係，很有現實感。很少有文學作品如此生動的觸及星馬分家留下的歷史傷痕。

洪泉可能是馬華較為徹底的現代主義者——縱使不是「最後一個現代主義信徒」。張錦忠在《別再提起》的序中帶著遺憾說道：「換了一個建制比較健全的文學環境，他大概會成為七等生或舞鶴，而不是在九〇年代漸漸銷聲匿跡。」但有論者指出他八、九〇年代以不同的筆名發表了大量作品②，可能早已是大馬的七等生或舞鶴，只是我們不知道而已——學術界沒跟上來。最近他在網路版《馬華文學》第五期上開始連載的長篇《九十九年紅色身分留下死亡證書》，就頗為《餘生》。收進來的〈故事總要開始〉展露了一種文體的自覺，雖然也許不是他最好的作品（其他作品從標題〈九命貓墜落十層平台進入禁區〉可見其一般旨趣），可是對我們這本選集有特殊的意義：故事總要開始，也總得有一個開端。即使是假的開端——如〈同治復辟〉中的同治復辟。

我自己停寂了六、七年，〈馬來亞人民共和國備忘錄〉是撰寫中的系列「馬共小說」的其中一篇，其實已發表的版本題為〈南洋人民共和國備忘錄〉，匆促之下給期刊送錯了版本。依編輯體例，只好將錯就錯，收進來不過是聊備一格。黎紫書也有幾年的匿跡，但她在這八年內畢竟出了兩本小說，其中《野菩薩》（聯經，二〇一一）幾乎篇篇精采，展現了相當的實力。原發表於《人民文學》的〈生活的全盤方式〉可能開啟了她後期的寫作，不再有背景負擔，流暢輕快，像小雨，像一支清唱的歌。賀淑芳自〈別再提起〉後竟也銷聲多年，但二〇一二年出版的《迷宮毯子》（寶瓶）可以看出她豐厚的潛力。詩的趣味之外，頗愛耽於幻想與思索。〈湖面如鏡〉這篇新作以平靜的語言勾勒出大馬特有的種族—宗教政治，延續了〈別再提起〉對大馬華人特殊的被拋狀態的強有力的探勘。表面平靜如水，內裡暗潮洶湧。冼文光寫詩、小說、散文，也畫畫，搞設計，弄音樂，可謂多才多藝。詩集之外，他六年來出版了兩本小說，《柔佛海峽》（新加坡：青年書局，二〇〇六）與《情敵》（雪蘭莪：有人，二〇一二），後者竟是長篇，為他旅居菲律賓的作品。文光刻意標新，力圖前衛，避免趨向主流敘事，〈縫隙〉即可見端倪③。

年甫屆四十的翁弦尉（原名許維賢，一九七三—）是當代馬華同志文學的開拓者之一，

〈蝃蝀〉把場景移到中國的帝都北京，老中國衰疲的老作家、上輩的隱藏性同志，和年輕的研究者之間展開的情慾誘引與對峙，如果年輕人的南洋身分明朗化，就會是意義繁複的國族寓言了。

相較於前兩部當代小說選，《故事總要開始》有八位是新面孔，雖然翁弦尉、冼文光、陳志鴻、龔萬輝等都不算新人，他們的第一本書出版迄今至少也有六、七年了（翁弦尉小說集《遊走與沉溺》二〇〇四；龔萬輝小說集《隔壁的房間》二〇〇六；陳志鴻《腿》二〇〇六；曾翎龍的詩集和梁靖芬的散文集都是二〇〇七），也就是說八年的時光把他們推入了青壯年，龔萬輝、曾翎龍也都有作品入選《白蟻の夢魘》。多人且在詩與散文上建立了名聲之後方涉足小說。

相較於《隔壁的房間》的模仿與青澀，龔萬輝的近著《卵生時代》就有若干篇作品走向成熟。無可避免的，必須面對哀樂中年的悲歡了。〈無限寂靜的時光〉可能是他近年最好的作品，整篇作品以充滿感覺性的語言（聽覺），以聲音寫寂靜，雖然偶見駱腔，通篇敘事還是相當老到的。梁靖芬的〈黃金格鬥之室〉寫共用一間廁所（兼浴室）的兩戶（一華一巫）人家之間對於使用那空間的對峙，寫來非常細膩精采。箇中的聾啞小孩子，在對峙中成了犧牲品。如廁、洗浴這都是非常私密的，如家人般的共用，但兩戶人家之間實際上沒有互動。這是否在諷喻華馬之間的種族關係呢？它的長處在於它細緻的進入日常生活的最細微末節處。相較之下，曾翎龍的〈偷換的文本〉就帶有遊戲的性質，似乎是篇來自小說的小說，藉由對王小波《黃金時代》的嘲謔致意，似乎企圖偷渡一些別的什麼。

而幾部小說選都因故錯過的陳志鴻，〈腿〉是得大獎的名篇。雖然也常有人質疑它是白先勇作品的仿作，有人很喜歡，有人很不喜歡。我自己沒有什麼特別的意見，收進來聊備一格也無妨。

其他三位真正的新人，吳道順、張柏榗、黃瑋霜，其實也年過三十了。吳道順、黃瑋霜都畢業於東華大學創研所，可說是真正的科班出身。從文學獎嶄露頭角的吳道順，〈籐箱〉是家族故事的箱子，也是以典型的小說技藝把故事收攏在一個遺留物的漂亮操作；張柏榗可能是近年馬華小說界少見的異數，縱橫各大文學獎，小說語言極具感覺性，自稱師承村上春樹，（文學獎參賽作品④）偏好極端的情慾題材。他也是極少數未經學院訓練的，不知道三十五歲以後會走向何方。最後一篇〈羊水〉取自本書最年輕的作者黃瑋霜略嫌鬆散的長篇《母墟》（寶瓶，二〇一一），應本書編輯要求做了些壓縮加工。這樣的開頭與收尾，就本選集而言恰構成一個有趣的循環。

整體而言，《故事總要開始》的整體水平實遠勝於《別再提起》，作者陣容也強得多。但在台灣的剩下兩個（一留一旅，我和吳道順），東馬沒有代表，女性只居四分之一弱，都是美中不足之處。

這些青年作者都生於文學獎的年代，大量的文學獎為他們提供了動力與贊助，也幾乎人人遍獲各種獎項。或許也因此刺激他們嘗試各種不同文類的寫作，一定程度的豐富了馬華文學的樣貌。他們的文學閱讀也遠逾前代，普遍都以世界文學為背景，更具文學（文類）的自覺，熟諳各種文學成規。但也可以說是懂得太多的世代。這也是個文學獎的意義趨於衰疲、貶值的年代。但文學獎本來就存在著自身的悖論，最有創意的作品往往是最具爭議的，如果有人很喜歡，多半就會有人很討厭，而最沒爭議的卻容易出線。更何況，它還繫於評審的品味、好惡與能力。太把文學獎當一回事，長期而言對寫作並不是件好事，那會讓文學獎的隱含期待限制了作品自身的可能空間。

但其實這十五篇作品中，除二〇〇五、二〇〇六各一篇之外，竟然有十三篇是這三年內的。二〇一二年的更有六篇之多，這一年也是多位小說作者的出版年，有七位作者出版了小說集。因此這一年幾可以說是豐年了。相較之下，〇四、〇七、〇八、〇九都像是失落之年，但並不排除個別作者那些年有各自的收穫，只是被更後來的作品推擠掉了。一般而言，每個人都會有他的歉年，或失落了某些年。被作品標記的年，未被作品標記的年，都一樣真實。

選集有選集的政治，也有其無奈、妥協。有的作者一直有在寫作、發表，甚至屢得大獎，但作品我們沒選。一種情況是作品高度的風格化，或老練的自我重複，也許它有它的道理，但我們無法理解，也不欣賞。覺得不如把機會讓給更年輕的人，縱使他們的作品相對不穩定，但可能會有未來。另一種情況是，我們有時會懷疑某些文學獎的評審是不是常常在評審時睡著了，或者根本上文學判斷力就有問題。

但我們也不能排除，我們的喜好、品味、鑑賞力都是有限的，會有誤判、遺珠，這一切就留給文學公眾去裁決。

但有兩位作者的情況要特別提出來一說（且都是我個人的意見）：

在考慮作品時，我們花不少時間討論前輩作家陳政欣，也花了一番時間讀他近年的作品。

我個人的感覺是，他的小說一般來說文字都過於淺白直順，好像一條直路急著直達終點，沒有上坡下坡轉彎分岔，甚至沒有郵筒加油站，沒有路樹，甚至落葉，太乾淨了。沒有詩的瞬間，更別說想像力的狂野抽搐——簡言之，欠缺小說的自覺。小說沒有小說化。小說太知道自己是小說不好（如後設小說），不知道自己是小說也不好（會讓讀者認為是寫壞了的散文）。小說（和詩）像賊，必須有賊的自覺。

文學本來就有一定的表演性（文之古意，文，飾也），一如歌唱，需要把嗓子提起來。

另一個考慮是要不要從李永平的《大河盡頭》切一個段落，但我堅持不要。此君三番兩次說他不是馬華作家⑤，我想應該尊重他的意見。其實他在中華民國—台灣這些年，台灣的學術場域很少理會他，是我們這些誤以為他是同鄉的傻瓜努力建構起一套以為他或許會認可的論述來安頓他的格格不入，看來誠屬多餘。他也是個錯位的歸返者，在不可逆的時間航道中迷失了自己。而向中原呼告請求，更不是我輩所當為。少了他，馬華文學在台灣也不至於撐不起來。如果八年前我對「北方」還有一點想像，八年後的現在，應該更清楚的表達，我們只能靠自己，縱使人少、資源有限，還可以種一些瓜果豆子野菜。

2013/1/29

① 封面上的年限被出版社刪掉。

② 陳慧君，〈麻河悠悠：淺析洪泉的麻河系列〉，《星洲日報》「文藝春秋」副刊，二〇一〇年四月十一日。主編黃俊麟為「文藝春秋」洪泉專輯如此簡介：「洪泉原名沈洪全，一九五二年出生於柔佛麻坡，畢業於吉隆坡美術學院。大馬小說作家兼陶藝家，麻坡音樂學校兒童美術班導師。著有小說集《歐陽香》。七〇年代末崛起於《蕉風》，連續發表了不少的短篇，引起矚目，唯在九〇年代漸漸銷聲匿跡。沉寂二十年之後，洪泉去年再次提筆，至今已在《文藝春秋》發表過〈草叢中一群鳥飛起〉、〈拿一把刀切斷〉、〈我們的章回演義翻出情節之外〉、〈閱讀言情小說的日子已過去〉等多篇作品，依然那麼前衛、新穎，風格自成。」

③ 冼文光的部分由錦忠執筆。

④ 這是作者自己的用語，顯然他對「文學獎字數」有充分的自覺。見《世界灰塵史》（吉隆坡：有人出版社，二〇一二）。

⑤ 最近的例子見於韓見，〈李永平：最大的夢想是寫一部武俠小說，由李安拍成電影〉：「不過對於自己在台灣被稱為『馬華作家』，他很生氣：『我已經一再和台北文藝界提過了，我對「馬華文學」這個名詞沒有意見，但李永平不是馬華作家，馬來西亞對我來說是一個陌生的、沒切身關係的概念而已。』」《外灘畫報》二〇一三年一月十九日（http://www.bundpic.com/2013/01/20736.shtml）。

目錄

故事總要開始
馬華當代小說選 2004–2012

同治復辟

溫祥英

溫祥英，一九四〇年生於馬來西亞霹靂州太平鎮，馬來亞大學畢業，曾任中學副校長與校長多年，現已退休，著有短篇集《溫祥英短篇》（一九七四）、《自畫像》（二〇〇七）、《清教徒》（二〇〇九）與《新寧阿伯》（二〇一二）等書。

好端端的，忽然想起文副校長所教的歷史，也不是全部六下的課程，只是其中的中國歷史，中國歷史的同治復辟。一八六一年，咸豐在逃亡熱河時駕崩，九歲的皇太子登位，慈禧、慈安以及恭親王為攝政，發起了西學中用和自強運動。一八六三年同文館成立，而一八七二—一八八一年教育項目成立，每年派遣了三十位，一共四年，總數一百二十位留學生到美國，一八七六年派遣三十位留學生到英國和法國學技術。留學為期十五年。（保守派的代表倭仁在反對西學時曾駁斥：「學數學或天文學，有什麼用呢？只不過訓練數學家和天文學家，而不是造就一個人。」）在解說「儒家自強運動」中教育團無疾而終時，他曾提出以上的理由之一，有點優越感地嗤之以鼻。

「我不否認，他們到了外國，忘了神州的禮儀廉恥，穿起西裝，結了婚，入了教，甚至把辮子都剪掉。」

不知以上的，是倭仁陳情時的文字實錄，抑或是文副校長以它引申而出的心得。（其實，倭仁是以文化和種族為反對的主要理由。）這並不重要。重要的是，我可能根本沒有上過中六；其實，中三之後，媽媽就曾叫我停學。她說：「女孩子讀這麼多書做什麼？總是賠錢貨，讀多讀少，遲早都要嫁人。那時就有老公養。」她可能因為我的成績考得差，不知是鼓勵呢，抑或是真心這樣認為。所以，什麼中國歷史，什麼同治復辟，什麼自強運動，西學中用等等的，我都一竅不通。就是文副校長是教歷史的，也不可能教我。我要是上中六時，他已臨近退休，早在前幾年他就沒有教歷史了。據他說，這是因為媒介語改成馬來文，他必須辛辛苦苦地把筆記翻譯成國語，一面翻字典，一面因找不到精確的字眼而煩惱。他當然可以把課本在班上讀，邊讀邊解釋。不過他於心不忍：這是中六啊，哪兒可以這樣草率。國語的參考書少之又少：這樣好像加上一片玻璃天花板，限制了學子的知識。尤其是歷史，修的又是遠東和本國歷史，若能懂得多種文字，對本身的理解更有幫助。本國歷史，要懂得梵語、巴利文、中文、阿拉伯文、暹羅文，以及西方的葡萄牙文、荷蘭文、英文，噢，還有日本文。文副校長可能要求太高。

這只是作者的一廂情願。他為了所謂的教育意義，特意以同治復辟做個隱喻，以倭仁的批駁做爭論的出發點。

老實說，我沒有見過作者，作者也不認識我，不知我長得多高或多矮，多美或多醜，多肥或多瘦，多老大或多年輕——這些皮面的東西，他都一無所知，更何況我的所思，我的所感呢！也許正因為以上的原因，他遲遲都不肯，或不敢，動筆——已有兩年多了，他在籌思著，在構想著，在搜集著，把我的故事勾搭上他想寫已有十多二十年之久，題為〈美麗的夢者〉，及最近幾年才蠢蠢欲動的小說腹稿〈老爸的舊情人〉。而這一兩個多星期來，他忽然靈機一動，心血來潮，獲得如何處理我故事的手法。但他依然不願下筆，總是拖延著，擱置著，尋找藉口。最初，他必須把〈現代主義的名稱和性質〉譯完，之後坐在桌前，應該可以下筆了，他卻去抄改那篇譯稿：初譯已完了，他只需修改潤飾，不必傷腦筋去籌思，去構想。可是我不放過他；我絕不放鬆。我每晚都令他久久不能入睡，實在太疲倦了墮入睡眠狀態中，也睡不安寧。今天，他最終下定決心，也是拖三阻四的，先沖了壺法國白蘭地咖啡，吃幾片蘇打餅，真正下筆了，也是不能全神貫注，這邊動動，那邊動動，個半鐘頭還寫不足八百字。

他還捉摸不到我；他還聽不出我的聲音。他不知如何繼續下去。讀者們，可以幫忙嗎？身為作者，他不是萬能的嗎？他就像上帝，創造世界、生物、環境、情節，比上帝更了不起的是，他還能把故事編排得如他之意。寫小說就是無中生有。可惜的，這無是依憑有而成的。這個作者卻窩囊廢，既捉摸不到我，為什麼不用幾個女孩子的特徵加在我身上？只是他見了女孩子就臉紅，連正眼都不敢看，更別說與她們交談和加以瞭解了。

我吃了一驚。哎呀！幾乎把食指都割掉。這粒木瓜，好端端的，卻生蟲，雖說是白色的菜蟲，仍令人想起作者他那個時代舊式屎坑上蠕動的蛆蟲。這些黑爛的部分，如果不切掉，完好的部分人家也不敢吃。令人不解的是，蟲從哪兒來——是從黃蜂的叮口潛入或注入，還是蟲與木瓜俱生，從一開花結果就隱伏在那裡，伺機破壞？這樣想想，我還是把整個木瓜丟入垃圾桶裡。雖覺不捨，但要吃卻又心裡發毛。

以上的，明眼的讀者可以看出，又是作者的杜撰。杜撰是作者的自由，甚至可以說是作者的職責，但我多希望他不是總帶著教訓人的口吻。

這樣一晃就過了十六年，作者還是毫無頭緒。我現在該有三十多歲，而文副校長也該七十有二。作者究竟是要寫我的故事，還是文副校長的故事？為什麼把我們倆牽連在一起？若我是主角，那作者該聽我的，讓我有發言權；該讓我控制故事的進行。

而既然我已三十多歲，不再是不懂世事的毛丫頭，就由我說故事，作者當書記，把我的話記錄下來就好。

「木瓜呢？未切？」姨丈問。

（既然作者以木瓜作隱喻，我唯有跟著他。若跳動得太突兀，讀者會吵的。作品一旦登出來，作者與讀者就有一份契約。）「臭了，爛了。」我說。

「整個？沒有可吃的部分？」就像我老爸那麼吝惜。

「還有蟲呢！」

「哪，木瓜呢？」

「丟了。」

「丟了？丟在哪兒？」

「垃圾桶。」

「哎喲，這樣浪費。」要是我老爸，就開口大罵咯，什麼粗口都會說出。虧他還是教師呢。是日間師訓班訓練出來的，資格只有初中。

姨丈繼續：「叫你早幾天切，你就是太懶。給你媽寵壞了。還有別的水果嗎？」

「香蕉。」香蕉不用切。但也是過了食用期，皮都起了黑斑點。

姨丈拔下一條，在那個裂口，我一眼就看到一條小小的白蛆蟲挪動著。他一口把那一小段咬下，吐在桌上，然後大口大口地吃其他的部分。

「有蟲啊，姨丈。你還敢吃？」

「這是菜蟲，吃不壞人的。你知道人的身體內，有多少的細菌嗎？來來，我剝給你，有問題的部分，我會切掉，一段一段的檢查。」

我攏近他，細細的觀看他在電腦上實在打了什麼字。他卻不知我正依偎著他左肩，鼻息還噴到他的白髮上。他感覺不到我的形體，最少該嗅到我的體味吧？

他卻一無所覺，聚精會神地看著電腦螢幕。嘿，氣死人的作者！

我唯有黏住姨丈。他伏在飯桌上，後面牆上的電扇左右搖擺，以最高的速度轉動，姨丈還是滿頭大汗：是太熱了，抑或籌思著？

這原是天井，蓋上了屋頂，三面牆，姨丈身後的牆開了窗，但還是空氣不流通。姨丈的書房現在讓了給我。原是二表姊的房間：現在她去了芝加哥美術學校讀美術。書桌應該擺在窗下，但因原子燈是在牆上，只好把書桌擺到牆邊。平時姨丈也少在這裡工作。

「你寫什麼？」我把身體傍在他左肩。「不是作歷史筆記嘛？」

他仰頭，幾乎跟我嘴對嘴：那熱熱的鼻息，充滿菸味的口氣。

「沒教歷史咯。」就是在這個時候我才知道。「在班上，有時說得興起，馬來話不夠用，於是滾瓜爛熟地噴射出英語。修道院來的女學生向校長投訴。試想想，修道院的學生！」

「那你現在寫什麼？」

「騙稿費。」

我低頭去看：五百字航空稿紙，左上角寫著「自彈自唱」。

海明威的《山如白象》用的是客觀描述：一男一女在交談，連形容詞都沒有。讀下去，才知道是討論著墮胎，而這也沒有明言，只是以「它」來代表。這是現代男女平常又平常的事情，沒有什麼稀奇。那麼，《山如白象》又好在哪裡呢？有兩點。第一，女主角忽然看到遠山，那山如白象。從她坐的位置，這是不可能的。但這白象的意象，用得切當，那圓鼓鼓的山正反映女孩的懷孕；白象養是死，不養也是死。這給女孩的境況深度，一種悲劇：墮胎或不墮胎，他倆的感情只可成追憶。第二，男主角看著一堆人，等著車，喝著酒，覺得是理所當然的。海明威再次進入人物的腦袋裡。這令我們對男主角的看法有所改變；最少有了深度。有了孩子，阻手礙腳的，哪還能回到過去快樂的生活呢？

「哇，姨丈了不起！連這樣細小的細節都注意到。」

「我可愛的外甥女，別那麼稱讚我。你姨丈沒那麼有創見。我所寫，我所說，都是二手貨，從別人那兒偷剽過來的。」但他依然笑得非常溫煦。他要是我老爸就好咯。上天為什麼這樣不公平？為什麼一個窩囊廢是我老爸？

「我是從一篇文藝論文抄來的。女作者是誰，記不起了。她是討論創作手法的。她的意思是，我們不能一成不變，要應作品的要求而伸縮。」

我讓他繼續埋頭一字一字地寫。但我捨不得回房間做我的功課。我把身體放落他對面的椅子上，依在椅背上，專注地審視他。我實在應該以功課為重；畢竟經過多少爭取才能再進學堂。姨媽給我住，給我吃，姨丈把我載上載下，需要時還幫忙我解決功課上的難題。姨丈是一班親戚中我最崇拜的一人，因為他是這群親戚中唯一的大學畢業教師。我的夢想，我的野心，是追隨在他的步伐後，考上大學，成為有知識、有學問、有風度的人。

前門的場地，陽光靜靜的躺著，那一大叢的葫蘆竹也無聲，尖尖的葉片靜靜的垂著。陽光進不到前廊，前廳一片幽靜，空氣不動。但姨丈他，他被那片從玻璃磚射進來的黃澄澄的光拘捕，灰白色的頭髮發著光，靠近尾螺已呈稀薄，頭皮髒黃。姨丈一個字一個字地寫著，有時用手模擬，或側頭尋思。姨丈這樣辛苦地動著筆，不知為了什麼？究竟有多少人讀他的文章，就是有讀，也不知有多少人理解他的苦心。

「你沒有功課嗎？」他忽然抬頭問。

我沒答，仍然注視著他。

遽然我把椅子推後，站起身，轉身走入房間，關上門，跌落書桌前的椅子上，久久不能安下心來。

作者啊，作者！你能告訴我，我為什麼會有這樣的反應呢？我老爸生氣時的情況，我是司空見慣的。他會像一陣旋風，把一切都旋轉起來，粗口機關槍地亂射，動作非常誇張。旋風不到一會兒就平息：他怒沖沖地步出大門，駕了他的汽車，一陣噴煙地消失。

但我從來沒有覺得恐懼：最多是語言的侮辱，皮膚的疼痛。習慣了，就如吃飯那麼平常，那麼不關痛癢。

可是，姨丈他……他卻引起我無名的恐懼。一種危險的預感：我不自覺地發抖。這不只是身體肌膚的疼痛，還牽涉我的整個靈魂。若不小心，我整個人就會深陷下去，墮落下去，不能自救。

姨丈他沒有生氣，沒有發怒，只是凝注著我，但他的眼神、他臉部的抽搐、他整個身體的語言，比怒氣更難抵擋。一種渴求，一種哀憐，一種……我不清楚。我只感到危險，似乎姨丈會把我噬吞掉。

然後我聽見姨丈把椅子推後的聲音。他會不會來開我的門呢？天井離我房間只有數步之遙，他可能一步兩步就到。幸虧我把門鎖了。鎖頭還是新的，我搬來住才加上的。但沒有動靜，也許他收拾好他的稿紙和筆：他的稿紙和筆不是收在我這張書桌的抽屜裡的嗎？那麼他把門打開，不就理所當然嗎？然後他把椅子推攏桌子，轉身，應該對著我的房門吧。良久，沒有聽到什麼動靜。他究竟在做什麼呢？是否在籌思下一步該怎樣走？

我豎耳傾聽。好像向我房門走來。一步，兩步，三……我為什麼把門鎖住？若是他按動把手，發現門鎖住，會怎樣想呢？以為我拒絕他？以為我……我也不知怎樣想。我想起我老媽子：她憎恨我老爸，時常動不動就大吵大鬧。可是她卻不動聲息地去檳城，找倪醫師割了雙眼瞼。她甚至還想動手術拉臉，只因要用鎮靜劑鎮靜八個多鐘頭，怕醒不來，才打消了這個念頭。

姨丈他打開房門，會對我怎樣呢？會……我不自禁臉紅。

可是腳步聲往後門遁去。我有一陣失落。

他走到屋旁，經過我房間窗外，望進來，望了一望。我殷切地看著他，不能開口，不能有所表示。「不出來幫我？」我搖頭。我有種頓悟：他是男人，而我是女人。他會噬了我，不吐骨。我既要他噬，又怕被他噬。

他俯身扭開水喉，沿溝渠走到屋後，把塑膠管的開口拉到前庭去。他在我眼前出現，他在我眼前消失，他在我眼前出現，再次消失。

他再次出現在屋旁，可能前庭的花花草草已澆完。靠近籬笆，站在那裡，讓水從塑膠管流出，流落花盆裡，久久不動：他似乎入了定。是在籌思著什麼，所謂人間心不閒。他的作品都是如此籌思出來的。抑或他是裝給我看的：給我以為他比實在更深沉。我只覺得他在夕陽的光輝中閃閃發光。

然後他走到後庭，不久就到我的窗外。他望進來，對我笑笑。是什麼意思？是否意味著我逃不出他的魔掌？

他的任務完成了。關掉水喉，拉著塑膠管，讓它擱在溝渠裡，走到後庭。聽到他在後面的廚房裡洗米煮飯，接著傳來舂著什麼的敲擊聲。平鍋擱在火爐上的聲音，炒著什麼的聲音：原來爆香蒜頭、蔥頭、香茅、辣椒，以及很濃的馬來煎味。過後就是刺鼻的咖哩粉香。他平時是一鍋熟；今晚煮什麼咖哩？有什麼倒在鍋裡，以大火煎炒，甚至傳來燒焦味。把水，還是把椰漿倒進去，蓋上了蓋，慢慢的讓它滾。再來是洗菜的聲音。

那陣咖哩香氣把我引出來，「很香！」

「煮咖哩肉，蔥頭必須要夠，而且也必須放足夠的馬來煎。這樣才夠味。你肚子餓了嗎？就好了。」

「不了，等姨媽一起吃。」

「這樣晚了，還沒有回。」他把火轉低，溫熱著咖哩。飯老早熟了，冒著香氣。菜呢，只是汆水。

他走到門口張望。夕暉消失了，外面一大片黑暗，街燈只照亮一小塊街道。他走進來，看看壁上的鐘，又走到門前。不久後，車頭燈照射了進來。他一步兩步走到鐵柵前，把它打開。姨媽的車停在走道上，車門還沒有開，他就一疊聲地問：「為什麼這樣遲？開教員會議？或又是浸水？辛苦嗎？」

「每逢初一十五，就潮漲，若再下雨，就浸水。」

他把她的袋子順手攜著，說：「肚子餓了？我開台吃飯。」

「不，你們先吃。我換了衣服就去打太極。」

「八點半了，應該打完了。你最喜歡的荷蘭薯咖哩雞。」

「你自己吃吧，」姨丈他告訴我。「我也不吃了。」

我覺得姨媽太不賞識姨丈。她一早起來，就趕著去爬山，打太極，非到九點多才回來，教幾個學生補習。姨丈他呢，則裝好電水壺，壓了掣，跑到廁所，抽完一支菸，不管解決了沒有，就出來泡了咖啡，再進沖涼房沖涼。可能為了這個原因，他患了痔瘡。晚上也辛辛苦苦地做好一切雜務，然後愛心滿滿的煮晚餐。

姨媽卻認為她的太極比姨丈的關心更重要。場面可大啦：三百多個學員，師父就叫她在台上示範。

我真為姨丈他覺得不值。我老爸對我老媽子的菜就是嫌三嫌四，不是太鹹，就是不夠鹹，不是太淡就是太重口味，不是太甜就是不夠甜：總之，沒有任何煮法合他的口味。感情已不再，哪一樣都礙手礙腳，哪一樣都看不順眼。據說我老爸在外搞上一個狐狸精。那狐狸精的餸菜❶該合我老爸的口味吧？但我不明白那個狐狸精怎能忍受他呢？退避三舍還嫌遠。

我也不明白我老媽子怎會跟他結婚的？難道我老爸年輕時不是這個樣？不可能吧？二、三十年相處在一起，會把一個人改變得如此透徹？姨丈和姨媽呢？姨丈越來越遷就她，而她越來越不把他珍惜。

問，問，問，問什麼問？你不煩，我都煩了。小孩子問這樣多大人事做什麼？……要帶眼識人。尤其女孩子，更要帶眼識人。行差踏錯，到頭來，吃虧的還是自己。……你要用功讀書，考好成績，最好能讀大學。做女人，要靠自己，不必看人面色，不必等待男人施捨。你看我，我能做什麼呢？我能離開你老豆嗎？我只有依靠你大佬和你……現時我老媽子時不時會打電話來，總是下午時候，可能我老爸不在家。假如是姨丈他接，她就會千多謝萬多謝他。姨丈本就拙於言辭，一味咿咿呀呀，見我在張望，就快快地把電話筒交給我。

「老媽子，你這樣時不時就打電話來，不怕老豆罵？」

「他現時收馬，電話檳城、吉隆坡、新加坡打，每個月都限定兩百塊。只要給那讀表

❶方言，指下飯菜。

員二、三十塊，或讓他中隻穩贏馬，一切都搞定。吵就讓他吵。我們哪時沒有吵的，吵得家吵屋閉，無一刻安寧。是又吵，不是又吵。我真想離開，但我能做什麼呢？拋頭露面？家庭工？……你錢夠用嗎？」

我當初決定過來姨媽處讀書，我老爸就大喊大叫：「我一個鐳都不會給你。你們女孩子讀這麼多書做什麼？到頭來不也嫁人，相夫教子？」他，他就只顧著他的錢：孤寒到死。我不斷爭取，姨丈靠著他與教育局的關係，成功把我調過來。其實，這裡既有食有住，出糧時，姨丈會偷偷塞給我五十塊錢，姨媽也會背著他給我五十。我根本不必用錢，除非放學後有活動，姨丈先回家，我就搭巴士。我也沒有與同班們去狂去顛。我只一味想趕回家。

我難道重蹈我老媽子的覆轍？我既感到被威嚇，但同時好奇心又起。姨丈他載我上學，載我放學，因為同一間學校。年少時，姨丈也會載我和我老媽子回家。姨丈他坐在司機位，姨媽在他旁邊。我在後座凝視他倆，發誓有一天我要坐到姨媽那位上。現在我如願以償了。但在汽車中，我倆都少說話。姨丈他本來就不多話。這樣更好：感覺是老夫老妻的。（我曾發誓，我若要嫁人，非嫁他不可。）一切靈犀一點通，不用開口就知道彼此想什麼，感什麼，愛什麼。

農曆新年期間，他回娘家，也只是跟外公坐在大廳中喝酒，剝花生，或夾燒肉，耐心地聽外公發牢騷，什麼大姨丈罵他有毒：兩人都在建自家的屋子，大姨丈誣賴外公偷用他的水。這塊地還是外公向土地局申請給他的，因外公修理汽車時認識了許多政府公務員。外公因癌而割了半邊舌頭，所以有毒。姨丈他就不時點頭，有時插口說一兩句撫慰外公的話。飯桌前，姨丈也只是一邊夾菜吃飯，一邊喝酒。反倒我老爸則聲大大地在車大炮：認識哪位專科醫生，哪位海關總監，以免稅的價錢買了支XO。

「為什麼不拿過來喝？」姨丈問。

「你到我家，」我老爸說：「有大大隻的乾鮑，肥肥的海參，飽水的蠔乾。」

真的去了，那些什麼鮑魚呵，海參啊，蠔乾啊，都膩得吃不下。XO呢？卻沒拿出來：只是紅標威士忌。姨丈他還未到我老爸的社交圈子：不過窮教師罷了，還不配與他同起同坐。

飯後，我老爸說要回家咯，還有別處要去。我不願回，我老媽子也不願。「我沒空載你們的。」

「我載，順途而已。」姨丈他會說。

然後姨丈就聚了一大群小孩子，玩三張。「放好錢咯。派牌咯。喂喂，不可以縮：買這樣多就這樣多咯。也不能加注。來來來，殺通莊。」小孩子就埋怨。「哇，車咩，賠晒咯。」小孩子就笑逐顏開。稍晚吉寧人踏著腳踏車到來，把他叫到門廊，每個小孩一人一片麵包，一粒冰淇淋，還是榴槤味的。小孩子，不管輸贏，都一疊聲說：多謝姨丈，多謝姨丈！

「到了，還不下車？」哎，這樣快？不到十分鐘，就到學校了。我多希望這一程會延續到永恆。

上課途中，我會無緣無故地走出教室，從三樓下到一樓，沿走廊走到副校長室。姨丈他會關心的問：「有事嗎？」我搖搖頭，轉身回去教室。若他不在，我會查看那木板上的時間表。他沒課，會不會在餐廳呢？我會到餐廳去，被級長攔住。也許他出去代表校長開會。見不到他，我心有種失落感。級任有時會向他投訴。他凝注著我，問：「你為什麼時常無緣無故離開教室呢？」我無言，只充滿委屈地看著他，心裡說：「你不必問。你應該知道。」

放學時，我老早就等在他的辦公室前。若他有事，跟教師交談，或學生家長交涉，我就不耐煩地上下走動。他應該屬於我一人，不該花太多時間在等閒人士。有一次一位家長攜同律師到來：律師被擱在辦公室外，因不是家人一份子。這一談判就拖到兩點半。上車時，我鼓著那泡腮，整條回家路途上都生著他的氣。

兩個人一齊吃午飯，小倆口子似的，多溫馨，多幸福。姨媽去上學，表姊表哥都去了外國留學。席間，也是沒有什麼話。然後不是他洗碗，我抹乾，就是我洗碗，他抹乾，兩人肩並肩，除了洗碗劑的香味，我還嗅到他男人的體味，既汗酸但又引人想入非非。過後他就坐在飯桌前，攤開稿紙，埋頭書寫。整間屋子靜靜的，馬路上也沒有車輛經過。午後的陽光，從後門射進，包裹著他。他身後牆上的壁扇左右擺動。

他給我的印象是孤零零，寂寞有整個世紀那麼長，那麼深。他榮升副校長幾近十年，但升級毫無指望：這種教會學校，校長位置保留給本身修士。所謂副校長，有名無實。比如說，卡斯默校長根本沒有與他討論，就逕自聽從教物理的光頭Kojak，把大廳和教室門窗好好的青色玻璃砸爛，以白鐵板代替。現在連歷史也沒得教了。英文呢，則是初中班級。學校沒人知道他以華文寫作，還寫了三十多年：沒有教師、沒有學生知道。而他的中文程度只有夜校初中一，華文的駕御能力不足，華語也口齒不清。所以文風社不辦後，他與文友就沒有了什麼來往，什麼聯繫。原來他自卑心很重，對自己沒有信心。我從小就一直崇拜著他。他一直高高在上，有點冷漠，有點驕傲。想不到這正是他的保護膜。人實在不能貌相。

總而言之，他有股鬱鬱不得志的孤寂，好乞人憐愛。這種孤寂，使我心向他飛去，多希望能夠把他那虛空填補。我特意坐在他對面，攤開課本。「給我一點空間，好嗎？」我移到旁邊的椅子上，注視著他。

他似乎注意到我的視線，書寫著的右手停擱，抬頭望了我一眼，又低頭一個字一個字地書寫。「字寫得總是不美，」他用筆壓著那薄薄的航空稿紙，「那紙張應該會受力的吧？」

我索性站起，走到他身旁。

「為什麼總黏著我？你難道沒有別的事嗎？」

我把整個上身依在他肩膊上。雙手撫弄著他已花白的軟髮。未老先白頭，冇食都唔使愁：外婆就時常這樣說。對我，這頭白髮性感得要命。這正是智慧的象徵。

「哎呀，煩死人！」

我最後轉身，失敗地走開。他卻忽然站起，從後抱住我。這一著，來得突然。我僵住在那裡，一動不動。然後他在我耳後吹氣，我整個人都酥了。我等待著，聆聽著，等著下一陣的波浪。他把整個臉埋伏在我髮叢中。我覺得時間停頓，壁扇呼呼作響，陽光暖暖。跟著我覺得他下體抽動了抽動。他靜靜的把頭俯在我肩上。

我覺得如夢初醒，吊在半空中，不能上，又不能下。

我對你不起。我不應該這樣做。說後，他轉身走向主人房。

我一會兒才回過神，緊跟他身後。他一進房，就把房門碰關。但房門是沒有鎖的。我隨手按下門把手，跟入房中……此後他把所有的房間都安裝上鎖。姨媽問起，他支吾以對。

現在已過十六年。我已三十出頭了，結了婚，育有一男一女。看來我跟我老媽子的命運又有什麼不同呢？我老公愛家愛我，孩子我都沒有打罵。最重要的，我有自己的入息，除了攤出一半合力維持這家，其餘的喜歡怎花就怎花。我經濟獨立，不像我老媽子。我老爸和我老媽子依舊家吵屋閉，但不離不棄，以後到了西天極樂，也還是吵吵鬧鬧。

至於姨丈他，你若問我，我怎會知道他的心情，知道得這麼清楚？畢竟我和他分享了兩年的生活：每天傍晚拉著水喉的另一邊，跟著他從屋前走到屋旁走到屋後，幫他澆水。每個月他不讓我剪籬笆或拱門突出來的九重葛枝丫，因九重葛有刺，而剪拱門，則要爬上鐵梯，會不小心跌下來的。他不慣穿手襪，就時常給刺刺到手指，手背都劃花了。有一次我就以針挑出他手指上的刺，怕會發腫，把它含在嘴裡。你若再問，我是否有任何遺憾？我最後悔的，是未能為他生個孩子，是男是女，不重要，重要的是他的血肉。相信我，我不是沒有盡了誘惑的能事。當年，除了青春，我還有什麼能令成熟男人動心的條件呢？現在我則不同：我已是成熟的女人，他是否能拒絕我？當年我太青澀咯。

他說，這是不對的，也不可能的：他已結了婚三十多年，這一份感情不能說丟就能丟的。（我曾想如何把姨媽毒死。）他說我比他子女還小，再過十多二十年，我正是狼虎之年，而他則人老力衰，要侍候我，恐怕心有餘而力不足。還有什麼寄望呢？我是知道的，表姊和表哥三人都在外國，他必須把屋子重新抵押，現在是靠姨媽的薪水過活。他不能擔保能否保住這間住家。到時我不就是兩頭空？（想不到我三個表姊表哥都落籍外國，不回來咯。）我還有很長的未來。

最後他又回到清朝的歷史，同治復辟的自強運動。這似乎是他的所愛，雖然沒教了，還是翻這本翻那本，嘗試更深地瞭解這個課題。自強運動的失敗，固然是因守舊派極力反對，但貪腐也是主要的原因。慈禧太后把海軍的經費挪用到興建頤和園。海軍尚未發出一炮，就給日本軍打沉了。就是李鴻章本身，也掃刮了不少財產。難道儒家的做人主要是為了陞官發財，光宗耀祖？他不解：做人有什麼準則呢？做人的最終主旨，不是personal integrity嗎？為什麼現代化必須是西方化呢？難道沒有其他的出口？最後他慨歎，做教師的為什麼每個問題都必須有答案呢，而且只能有唯一的答案？人生其實不會有答案，更不會有這個答案是對，那個是錯。就如我和他……也許要放長遠來看，一百年、兩百年，甚至整個世紀；但同時又有迫切的問題鵲起。而媒體總好以偏概全，我們的數據都不足……

「我不要！我不要！」我哭鬧。

為什麼寫小說，必須以一個主旨貫通全篇呢？這個老作者的養分，什麼五四呵，什麼寫實啊，什麼現代呵，一大堆的理論，都似乎過時了。何況，這又關我什麼事呢？他這種專門鑽牛角尖的習性，使我對姨丈迷戀的熱度，隨著時間的消逝，逐漸冷卻，直至最後，我瞭解姨丈只不過是位老人家，慈祥的長者。這也好：它令我鬆綁，給我做回自己的自由，讓我開創另一種生活。再說，故事與題旨好像沒有什麼關聯。很顯然的，作者江郎才盡。

——〈同治復辟〉原發表於《星洲日報》「文藝春秋」副刊（二〇一三年一月十四與二十一日）。

【評析】

逃走的那尾魚

◎黃錦樹

這篇小說題目乍看之下以為是篇關於「同治復辟」的歷史小說，一讀方知全然不是這麼一回事。它首先是篇關於一篇失敗小說的小說（以後設小說的姿態），讓主人公跳出來質疑小說寫不出來的作者，為自己力爭發言權，因而鏡頭轉向女主人公（但這也還是作者的設計），把她拉到鏡頭前，讓她現身說法。這無疑是電影手法。敘事時間推到十六年前，一個少女和她的姨丈、一位歷史老師之間沒有結果的亂倫之愛、相當典型的戀父情結。小說的趣味點在於，這女人說故事的語調——以一種故作瀟脫、滿不在乎的姿態，來訴說少女時代對初老男人的引誘、執戀。這是第一人稱的優勢。

但作者為什麼不逕自用女性第一人稱來講這故事，而如此疊床架屋，牽拖「同治復辟」、揭發作者的無能呢？這無疑是溫老的現代旨趣，既是對小說自身的反諷，也是自嘲，可以增添敘事的肌理與層次。所以末尾竟然是這樣一個句子：「故事與題旨好像沒有什麼關聯。很顯然的，作者江郎才盡。」

然而題旨真的與故事沒關係嗎？

同治復辟，也即同治、光緒在位期間（一八六二——一九〇八）的「同治中興」，政治上推動了系列改革，向西方學習科技，推動了洋務運動。被認為是清帝國的迴光返照，讓國祚多延續了六十年。但那同時，也是葉赫那拉氏和一批保守臣子掌權，對改革多加阻擾，並無法改變清朝腐敗崩亡的命運。因此，同治復辟這樣的措辭本身其實帶有傾向性的、偏向於否定的，是特殊歷史境遇的產物（站在太平天國、「人民起義」的立場）。從修辭的角度來看，帶著股怪異的韻味。

故事中的男女主角難道不就是那場感情上的「同治復辟」的失敗者嗎？對那初老的男人而言，那大概是他此生最後一次可能的激情了；而對那少女，這遺憾一直延續到她為人婦為人母，那男人當年的審慎給她留下的平穩生活的可能，竟是此恨綿綿。這應了一句俗話：逃走的魚總是最大條的。

而從這樣的安排我們可以看出，溫老不動聲色的敘事功力。

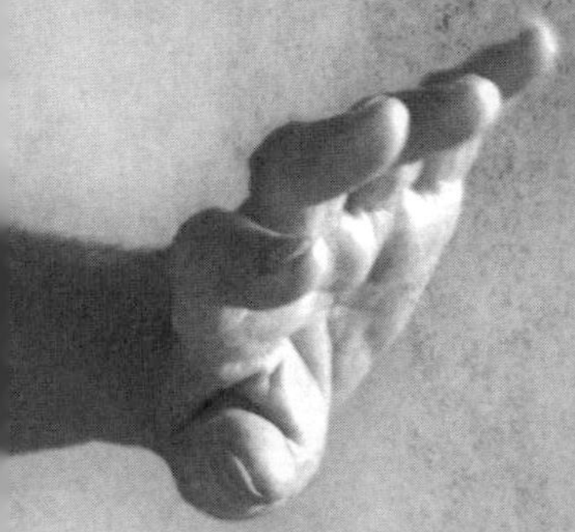

故事總要開始

洪泉

洪泉，原名沈洪全，一九五二年生於馬來西亞柔佛麻坡，吉隆坡美術學院畢業，曾從事陶藝工作多年，現已退休，一九七〇年代末開始在《蕉風月刊》發表小說，著有短篇集《歐陽香》（一九八九）。

故事總要開始，一個人遇上海難，爬上一個島嶼。又是魯賓遜故事。有部電影，一個速遞員在海上遇難，他也漂流到一個島嶼。是鹹水還是淡水？我是說，海水變淡水的時代會來嗎？還沒有確定。是沙丘地域還是火山地帶？這麼炎熱的想像，應該讓海水變溫泉。是地震帶還是海嘯灘？天災應該是個好題材，但都吉人天相，上了海島住幾年應該沒有生命危險，就像你我住在這個城市一樣，處處危機也處處生機，你我還不是坐在這裡等時機，是我腦殘還是你創意觸礁？我知道你對我很有成見。

※

故事總要開始，這個人不是漂流也不是醒來就在島上，而是爬上了島岸，你知道在舞台上和電影裡，要怎樣詮釋一座島的距離和上岸的方法，有多少想法就有多少行動出現，多少行為就有多少方法：政客的方法、海盜的方法、犯人的方法、漁民的方法、百姓的方法、戰敗者的方法、原住民的方法、非法移民的方法、被迫害出境回來的、被驅逐遣回的，他們是怎麼來到這海域，都不必要說明，電影只要海景，舞台只要架構和表象。你只要說說自己的想法，冒出一些點子，我把許多點子串聯起來，大家把情節貫穿起來，在節骨眼求轉機，換場景把故事翻上岸又推下海。對了，那個人上了岸，高喊大叫：這是我的！

你在寫掠奪者還是政客故事嗎？還是野心家？上岸的是外來者呀！

全世界的歷史都有這個表徵，文學作品中好像把爬上岸的人描寫成戰敗英雄，至少是落難或遇難的勵志故事，只是潛在的講法還是要在海島上大喊大叫：示威的嚎叫！

為什麼？

先發洩，後得意。

我不要這樣的故事！

※

故事總要開始，故事接下來，這個人在這土地上把原住民趕出山林，驅逐他們在海灘為他捕魚讓他充飢，讓他以逸待勞享受，或許長久之後，掠奪他們的天然資源，他以為那是上天賜給他的特權，或者流放他們出海尋找島嶼，為他擴大版圖，但大多沒回來，他們就在那尋找到的新島嶼當了原住民。噢！不，應該叫新移民，這個遇難者有沒有野心，那就看他是不是被進化了；被外來者磨練出另一個遇難者，他可以是個被逼害者或被驅逐者，舞台上就在這時候出現了一個霸主，把唯我獨尊的形象暴烈出眾，把一個剛踏上土地就想佔有一切的心態；狂妄自大的典型人物，讓他在現實裡、在歷史上、在小說、詩歌、戲劇或遊戲中，你抬頭可能就見到一個上岸人物，在當時是個落敗者，而唯我獨尊的狂妄面目逐漸顯露，把所有看他的人都列為掠奪者；都是歧視他的罪人，他自大和自卑的心態，活活地出現在你的眼前；現實裡，把所有人當外來者，當可剝削或可奴役的人，一切要聽命於他，否則就不是這島嶼的子民，在這種情況下，當一個導演、監製、編劇或演員，你我是什麼角色？是戲劇的參與者？還是觀眾？

※

故事總要開始，觀眾席兩千五百席位，坐了一千三百多人，你我都是觀眾的角色，我們就是坐在觀眾席上看故事演出，演員站在舞台的島嶼上把政客的主角扮成島主，為這個要開始的故事展開方法，這時候導演和監製來到台上爭吵，他們都想演島主，演員只好走下舞台，坐在觀眾席看台上鬧劇，觀眾開始哄堂，在笑怒聲中，編劇上台了，因為他是這海島的註冊官，他即刻在舞台修改劇本，讓兩個人都上岸，站在舞台上演出眾的勵志故事，觀眾和演員在笑罵聲中排隊離開。你說，這樣的劇情熱鬧嗎？

你也把觀眾帶入劇情，那真正的劇情都迷糊了！不再勵志也不再有劇情了！劇情在後台，我們的經理在鼓掌，他說：很熱鬧很有廣告情趣，只是沒有多少賺利。他也說：那不要緊，我們的帳目可以調一調，老闆會把握這個機會。

你又天馬行空亂說話，海島和遇難者不演了嗎？

※

故事總要開始，遇難者在島上享受陽光，這是我們養尊處優這一代人的想法，觀眾會即刻投入劇情，這時候海盜來了，我就不知道他們游上岸還是從沙灘底下鑽出來，不會是被海水沖上岸，因為他們不是垃圾，他們是外來者，來掠奪的侵犯者，可能也是侵佔主權的人，他們在舞台上耀武揚威，喊打喊殺，還張掛主子的標誌，所有的生命要把一切交給他，聽從他，因為他是海島權威，捧大自然之命，這一切是我的，當然舞台不是他的，然後，他們把那個島糟蹋了，遇難者也成了海盜，他們一起謝幕。

這樣的故事有隱喻嗎？

那要看觀眾的反應，他們不要陽光而選擇與時代合流，可以把生命和生活交給權威或自詡威權的人，我們就用這種劇情來訴說時代，或許把背景改在蠻荒時代，你我就不受莫須有的指責壓力。

我們有壓力嗎？

你躲在我身後，當然沒感受，反而有看熱鬧的心情，我說海島和落難者的原意是勵志，現在反而感到不輕鬆，有一種情緒在困擾我，時代與我，或我與時代，已經有了內層和外層的糾纏，就如我在舞台講話還是舞台在為我講話，現在，你我的關係是什麼？一場對話還是主僱關係，而我能給舞台生命還是給落難者活力和希望，看來觀眾不在乎這些！

※

故事總要開始，或者，讓島上來了個猛男，那是你心目中的形象，這樣的一個人物，在舞台的島上出現，給某些人有犯罪的感覺，他是不是犯人，來到這裡落難，有些誘惑有些煽情，因為他光著身子，在島上還有一個熟女，來自美人魚化身，她的出現不是猛男在沙灘曬太陽，她想看看猛男身邊的女人，是不是欣賞她，可惜她被猛男欣賞之後，猛男不為她起舞，你說這樣的舞台演出是不是很陽光很青春，又不濫情又沒情色意識，大家都在男女平等思想下各自得其所好，海水陽光和青春，我曾經擁有的你也享受過。

這樣的海島這樣演出，是偶像劇還是有話要表達，劇情所需嗎？觀眾在舞台下會歡呼嗎？我想觀眾會是一群愛情男女吧！

你是說，這樣演出會有後續動作，不是尋歡作樂就是未達道德指標？

光著身子的猛男和清涼的熟女，你說舞台後的延燒動作是個怎樣的局面，我們的社會道德是由一群遙遠的眼光來審定，光腿的女人不能在舞台演唱，你還想在孤島上放置猛男熟女，讓觀眾看他們的肉體，這個行嗎？

怎麼辦？你是女人演熟女，我演猛男，我在這熱帶海島上，蚊蟲多，我套上個麻布袋，噢，不，我應該弄個睡袋，你呢？想想，美人魚那套戲裝，讓你赤裸的身體裝在美人魚套服裡，手也裹藏在裡面，只露著你的臉，擺呀擺呀，不行，我們老闆的後台顧問評審標準也不能有婀娜多姿的曲線，不要猛男熟女的海島，舞台還要留嗎？

※

故事總要開始，漂上岸的是個漁民呢？沒有戲劇性是嗎？尋常百姓呢？一群人像歌舞劇一樣鬧翻天，好像都沒廣告收益，也沒勵志效應，原住民？非法移民？原住民在這裡樂天歡歌還可以，面對天災死亡也可以，要他們玩我們設計的勵志障礙事物的遊戲，有些多餘，樂天的人面對弱肉強食會反擊，面對蠶食鯨吞就聽天由命了，人走到末路時才驚覺自己被困入絕境裡，唯有熄滅自己的燈，聽從另一種遊戲規則，把自己埋入沙裡，等海浪來淹沒屬於他的歷史，他們的一切在這個島上煙消雲散。至於非法移民，你想想看有什麼劇情或點子透露些參考。

我想站在舞台上，在這種環境裡，女人還是站在幕後或舞台下才是適當的位置，女人總是被提議要在內室玩弄面對生活的格式，別人給的歸宿，不是自己的喜好，更不能躺在舞台燈光裡當演員還是偶像；還能在島嶼的陽光下說句曖昧的話嗎？站出來演那個女非法移民？我想，還是讓男非法移民被浪潮沖上岸，在死去活來的情況下，他翻身站在舞台上，張開雙臂對著島嶼歌唱：我的神，我的神聖明，賜給我大地，賜給我無盡財富。你看，這麼樣的大地，這個島嶼這個舞台就歸他所有，我們看非法移民在這片土地上獨霸天下，把他要的都認為是他的。這個舞台就是他的，這樣的神情表明他是有意非法入境，遇難者並非難民，他才是一個入侵者，接著出現的是一群列隊而入的群眾，他的支持者，舞台就成了歌舞昇平的土地了，我們要歡呼嗎？我們要起立鼓掌嗎？

這樣的故事會發生在這樣的舞台嗎？或者用另一個角度來看，非法入境者可以得到公認地位嗎？或許可以，只要喊出來的語氣是相同的，海水的顏色和氣味是相同的，走路的姿態和步伐是等距的，看天的眼神和抓鳥的方向是相同的，對付假想敵有同樣的手勢，在這個舞台在這個島嶼上，在觀眾席上的人權與自由掌聲裡，故事又重新開始了，這島已經不是遇難者和入境者的窘境，是一群人爭一間屋子的申請表格，一群人開始分化人們有各種標準，只准某個隔離出來的人才可以搶奪一個地位，一份獎勵限定一個社區可以簽領，你說這個島是不是公認的天堂。

我想湧入的民眾會另眼相看，我想在這個島嶼的同性戀者是不被認同的。如果他們是這島的難民，就讓他們結婚好了！你神經病嗎？這島是同性戀者的天堂？噢！不是，是讓男同性戀者和女同性戀者結婚，那場面不是很壯觀嗎？給這島寫歷史，也是天大的佳話。或許你說得對，但你腦殘你滾蛋。最少我還希望拿十個B就有已經填好的獎學金表格讓我簽名送我出國。你這個樣子會有希望嗎？

※

故事總要開始，不然就找不到退潮的起點。這話怎麼說？我是女生，我來到這裡看舞台，我想踏上那島，可是那個站在舞台的島主，不讓我踏上，他手指台下西向偏門，叫我出去，那是有門沒路的天堂，明顯有歧視和迫害的意圖。為什麼？我們不是同途人也不異途同歸。又為什麼？因為他已經在舞台了！這種角色有些文不對題。他原來的工作不屬於舞台的，只因為他心想要走入這裡，他就被委任來了，心理是這樣開始的，要怎樣結束我不懂，因為我不再是他們的演員了，我上不了舞台。你是演員呀！那些人是群眾！他們不是演員，一個演員要忘記自己的存在，而在舞台的地位是個存在的人，為角色存在的人。我被迫害，從歷史角度或社會地位，我是個在分化後被邊緣，而後被分而治之，然後，被隔離在一個範圍裡，不得不支持這個舞台，這個舞台的將來，我只能看著島嶼漂浮，我是遇難到這島嶼的漂流者，我不知道這是個什麼島，這個島大概就在國家附近，這個島嶼，是一群人要掠奪的，這個海域，這個島是這個國家的還是這個海的。我在那段明顯分類的時日裡，看分類廣告的徵聘欄，就被刺激，它要人事分類和比例，男女和階級，甚至教育什麼的一切分類，要有優勢的人口可以得到地位，分類的組織結構裡，有人可以只要去簽個名就能得到利益，有人有了績效卻得不到文件可以閱讀。別說得到獎勵，你長此下去會怎樣，我只好遠走他方，這和迫害是沒有兩樣，這個出走和人口販賣是一樣，我從這個島流放到那個島；這個海洋漂流到另一個海洋。

而我是個遭受驅逐的男人，因為我不信服威權，也被告知可以在沒有理由之下住進一個群島，我在每一處沙灘住過，在孤獨、欺壓、唾棄、歧視、雙重標準的分化下，辦公室被強制重組，比例和行政偏差，貪污和乾撈和分贓和佔有的行為而肥，以手掌覆蓋的方法把人的利益抓了放進自己的袋子裡。遙想我的祖國，會有這種機會嗎？會有這種事發生嗎？如果我們都站上了舞台，站上了那島，我們面對的風風雨雨會停歇嗎？

※

故事總要開始，我們在舞台上結婚吧！告訴大家我們是社會參與者，在舞台上，島是一個社會；有一個世界地位，有男人和女人的傳統，一個將來；表示未來還有一個舞台，一個美好的島。下了舞台之後，我們各走自己的路，回復自己的身分，找回自己的同性伴侶，在這個舞台之後，回到自己的島嶼生活，回到自己的舞台生活。

——〈故事總要開始〉原發表於《星洲日報》「文藝春秋」副刊的「洪泉專號」（二〇一〇年四月十一日）。

【評析】

故事可以重寫

◎黃錦樹

洪泉是馬華作家中絕無僅有的仍然關注形式實驗的。從相關作品現代詩句式的標題，就可以看出他形式實驗的若干旨趣，諸如「掰石榴時有種子落地」、「我們的章回演義翻出情節之外」、「閱讀言情小說的日子已過去」、「九命貓墜落十層平台進入禁區」都是個完整的陳述句，從中都可以清楚感受到高度的文體自覺，而這陳述句往往可以相當程度的概括該篇小說實驗。換言之，這樣的小說真的是從一個句子拓展開來的（如結構主義敘事學所言）。

本篇〈故事總要開始〉亦不例外，講的是《魯賓遜漂流記》的各種可能的寫法。故事如何開始？而每一個敘事的分節點又衍生出多種可能。這在波赫士（Jorge Luis Borges,1899-1986）那裡已經以小說相當激進的辯證過了（譬如〈曲徑分岔的花園〉）。理論上，故事的講述方式縱使不是無限，也是有多種可能的。而洪泉在這裡的實驗其實更接近當代法國的潛在文學集團（Ouvroir de littérature potentielle，簡稱Oulipo），尤其是箇中主將雷蒙・格諾（Raymond Queneau,1903-1976）的名著《文體練習》（*Exercices de style*），該書以九十九種方式（文體）寫同一個情節（公車上的小爭吵），麥登（Matt Madden）衍譯為《九十九種說故事的方式》（*99 Ways to Tell a Story: Exercises in Style*）似更合宜。這也讓人想起張貴興年輕時的一句名言：「故事可以一再重寫。」然而懷抱另一種信仰的人會認為，故事只有唯一的一種寫法。但這種實驗的弱點在於它的不可重複，及意義往往被限制在形式表層。但如果和現實問題聯結在一起，就是另一幅景觀了（如《九十九年紅色身分留下死亡證書》）。

故事總要開始，故事可以重寫。

這對馬華文學的寫作者應該不乏啟發意義。

通關

丁雲

丁雲，原名陳春安，一九五二年生於馬來西亞雪蘭莪州吧生，中學畢業，一九七五年開始創作，一九八八年移居新加坡，現為電視編劇，著有短篇集《黑河之水》（一九八四）、長篇小說《赤道驚蟄》（二〇〇七）、散文集《櫻花路》（二〇〇九）、短篇集《丁雲短篇》（二〇一一）等多部作品。

壹：康伯通關

一

剛剛灑過一陣雨，長堤上寒風冷颼颼。

康伯深吸口氤氳潮濕的空氣，加快了腳步。在這凌晨四點時分過長堤，根本沒有任何巴士可乘搭，靠的便是這鐵桿一般結實的「11號車」！他感到欣慰的是，走過長堤那麼多年了，兩條鐵桿般的腿從沒有鬧過「彆扭」，什麼風濕、痠痛、磕碰、受傷什麼的，都沒有，彷彿注定他這半輩子顛沛在星夜行程中。

風冷颼，天氣卻轉晴了……

他抖了抖肩上的背包，慣性地抬頭尋索，終於看到天邊鑽出雲層的那顆孤星在閃爍，彷彿指引著夜路旅客的方向。他更加堅定意志，無論多勞累、多艱難、多煎熬、多折騰，他都要在長堤上繼續重複來回千萬趟，無怨無悔。

兩岸之間，一邊是「謀生」的疆場，另一邊是歇息的港灣。

天邊孤星亮著，彷彿向他眨眼。

他加快了腳步。

想不到，有個人卻超過了他！

也是個趕程過長堤的人？是個年輕人，長得結實黝黑，腳特長，注定一輩子要奔波趕程吧？他背著重重的行囊，另一手拎著幾顆家鄉的柚子，他來自怡保吧？剛剛下了長途巴士吧？滿臉是熬過顛簸的風塵與倦憊，睡意還殘餘在眼角，但身後彷彿有根鞭子，呼嘯著，驅趕他駝著背，繼續路程。

難得有人同行，康伯彷彿遇到知己，試著搭訕兩句。

「這麼早啊……過長堤。」

「哦哦……巴士四點就到新山，一七〇巴士還沒有跑，只好走過長堤。」

「趕回去開工啊？」

「是啊……每兩個星期就回家鄉一趟，夜車趕回來做工，很累。」

幾乎是用不著情緒觸動，或語言鋪陳的，像打開水龍頭，自然而然，青年便把「牢騷」一股腦兒宣洩出來了……。他與妻子，一起在新加坡打拚賺新幣。妻子做車衣女工，他在船廠做燒焊。可是剛結婚不久，妻子就懷孕了。妻子學歷低，沒拿工作准證，工作兩個月，就需回聯邦待一個月，再出來，如此周而復始。可是她一被發現懷孕，就被海關擋駕了，只准她入境三天。政府是擔心她懷孕，偷偷在新加坡生產吧？冷面官員不說明原由，就是拒絕她再入境。如此，妻子被趕回美羅老家，含淚等待生產。他在異鄉一個人，急得團團轉。積極申請「家眷居留」，但移民廳說他是兩年工作准證持有人，薪水也沒達到一千五百元，不符合申請「家眷居留」的條件云云。他幾乎瘋了，妻子懷孕待產，他卻無法陪伴在她身邊。

但有何辦法呢？條例就是條例，現實就是現實。

他除了忙碌工作，希望賺多點錢，以備妻子生產的費用，還得每兩個星期回美羅一趟。星期六夜車風塵僕僕趕回去，曙光初露時到達美羅，探望妻子，慰藉妻子，訴思念之苦。瞬間，又得別離。星期日夜車又風塵僕僕趕回新加坡。凌晨到達新山，走過長堤，通關後，在海關洗手間匆匆洗臉刷牙，買了塊米糕一杯咖啡烏❶抵飢，就得趕回造船廠上班。這樣子奔波於長堤兩岸，直到妻子產下嬰孩，跟著，孩子滿月了，周歲了，會跑會跳了，「家眷居留」的申請仍然沒著落。

他感慨，長堤還要走多久，顛簸流離還要持續多久？

「阿伯，你呢？也這麼早過長堤啊？」

「你的遭遇，跟我差不多……。但你知道嗎？長堤，我走了三十五年……」

「三十五年？你也是聯邦人嗎？」

「不是……。我是新加坡人，我老婆，是聯邦人。」

孤星似乎讓雲層遮蓋，漸漸黯淡了。

難得遇到「同路人」，康伯忍不住告訴他自己的遭遇。

康伯跟妻子，是在新馬分家前結婚的。妻子康嫂學歷淺，在胡姬花園幫人家種花。他呢，在裕廊工業區做貨倉保安員。本來生下第一個孩子後，準備存錢，買政府組屋，安家落戶的。可是就在孩子生下後半個月，新馬就分家了。晴天霹靂般，他們一家三口，頓時變成兩個國籍的人！康伯與孩子屬新加坡國籍，而妻子卻變成大馬國籍。他變成要為妻子申請居留，但兩個人學歷都很低，收入也不多，申請一次又一次，都被打回頭。最後他找議員幫忙，議員攤攤手，說無能為力：「是歷史的錯。」他懊惱：「什麼歷史的錯？是人的錯，一下子要合併，一下子又要分家，到底搞什麼？」最後議員給他一個建議，叫他提升自己的技能，考取一張技術文憑，就可以為妻子申請居留權，住滿五年，可為她辦公民權。他一怒之下，讓妻子跟兒子住在新山的廉價組屋，他呢，申請組屋也放棄了，索性每天來回長堤。白天去裕廊工業區上班，晚上回新山，與妻兒享天倫之樂。

一道長堤，阻隔得了他們一家團聚嗎？

一紙不同國籍的身分證，可以割捨彼此的愛與親情嗎？

三十五年，從一九六五年開始，長堤，他足足走了三十五年……

兩個男孩，都大了，一個拿新加坡國籍，服了兵役，考試成績普通，沒有升學，如今在工作了，薪水比老爸還多。小兒子是在新山誕生的，保留了馬來西亞國籍，他也在新加坡念書，

❶馬來語Kopi-O，黑咖啡。

中學畢業了，會選擇回國發展吧？如果成績好，看看能否申請「貸學金」，繼續深造。一家四口，兩個國籍。但一點問題也沒有，相濡以沫，融洽相處。每每看到報章上，兩國的政治人物在為水供、為「新泛電」、為白礁、為火車站、為四分之三缸汽油、為雙邊課題，為這個為那個地爭吵不休。康伯真的是難以理解，新馬本是一家，半島和小島，在水上面，連接著長堤，在水下面，泥土和泥土是連接一起的，吵嚷些什麼呢？

建造長堤，不是要加強彼此之間的來往嗎？

怎麼反而製造了疏離？製造了許多分隔兩地的悲劇……

有個傾訴的伴，感覺長堤特短，一晃眼就走完了。

康伯和青年的話題也結束了，他只能昂望那顆孤星，勉勵青年：「年輕人，不要放棄希望啊，看到那顆孤星嗎？它不會消失，三十五年了……它永遠都在那兒，有一天，也許五十年，一百年後吧，新、馬又會復合……誰知道？是不是？」

通關很順暢，這時刻過關卡的人，寥寥可數。

康伯看護照上，蓋著密密麻麻的印章，不禁百感交集。

二

康伯把背包打開，把漏稅香菸、廉價日用品，分給同事們。

每一趟，可賺取微薄的利潤，當作車馬費吧？同事都笑他，萬一他被海關截查到香菸，要抽他的稅，不是要倒貼？而且，現在規定不能購買超過多少錢的貨物，不然得繳付GST❷，隨時可能觸及「地雷」。

康伯笑笑：「你們相信嗎？老天保佑吧……三十五年通關，從來沒被海關人員截查過……喔，有一次吧，剛好我背包裡什麼都沒有，五包香菸，塞在我口袋裡。真是興咧。當然，如果我帶毒品、搖頭丸，早就發了。不過傷天害理的事，我不幹的。香菸嘛，還不算毒品，喂喂，不要以為漏稅菸很便宜，你們還是少抽點，得了癌，可別怨我哦。」

開工了，眾人一哄而散。

康伯上早班，工作一直到下午六點。

守夜班的印度同事班尼來換班，卻緊張兮兮地。

班尼：「他死了……終於死在醫院裡。」

康伯：「誰死了？」

班尼：「在我們附近工地，抗盜被殺的那個保安員啊，你沒看報紙啊？遇到凶神惡煞的外勞，來工地偷東西，哎呀，幾塊磨石，幾捆電纜嘛，不值幾個錢，讓他們偷了就算了，何必那

❷新加坡的簡稱是「消費稅」。

麼搏命？結果呢？白白賠上一條命。唉，六十了咧，力氣差了，怎麼夠三個匪徒圍毆？」

康伯：「我們也六十幾了。」

班尼：「是呀，該退休了。」

康伯：「退休？吃什麼？而且啊……沒工作，整天在樂齡中心閒逛，看報紙，下棋？抓RAM？很容易生病的，高血壓糖尿病心臟病前列腺癌……然後就死翹翹的，扛去燒了。告訴你，我們這種人，像機器一樣，有工作做，時不時齒輪轉動一下，就好，不然很容易生鏽，停機，壽終正寢了。」

班尼：「喂喂……說真的……最近工廠附近有外勞出沒。」

康伯：「我知道，在叢林那一帶，他們聚居那兒，警察掃蕩過，不久又有，在那兒搭起寮子，聚賭，還賣淫，簡直亂七八糟。」

班尼：「你怕不怕？」

康伯：「怕？怕也得做啊，忘記我們是幹什麼的？保安員啊，我幹了三十幾年保安員，遇到盜賊，再兇惡，也要跟他拚一拚嘛。我們有槍啊，還有，我練了八極拳多年，以一對三，還可以應付吧。」

班尼：「看來，我要跟你學什麼……八極拳了。」

三

儘管在班尼面前勇氣爆棚，談笑自若，但對著飯盒，康伯還是食不下嚥……

盜匪再凶殘，他總要面對，那是他的職責。但妻子呢？萬一有什麼差錯，她怎麼辦呢？奔波勞累多年，終於可以停歇下腳步了，不用晨起夜歸，風雨荊途，不用蓋護照通關了，但如果偏偏在此刻……命運不會開這種玩笑吧？

偏偏命運就時常開這種「殘酷」的玩笑……

不是吧？像那個青年，妻子懷孕，就被驅逐回去！有個在工廠駕叉車❸的，聯邦人，一直想把妻兒申請過來。但移民廳說他不具備申請「家眷居留」資格，需要薪水達到一千五百元，便可以從兩年工作准證，提升到「就業准證」，屬專業人士等級，便可申請家眷居留。可是偏偏就在他獲得加薪，終於達到一千五百元月薪時，政府卻宣布：「因近年來生活水平提高，所以申請就業准證，月薪需提高到兩千元。」天呀，待他再苦幹幾年，薪水達到兩千元這「等級」，說不定條例又修改了，一家團聚，彷彿是道永遠觸摸不到的彩虹。

才談起外勞盜匪，他們就來了。

康伯巡邏貨倉四周……

❸堆高機。

突然見黑影，似乎想撬開門。

康伯疾步上前，舉起槍管，喝問。兩張稜角凸現，黑黝黝的臉，猙獰朝他望，突然一記巴冷刀劈過來！他開了槍，隨即槍脫手而去，只覺眼前蒙住一片血光，也不知是自己的血還是盜匪的血。他起初還扎馬，舞動八極拳招式，但視線漸漸模糊，他感覺乏力，眼皮沉重，雙膝一軟，跪倒地上……兩個黑魘魘的魅影，逐漸朝他逼近……他悚然驚醒，發覺自己正坐在經理室外的等候椅上，打起盹，竟然睡著了！不能再硬撐了，畢竟老了，跟歲月拔河，贏得了嗎？冷氣呼呼在吹，窗外陽光燦爛，哪有什麼盜匪？他渾渾噩噩的抹著額頭上的冷汗。

此刻，祕書小姐拿起電話，嗯嗯應著，抬頭望他。

祕書：「康老先生，經理說，你可以進去了。」

康伯心裡嘀咕，無端端的，經理見我幹嘛？

員工裡，年歲凡過五十五的，都戰戰兢兢，如履薄冰，見光死，見王也死，何況他六十五了，逃過很多年「劫數」了，今年呢？……

四

面對著老妻，還有晚飯，他依然沒有胃口。

飯桌上冷冷清清，兩個兒子都忙加班，沒回家吃飯。

妻子：「老頭……你是不是有什麼事？」

康伯：「沒事……只不過最近常常打瞌睡，精神沒以前好了。」

妻子：「該去做做身體檢查……」

康伯：「不用了，我的身體，我很清楚，新加坡醫生，沒病也給他驗出病來，你懂不懂？他們就是要賺你公積金戶頭裡的錢……看看你醫藥保健戶頭有多少錢，特別戶頭有多少錢，想方設法，要你買各式各樣的保險，買什麼投資基金……刮光你的錢之後，又說戶頭不夠錢養老。他媽的，我想工作到八十歲，行不行？你又要五十多歲，就把他們統統裁掉，都不明白政府到底要怎樣？」

妻子：「別發牢騷了……這個週末，孩子都回家吃飯，還有啊，小的家駿說他會帶女朋友回來，讓我們看看……順便哦，替你慶祝慶祝六十五歲生日，我知道你又會嘮叨說，慶祝什麼生日嘛，浪費錢，其實很省的，自己買東西，回家煮，訂個小小的蛋糕，買些啤酒，沒花多少錢的，你說好不好？」

康伯：「家駿拍拖啦？怎麼我不知道？」

妻子：「這不是讓你知道了咯……我也是剛剛才曉得。」

康伯：「那女孩子是哪裡人？」

妻子：「新加坡人咯，他哥哥介紹他認識的……」

康伯：「哎呀，怎麼又是兩個不同國籍？」

妻子：「我們不也是兩個國籍？習慣了就好……」

五

他搭車從裕廊到兀蘭，本想轉搭一七〇巴士過新山的。累了，不再走路過長堤了，走了三十五年，也夠了，省點腳力吧。

但偏偏這個週末，長堤大塞車，關卡也擠滿了人。康伯過了兀蘭關卡，結果又得搭「11號車」——走路過長堤，來到新山，簡直看傻了眼，塞得更嚴重了，關卡人山人海，黑壓壓一片。什麼節日嘛？怎麼那麼多人過長堤？他抓抓腦袋，這才省起，是衛塞節，長週末，難怪許多新加坡客都過新山，吃海鮮、買便宜貨、打油、賭馬、看電影、慰養情婦等等。

唉，記憶力鐵定衰退了。

偏偏他拿的是新加坡護照，新加坡旅客的櫃台，人潮湧湧，排了長長人龍。他挨著一個又一個旅客的身後，汗流浹背，人龍如「火車蟲」般緩緩蠕動。捱了一個半鐘頭，才來到櫃台前，終於可以通關了，他鬆口氣。

他沒有告訴妻子，這是最後一趟通關了……

他被裁退了，六十五歲才被裁退，要燒豬還神了。

現在什麼行情？什麼世道？五十歲就被「金手握別」，比比皆是。

他能做到六十五歲，才被強迫退休，該謝天謝地了。

沒有盜匪夜襲的夢魘了，沒有通關的緊張，也沒有每天過長堤的奔波勞累了。他終於來到櫃台前，馬來官員瞄他一眼，認得他是經常進出新山的「旅客」，本來不很友善的臉露出一絲微笑，用英語問：「又過來新山玩啊？還是賭馬？」康伯卻以馬來語回答：「不是，這次是回家啊，我老婆是新山人。」

官員蓋了印，遞回護照給他。

終於通關了，康伯內心，有種難以言喻的舒暢感覺。

明天，他將不再奔波於長堤兩岸了……

貳：阿里通關

一

「鵜與雀鳥，如何同巢？」

這是談及星馬將來是否可能「合併」的時候，舅舅笑謔的一句話。

「鵜？誰是鵜？誰又是雀鳥？」舅舅沉默了，沒有了答案！

談政治，阿里便靜默如木薯，扎根結成薯實……

每逢三天悠長假期，新山關卡便擁擠著一批批逃難似的飢民，排成長龍陣！剛剛灑過一陣驟雨，有些人背起行囊，冒雨步行過長堤，人潮絲毫沒有舒緩的現象。而驟雨也沒有帶來絲毫涼意，反而增添了燥氣！「新加坡護照」的三個櫃台，全開了，還是擠滿了人，人們無意識本能地向前推擠。抱著啼哭著的幼兒，拖著笨重行李的婦女，汗流浹背的，頻頻掏紙巾抹汗。她漸漸不耐煩，便往「馬來西亞護照」的櫃台擠過來，希望能鑽個縫隙，央求海關官員通融，讓他們過關。

馬來官員見婦女實在辛苦，憐憫之心，人皆有之，蓋章讓她過了。

豈知眾人有樣學樣，紛紛也湧過來「馬來西亞護照」的櫃台。

Tak boleh, tak boleh.

Pleaselah, encik...

Tak boleh, tak boleh.

阿里也背著笨重的行囊，夾在「新加坡護照」的長龍陣中。行囊裝滿嬰孩的奶粉、布尿片、嬰孩衣服等；還有雜七雜八的東西。每次回娘家，妻子總是電話中叮囑他買這個買那個的。他埋怨行李重，背不了。「而且這些東西，馬來西亞也有，何必買？」妻子儼然是專家的：「這個牌子的奶粉，新加坡的品質比較好，這種嬰兒餅乾，也是新加坡的好，貴一角幾毛錢無所謂。」「貴一點無所謂，那……那你何必跑過長堤，跑老遠回班蘭生孩子？多麻煩，你知道嗎？我看過退休人士跑來新山看醫生，買胰島素的，貪便宜嘛，你呢？貪圖個什麼？」

「也是貪便宜嘛，而且我總覺得，在自己甘榜❹生下的孩子，特別健壯，乖巧聽話。」

唉，與女人爭論，他永遠是輸家。

唉，人家是湧過來，過悠長假期，他呢？圖什麼？搏什麼？

這麼排山倒海的人龍，要折騰他幾個鐘頭，始能「通關」啊？

阿里正鬱愁時，竟然見到馬國櫃台的馬來官員朝他悄悄招手。

他欣喜，趕忙鑽出長龍陣，越過另一線櫃台，把護照遞給官員。

「又回甘榜啊？阿里。」

「老婆又生了第三胎，沒辦法。」阿里憨笑。

「又做爸爸啦，恭喜你了。」

「謝謝大叔……」

「你老婆……幹嘛不在新加坡生產？那裡醫療設備好。」

❹意指村落。

「好，也貴死人了！」

官員諒解地笑笑，蓋章，迅速遞護照給阿里。阿里「通關」了，有種便祕痊癒的感覺，暢通無阻的輕鬆感覺，甚至是涼快的感覺！肩膀上的行囊也覺得不那麼笨重了！然後走出燥悶的海關，逃離擁擠的人潮，去乘搭往班蘭的巴士。沿途仍然有兜客的的士佬在嚷問要不要的士？有乞丐向他伸手！

還有路要趕程，他一刻也不停留，加快了腳步。

二

岳母的家靠近班蘭河畔。

因屬低窪地區，每逢雨季，都漲大水，把道路村舍校舍玉米田淹沒。雞寮坍塌了，村民飼養的雞隻隨處逃。雨季過後，飼養的雞隻往往損失大半。還有農作物、橋梁、校舍，損失是不消說的。等大水退了，留下的是狼籍的泥漿、藻類、垃圾、動物屍體，還有斷樹殘枝。

阿里也是甘榜班蘭人，在那裡長大。

他九歲那年才隨父母親，還有小舅搬過去新加坡芽籠士乃。直到現在，他的舅舅、大伯，還有一些親戚，都還留在班蘭新村。開齋節聚在一起，單單黃薑飯就得煮一大鍋！開枝散葉之後，數不清家族裡總共有多少人丁了！不過自從星馬分家後，一個鐵般的事實是：他們都變成兩國國民了。有些是新加坡人，有些則是大馬公民。政治信仰不同，聚在一起，談論「政治」的氣氛便濃了。

阿里從來就不喜歡談論政治！

謀生，討口飯吃，精神都繃緊了，已經夠疲於奔命了。

倒是孩子們心靈「無國界」，很容易與鄉村孩子混在一起，打成一片！回到班蘭，接觸鄉村，孩子們對每一樣事物，都備感新奇。拿了網，到蝦池撈蝦，製作了彈弓，學習打鳥。或者拿著新式的塑料旋轉陀螺，與鄉村孩子的傳統陀螺比賽。有時阿里會帶孩子們到班蘭河邊蹓躂，放風箏。看著風箏飛上天空，十歲的妮娜說：「爸爸，好奇怪，為什麼在新加坡，我們的風箏總是飛不起來？」八歲的哈山隨即笑：「這都不懂，因為新加坡沒有風啊，沒有風，風箏怎麼飛呢？」阿里只好耐心為兩個子女解惑：「新加坡都是組屋區，不然就是保護林，很少有曠野，當然不適合放風箏啦，除非你到海邊去。」

班蘭河蜿蜿蜒蜒，潺潺地流淌。

河堤久遠失修，有了缺口，河道也見大量淤泥阻塞。

但沒有人清理！雨季一來，準又漲大水！

阿里有些感慨，舅舅岳母嘮叨好幾年了，從他還沒結婚，嘮叨到他最大的女兒妮娜都十歲了！淹水的問題還在！他真的想駕著輛鏟泥機，把河邊的淤泥清理，挖上來的泥土，乾了也可以築河堤。一年不成，挖它三年，三年不成，挖它十年，問題是，誰能支持他這麼做呢？誰能提供鏟泥機？

提起修河堤的事，舅舅已在發著憤慨之言。

他說，曾經通過政黨的人跟政府的人交涉，十多年了，仍然沒有修好半截河堤。「他們說政府沒有錢？沒有錢？錢都花去哪裡？你看看國油雙峰塔，建得多高？聽說每一塊玻璃，都是從德國進口的，要多少錢？錢？錢都花在遊客可以看到，可以遊覽，可以拍照的地方！我們甘榜這兒，二十年了，都要走泥濘路，新村的華人說，政府照顧馬來人，讓他們自己來看看，照顧在哪裡？」

「還是你們新加坡好……」舅舅的兒子插嘴。

「怎麼好？」

「不是有建那個有遮蓋的走廊嗎？」

阿里苦笑，只有苦笑的份。感覺就像兩隻患有近視的大象，隨著河岸互相張望，瞄視，看見的，往往是朦朧、似幻似真的物體。是大山？是樹林？是移動的動物？還是敵人？當他們帶有敵意時，互相責備時，恰如馬來諺語說的：「眼前的大象看不見，對面河岸的蚊子望得見！」

三

走盡甘榜的泥濘路，終於來到岳母家門前，阿里把笨重的行李放下。兩個孩子，妮娜與哈山率先跑了過來，喊著爸爸。

妻子在窗口伸頭探望，欣慰掛在臉上。她沒有出來迎接丈夫。她還在坐月，岳母不讓她吹風。等岳母為妻子潔身完畢，圍上紗籠。他才能進房，與妻子說憐愛與慰問的話語。他心疼妻子每次懷胎十月，都需這樣勞累奔波，他總希望讓她留在新加坡竹腳醫院生產。至少有冷氣室，有護士照顧周到。但妻子執拗，堅持要讓孩子在班蘭老家生產。妻子是班蘭人，原住在他舅舅家隔鄰。兩人算是青梅竹馬，從小一塊長大吧？記得小時候，他還幫她扛過米，背過書包，趕過野狗。長大了，他變成新加坡人；她還是留在班蘭，彷彿一輩子都會留在甘榜了。她有美麗的容顏，書雖讀不多，但勤奮而賢淑，學裁剪，縫製出來的馬來服裝，手工之精細，令全村裡都讚不絕口。阿里服完兵役，念念不忘這已經出落得亭亭玉立的女子，每逢假期，都背起行囊，往班蘭跑！

舅舅還看不出他的心意嗎？忙為他們說媒撮合。

她害羞答答應了婚事……

婚後，她隨他回新加坡定居。但她學歷不高，連中學文憑也沒有。他只能為她申請家眷居留。結婚十二年，她仍然保留大馬公民身分。懷第一胎時，妻子要回班蘭生產。他拗她不過，送妻子過來。在新山醫院生孩子。留院三天，出院後帳單是三十九元。若是在新加坡生，恐怕得三千吧？而且是星幣！不同的是，若果在新加坡生，公民與PR❺生下的孩子，自動成為公民。

在大馬生，孩子拿的卻是大馬報生紙❻。

十二歲後，還得為孩子申請身分證，成為新加坡公民。

多麻煩，是嗎？

他注定得繼續長堤兩岸奔波！

四

他望著妻子產後羸弱蒼白的容顏，想著，還需要奔波兩岸多久呢？

「兄，我會照顧自己的，你放心，孩子要上學，你先帶他們回去吧。」

「你呢？老是煩擾你媽媽，總是過意不去……」

「她寂寞嘛，爸爸逝世多年，我多陪陪她，也是好的。」

晚餐時，岳母弄豐富的咖哩雞、阿參魚，加上芭菇菜。把鄰居親戚都招來了，熱熱鬧鬧圍了兩桌人。餐後閒聊。阿里的憂慮仍顯露在臉上。舅舅問他怎麼回事？阿里坦言：他不怕奔波於兩岸，不畏勞苦，只怕失業。舅舅難以理解，新加坡經濟不是一直比大馬好嗎？星幣從一元對一元，變成一元對兩元多！阿里駕駛鏟泥機，收入應該過得去吧？挖溝渠，築路工程，都需要他。隔岸看煙火，舅舅就是不了解，現在各行各業都不好過，什麼裁員，什麼結構性重組，結構性失業，這些新名詞，舅舅大概沒有聽過吧？建築業一連十年都是負數增長，如果沒有一些政府的地鐵和組屋翻新工程撐著，可能會更糟吧！

「你沒有說，我們還真的不懂……」舅舅說。

「我也是勞累工作多年，才擁有一間三房式組屋。如果沒有工作，房子怎麼供？老婆孩子要吃飯，怎麼辦？要重新找工作，談何容易？我今年四十二了，我有個鄰居，在電視台當司機的，四十歲被裁退了，至今沒辦法找到新的工作！而且我只會駕駛鏟泥機，如果要駕駛巴士、的士、羅厘❼，必須重新考牌，我們一批同事常常抱怨：現在是老闆的世界，工人的時代早已過去了，不是嗎？」

岳母勸他賣掉組屋，舉家搬遷來甘榜班蘭。

在這裡，有經驗的鏟泥機駕駛員，不愁沒有工作做，可以到樹桐芭幹活。

許多園丘，也需要這類的人才！

❺Permanent Resident，永久居民。
❻指出生證明。
❼英文lorry，大馬人稱貨車為羅厘。

舅舅說：「如果什麼都不想做，也可以拿了賣組屋的錢，開間雜貨店，還是馬來服裝店，幹幹營生。聽說有許多退休的馬來人，都賣了組屋，領了公積金。回到馬來西亞甘榜定居，還是遷居印尼，活得自由自在。在新加坡，畢竟是個英語至上、西化、不尊重馬來人的地方，對嗎？」

岳母插口：「在這裡，我們是多數民族，去了小島，變成少數民族。」

舅舅乘機發牢騷：「你看……最近政府不讓馬來女子戴頭巾上學，這在馬來西亞，絕對不會發生，對不對？還有啊……」

阿里持平的說：「是多數民族，未必保證你不受歧視，除了膚色、種族，還有階級分別，歧視歧視，不管種族歧視還是階級歧視，世界每個角落都存在……政治的東西我是不懂，我的要求其實很簡單，能給我一個安適的環境，讓我有工作，讓我平平穩穩度過此生，撫養子女成人，就夠了，感謝上蒼。」

妻子在他們起爭論時，只是默默為嬰兒餵奶，不插一言。她的世界裡只有孩子，永遠只把溫柔目光傾注在孩子身上。

五

SARS疫情一過，「通關」又陷入緊張狀態了。

SARS這頭「惡魔」，只能折騰人們一陣子。疫情解除，量體溫、填寫表格的措施撤去，湧過去新山消費的，與湧過來新加坡謀職的，都像是「衝鋒陷陣」的敢死隊般。有車的駕車，沒車的搭公巴士，或者「11號車」，步行過長堤。

去班蘭，大包小包，回到新加坡，也是大包小包。

只不過不再是尿片、奶粉、嬰兒衣服，而是土產、嫩椰子、尖必娜❽、峇拉煎❾、榴槤糕等。當然還有雜貨，這裡凡是便宜的，妻子都買了一些，讓阿里帶回去。背包仍然重甸甸的，背得他肩膀痠痛。

過了新山海關，長堤塞車，又排長龍陣。

阿里只得走路，帶著兩個孩子，步行過長堤。

妮娜與哈山很生性，幫爸爸提椰子、榴槤糕等。

他叮囑孩子，盡量循黃線而行。

長堤上，都是「同道」吧？腳步有的矯健，有的蹣跚。

長堤上密密麻麻的車龍，猶如蠕動的馬陸，沿著「馬陸」蠕動的，則是奔波兩岸為生活

❽指小型菠蘿蜜。
❾馬來西亞特色調味料，或稱蝦醬、蝦膏。

三餐追逐的螻蟻群了。這邊湧過去的，追逐的是甜美的「糕點」，那邊湧過來的，仍然是為了「糕點」的碎渣。阿里每次走過長堤，儘管腳瘦，腳步痛，總忍不住昂望天空，腳下的是長堤，很多磨難與關卡，唯有天空是蔚藍的，是廣闊無垠的，沒有關卡，一望無際的。

孩子們見爸爸望向天空，也忍不住昂望。

「爸爸，你看什麼？」妮娜問。

「哦哦……看看有沒有人放風箏。」

「爸爸……」哈山問：「新加坡真的沒有地方放風箏嗎？」

「有吧……要找比較空曠的地方，去海邊吧。」

「爸爸，改天帶我去海邊放風箏，好不好？」

「好啊……走快點，我們比賽，看誰先到關口！」

「好啊……」

好不容易來到新加坡兀蘭海關，他們已經汗流浹背了。阿里拿出自己和孩子們的護照，新加坡櫃台倒是寥寥落落，剛好倒反，而輪到大馬護照的櫃台排長龍了——週末將盡，大馬人紛紛湧過來賺取星幣，改善生活了。

長堤，依舊都在上演這種「螻蟻追逐糕點」的遊戲。

阿里記得臨走前對舅舅說的話：「我無所謂，只要下一代過得比我好，就行了，也許，有一天星馬會再合併呢，這樣我們又是同一個國籍了。」舅舅徹悟而笑：「合併？可能嗎？你看政客，天天都在吵架，今天吵水供，明天吵新大橋，後天，不知又找來什麼課題……鵝與雀鳥，怎麼同巢啊？」

查看護照時，海關官員微皺眉頭。

「怎麼……你與兩個孩子，不同國籍？」

「哦，我也不想這樣的啊……」

官員明悟，蓋了章，讓他們順利通關了！

阿里收回三本護照，牽著兩個孩子的手，向官員說聲謝謝。

官員見兩位可愛的孩子，擠出了冰融般的笑顏。

——〈通關〉於二〇〇三年，收入《丁雲短篇》（新加坡：青年書局，二〇一一）。

【評析】

長堤兩岸

◎蘇穎欣

「在新馬華作家」丁雲於一九八八年離散到新加坡。在新加坡的他不僅回頭書寫原鄉記憶（如長篇《赤道驚蟄》），也以在地人視角書寫新加坡（如短篇〈最後的義順村〉）。〈通關〉則描述兩地人為了家庭、生活、愛情長期來回新柔長堤兩岸的狀況。每次安然通關後，人們皆有種「便祕痊癒的感覺，通暢無阻的輕鬆感覺」。

康伯天天來回長堤兩端三十五年，只因當年新馬突然分家而讓他們一家三口成為兩個國籍的人。新加坡馬來同胞阿里也面對長期通關的便祕感覺，因他太太堅持在新山的甘榜老家待產，幾個孩子也因此領大馬報生紙。〈通關〉講述的並不只是我們熟悉的大馬打工仔天天搭一七〇號巴士來回新加坡的故事，而是領新加坡護照的低下階層如何因無法適應整個大環境的變化，成了被遺忘的邊緣人。新馬分家已快五十年，兩地的距離是越來越近還是越來越遠了？

小說中刻劃了兩地人既親密又疏離的感情，就如同丁雲的身分一樣，領的是大馬護照，卻在新加坡長期居住。在兩地之間遊走的人，往往處在如長堤阻塞那種尷尬的便祕感，卻不得不向五斗米低頭折腰，天天搞得灰頭土臉。然而，長堤兩岸在生活、文化上極其相似，往往以孿生姿態出現，但卻隔了一條長堤、一片柔佛海峽、一條看不見的國界、一道歷史的鴻溝。長堤的隱喻，是連結，卻也是疏離，是離開也是回返，是漂泊也是回歸。

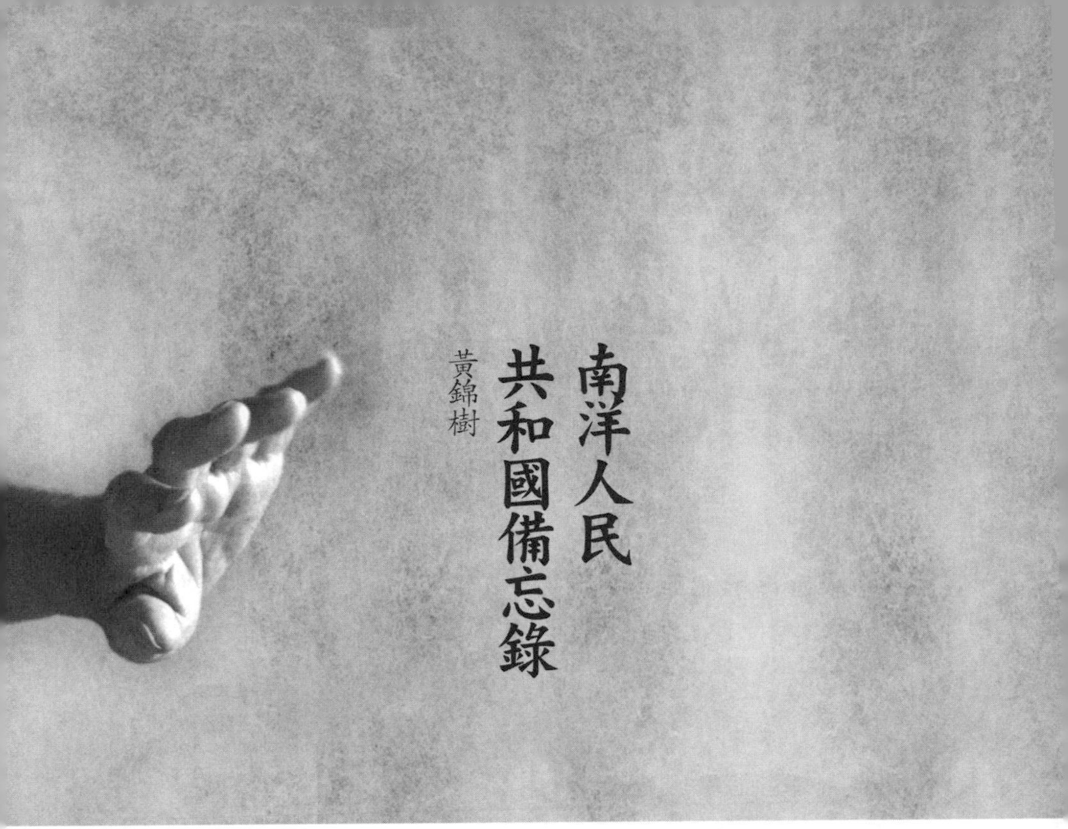

南洋人民共和國備忘錄

黃錦樹

黃錦樹，一九六七年生於馬來西亞柔佛州，一九八七年到台灣留學。國立台灣大學中文系畢業，國立清華大學中國文學博士。現為國立暨南大學中文系教授。著有小說集《夢與豬與黎明》（一九九四）、《烏暗暝》（一九九七）、《由島至島》（二〇〇一）、《土與火》（二〇〇五），散文集《焚燒》（二〇〇一），論文集《馬華文學與中國性》（一九九八）、《謊言與真理的技藝》（二〇〇三）、《文與魂與體》（二〇〇六）等書。

一九四五年八月十五日，日本天皇裕仁在東京電台宣讀《終戰詔書》，宣布無條件投降。八月十七日，陳馬六甲簽署獨立宣言，並宣告印度尼西亞人民共和國成立。同日，馬來亞人民抗日軍強制解除日軍武裝，剷除頑抗部隊，集中戰俘，繳獲大量武器。維護各城鎮的和平。同時集合各民族政治領袖（各州蘇丹）籌組馬來亞獨立聯盟商討獨立建國事宜。要求日軍於九月一日前簽署降書並由抗日軍領袖劉茶於九月五日在新加坡萊佛士廣場以中文、馬來文、印度文、英文宣讀《獨立宣言》，宣布馬來亞民主共和國獨立。第一及第二個承認馬來亞民主共和國的國家是印尼及比馬來亞早三天宣布建國的越南民主共和國。

九月二十日，加里曼丹共和國宣布獨立、英軍試圖登陸新加坡，以為可不勞而獲重返殖民地，遭我軍以無情的擊退。英帝大軍試圖重返婆羅洲，與北加里曼丹軍激戰，大敗於山打根。馘首數千，土民大悅。

九月三十日，英軍又試圖從巴生登陸，激戰七日，遭北馬第一馬來師擊退。

十月，我軍封閉馬六甲海峽。英軍荷軍重返印尼，展開激戰，戰事延至一九四八年。

一九四八年九月九日，朝鮮民主主義人民共和國成立。

一九四八年十二月，英荷放棄對印尼的管治權。同年，放棄對馬來亞及婆羅洲的管治權。

一九四九年五月，印、馬、加領導人商議共組南洋人民共和國，由劉茶出任首任總理。

同年十月，中華人民共和國肇建，國民黨敗走台灣。

一九五〇年五月，共軍渡台灣海峽，在陽明山地下隧道生擒蔣介石父子及軍官、高官數十人，押解至北京。台灣解放，中國統一。

——**《南洋人民共和國大事記》**

進入第十五個年頭，他（我們姑且叫他老金吧）終日隱身在樹蔭裡，像一個遁世的修道人，抄抄寫寫。

每日定時有人送來食物，收走餐具，如是者若干年。

一直到有一天午後，食物擺在門前過了許久，爬滿了螞蟻和蒼蠅。一顆顆飯粒豎起、沿著走廊快速移動，向著地板下的陰影處遁去。

野貓也來用餐，叼走一片魚肉，警戒的回過頭。

來了一家子小猴子，吱吱叫嚷著，從地板下方伸出手，露出雙眼，半個身軀。

他不知道跑哪裡去了。屋前屋後，樹前樹後，那老房子，附近的工寮，都不見蹤影。沿路問了多戶人家，有的說太陽出來前好像有見到一個類似的身影往鎮子移動，但也沒人敢確定，因為霧太大了，且每日不乏獨行的身影。

小屋裡每個角落都堆滿了書，包括了Tan Melaka的*Dari pendjara ke pendjara*、張佐《我

的半世紀》、陳平《我方的歷史》、《從武裝鬥爭到獨立》及多種馬共回憶錄，及克羅斯《紅色的森林》、謝文慶的*Red star over Malaya*等和馬共有關的書。另有大堆亂七八糟、巴金《家》、王安憶《傷心太平洋》等。散亂的紙頁、剪報、書信，各式大開本、小開本的筆記。甚至他返家時攜帶的帆布包袱。過了三四天打了許多電話問他昔日的同志，確認不是訪友去了，就只好報案。畢竟身分特殊，如果真的出了什麼事，只怕又會變成新聞。他的外甥女小青，在交代她什麼東西都不能亂動的警察和內政部的官員抵達之前，就把留有他筆跡的大部分文件藏匿起來了。

小青說，她舅舅就那樣「人間蒸發」了。距他返鄉剛好十五年。

辦案一向隨意的警員只意思意思的問了幾個問題，做了簡單的紀錄，屋前屋後瞄幾眼，敷衍的說：「看來不過是出去散散心，會回來的吧。」經常來訪的內政部官員John多年來已成了他幾乎無話不談的好友，常針對國家體制、經濟政策、種族問題吵得大小聲。隨意切換頻道：英語、華語、馬來語、廣東話、福建話。

三棵百多尺高的巨大的橡膠樹分踞三個角，圍出約莫百平方米的空地，他的小屋就在那三棵樹之間。樹身像三堵參天的牆，比人還高的板根縱橫交錯，他房子的地板就架在板根之上，架了個木梯子好進出。屋頂就撐於樹身間，原木屋梁，直嵌入橡膠樹身。數年裡，已被新增的韌皮緊緊包覆，就像是從它身上長出的一截裸幹。亞答屋頂，內裡鑲了片玻璃，日光有時可以穿進。屋頂挑高，竹片牆，半截門。

樹葉覆蓋了近半的天空，在那樹的陰影裡，彷彿地下室，洞穴。只有年終涼風起、橡膠落葉時節，方有較完整的天光。究竟是熱帶，平日，從樹幹間透進的光，就足以照明了。

樹影節制了光與風。

小屋外數米處，磚砌了一個半米見方的開口灶，裡側被燻出舌狀的焦黑痕跡。

那是他親手蓋成的房子，約莫在他歸返的第四個年頭末尾。在他母親的葬禮結束後不久，他即雇了兩個馬來青年，到附近殘存的原始森林去砍伐了若干南洋鐵木、亞答、竹子、黃藤，沒多久就搭好了。

之後他嘟囔著說要發動他此生「最後的戰役」。

幾年後，他們昔日的領導，馬共頭子在兩位資深英國記者的協助下出版了回憶錄《我方的歷史》。在英文版出版時，作者從海外給他寄了一本，上頭用繁體字整齊筆畫的寫著「太平兄誨正」。沒錯，算起來他和昔日領導是同輩，只比他小兩三歲。書竟然沒有被海關攔截，爾後的華文版竟也沒查禁，都令他暗暗吃驚。這在在都暗示了他們的存在已無足輕重。

多年來他幾乎讀遍所有馬共幹部的回憶錄，他曾淡淡的評論說，縱使反覆辯解，其實不過是質木無文的、一場失敗的革命的殘缺的紀錄。許多人的青春甚至生命，被虛耗了。化為塵土。化為風。和平以來，許多昔日的同志都經商去了，時不時收到他們從遠方寄來的贈品，茶葉、水果、東革阿里咖啡到超柔衛生紙，和高階幹部寫的回憶錄雜亂的堆在一起。

在他「蒸發」前不久，又收到兩個寫滿印尼文、蓋著許多紅色戳章的箱子，好像寄自某個化外的荒島。一扁平寬大，一尺許正方。打開，每個箱子裝了一本書。

一本厚重、巨大、紅色布面，封面和封底都像是皮影戲中的羅摩和悉多，大大小小的皮影人物，大小比例懸殊，攤開可以覆滿一張飯桌。封面單頁就有兩吋許厚，每頁也差不多那吋許厚，頁面底板看起來是實木製的，再貼上棉布。因此一本書也沒多少頁。書頁上寫著密密麻麻黑螞蟻紅螞蟻般的小字，和一些藍的綠的插圖。有人物，有精靈，花，水果，地圖，像是大人國小人國遊記的馬來文版童書繪本。另一本書亦形如其箱，正方體，藍色封面是手繪的星體，白的黃的橘的星光。打開厚實的封面，竟是另一個開數略小的封面，是另一個箱子，再打開，是更小的另一個正方形的箱子，最後拳頭大的小箱裡，一團鳥窩狀的枯草，裡頭是幾片碎蛋殼，綴著疏疏的黑色斑點。小鳥飛走了？

小青說，那幾天一直聽到他在喃喃自語，好像與一群人爭辯著，從清晨到夜晚，或許一直到夢裡。其中最清楚的是三個字：「怎麼辦？」、「怎麼辦？」

那兩本書據說讓他像盞突然被掐熄的油燈，臉色灰白，似乎處於心臟病發的狀態。

那日，他在樹林裡暴狂縱走，踢起落葉、踩斷許多枯枝。甚至顫巍巍的爬到樹上去，抖擻著猛烈搖晃枝葉。下來，又爬上另一棵樹，甚至朝遠方發出細細長長的吼聲，嚇壞了附近的猴子，也跟著狂亂的跳躍於樹幹間；山雞急啼紛飛，雞雛飛快的鑽進草叢間。

這小屋當然不是他原來的居所。

舊家在樹的後方。也是他母親過世前待的地方。

十二月，英軍傘兵數百十人空降於柔佛，盡被剿滅。

一九四六年七月四日，菲律賓共和國成立。

一九五〇年六月二十五日，朝鮮人民軍越過北緯三十八度線，揮軍韓國。

小青說，我們可以想像他的心情是怎樣的。適應森林外的生活是不容易的。他的情況更特殊，完全沒有朋友來拜訪，沒有找他的電話，也沒見過他打電話。好像他的過去是一場虛構，沒有人可以論證。大概也可看出他的人際關係是怎樣的。老戰友過世了會寄來訃聞，他有時去，有時也當作沒收到。宣布閉關以後，連電話線都剪掉了。在他洞穴似的小屋裡，長長的寂靜時光裡，偶爾一陣沙沙沙沙，筆在紙上疾走。「刷」的撕去一張紙，揉成團狀飛出來。準確的投進灶裡，升起一陣白煙。他覺得太爛的書（包括部分同志的回憶錄）都在那爐裡慢慢煉化，包括那個「寫著大大紅色penjara」的神祕的箱子。

約莫一週後，因為濃烈的腐臭味，而在樹上找到他光裸的屍身。就嵌在那三棵大樹其中一棵高處的樹洞裡。滿口幹伊娘丟他媽的，戴了好幾層口罩還直搖頭的兩個壯年仵作沿著消防梯把屍體搬下來時還差點讓它斷成兩截，嘟噥著：「好似死咗幾百日咁，軟叭叭，一觸即爛，差點散咗。」

——難怪這陣子到處都是綠頭蒼蠅。

——畀死人！

圍觀的附近居民忍不住抱怨。

——怎麼爬上去的，那麼高的樹？

活過當年那場火的三棵大樹，被燒毀的木質部留下大洞，後來它們的韌皮部再怎麼長也沒法把創口完全包覆，各自留下一個裝得進孩童的洞。一年年隨著樹長高被往上推，而今已有七、八層樓高了。如果不架梯子，確實需要一些技術。以他在森林裡多年求生的經歷，這確實算不了什麼。

差不多半年後當惡臭消退我們架梯子上去勘察，其中一個洞仍臭猶存。那是最大的一個洞，的確容得下一個瘦子。洞與洞間距離十數米遠，第二個洞較淺，從洞裡的鳥羽、獸毛、小獸的碎骨來看，松鼠、犀鳥和老鷹都住過。其中最小的一個蓄了一汪水，綠樹蛙吸附在洞壁，一池綠蝌蚪。

葬禮時倒來了不少人。依他留下的通訊錄發出的訃聞，除了已過世的、重病的、人在國外的，幾乎都來了，甚至是那些馬來同志。幾輛大型遊覽車，全程參加殯儀館裡的告別儀式、送葬儀式，一直到屍體火化、骨灰盛裝骨灰罈後，堅持要家屬帶他們到他最後的居處與死地看看。

山丘上未曾同時簇擁那麼多的人，也因此惹來更多的觀眾。能親眼目睹昔日令人喪膽的「山老鼠」，許多老人都深感榮幸，也發現他們也和一般的村民、小市民其實沒什麼不同。

那自然也引來了各家報社記者。

老金的名字次日再度顯眼的登上地方新聞版面：「知名馬共戰士□□□離奇死於故鄉的樹上」。

許多老同志都吐著白煙感嘆：

——沒料到竟是這樣的結局。

——不知道他為什麼刻意和我們斷絕往來。不來找我們，不讓我們找他，不接電話，也從不回信。我們成立了出版社，也辦了刊物，他應該有很多文章可以給我們發表。

——我們都很想念他。

幾個老同志看到那三棵樹都忍不住哦的一聲。

——這不就是老金常提到的那三棵樹。

老魏說。

——他說他夢見它們的次數比父母還多。

老張說。

——他常說它們好像跟著他走到大森林裡去。

老王說。

參觀完老金返鄉後的居所後，在大樹下，席地而坐，喝著咖啡。他們說了好些他的事。

我們心中的疑問也順道向他們提出。

老金在部隊裡除了拿槍桿之外，因為多念了幾年書，也比別人會寫文章，因此平日常為同志代筆寫家書，撰寫部隊的大事記、編寫及管理檔案，還有把不同戰士的英勇故事寫下來，刊在部隊發行的刊物《火炬》，以激勵後來者。

——但他其實常心事重重。尤其在聽到馬來亞獨立後的那二十多年，他變得非常焦慮。馬來亞獨立了，還為什麼而戰？為了馬共的尊嚴？為了歷史上的承認？部隊在「餓斃戰略」裡瀕臨覆亡，老金的小弟阿寶又在出去尋找糧食的過程中被擊斃，那事情對他打擊非常大，他一直覺得是自己的責任。他常說將來要怎麼對他父母交代。那之後，他有時就變得有點怪怪的，常常睡不著，胡思亂想，很多抱怨。同時也曾寫了部不切實際、烏托邦兼失敗主義情緒的小說《馬來亞人民共和國志》，而受到嚴厲的批判。

——批判歸批判，他還是依然故我。

——手稿？不知道是不是在清除內奸的過程中被他自己銷毀了。

——有可能。

——幾年後，他大弟阿光又被懷疑是特務而被槍決。那之後，他的情況就非常不穩定，頭髮全白了，眼眶黑得像熊貓，紅著眼睛，常喃喃自語，寫的報告沒有人看得懂，好像發明了一種連自己也看不懂的文字。他夜裡常睡不著覺，常獨自坐在大樹下餵蚊子發呆，或者哼著「飄揚的紅旗，光明美麗。飄揚的紅旗，爭取民主、自由」。

——他後來好像在偷偷躲著寫另一部什麼，就不讓人看了。

——那時我們部隊也分裂了。

——那時聽說和平協約簽署了，一切塵埃落定，也沒人再管誰在寫什麼。他好像收到了幾封來自家鄉的信，大概是他唯一留在家鄉的妹妹寄的。他想了很久才慢慢恢復原狀，大睡三天。起來後，好像從一場噩夢中醒來，變得很安靜，好像下了什麼決心，迅速收拾行囊。臨走時，要求我們把老金的遺稿整理了讓他們發表，「有紀念價值的遺物可以捐給我們設在和平村的馬共博物館，各國的觀光客都很感興趣。」

因此我們其實不難重建他返鄉的旅程和心緒。讓我們嘗試用他的觀點，描述那一段經歷。

那年，如同其他數百位同志，在和平條約簽署後，經歷了漫長四十年的離家，他踏上了返鄉的路。可以想像他的心情必是十分複雜。有沒有覺得悔憾呢？四十年，幾乎是大部分的人生了。如果不走入森林，必然是全然不同的人生，也許兩個弟弟都可以獲得保全。他將看到許多功成名就的同代人，或身居高位，或富甲一方，至少是正常的、安居樂業的生活，能盡孝，能無憾。

然而那些能過著平穩的生活的人，靠的不是他們當年的犧牲嗎？這是他們一貫說服自己的說詞，然而這樣的說詞究竟禁不禁得起考驗？人在森林時不覺得，一旦面對外面的世界，剩餘的時間都將是連綿的考驗。

離開森林的那一刻，他想必和其他人一樣心情忐忑。

不少人回返老家後不久也回到泰南和平村，度其餘生，或者成了異國之人，在那個接受他們的異鄉養育下一代。

那段時間弟兄們忙著集中銷毀武器，拆除布置在林中各處的地雷，以竹尖、梠檬等設置的陷阱，總體上有一種放鬆的、節慶式的氣氛，終於不必再過著隨時緊張戒備的日子了。但不免也有一種空茫之感。

早先，馬共即將走出森林的消息在媒體披露後不久，他就接到了外甥輾轉從報社轉來被拆開的一封信：

太明或光明舅舅：

媽媽在電視上看到一個人很像是她哥哥，但不確定是哪一個，三、四十年沒見，要認出來確實不太容易。更何況，您們是三兄弟一起走入森林。

如果可以的話，請早一點告訴我們您何時可以返鄉，需不需要我們去接。好早做安排。

如果那仍屬機密，也不勉強。她要我向您指引回家的路。請參考下圖，只要您能回到故鄉的車站，再轉一兩趟車，走一段路，應該就可以回到您熟悉的舊家。這些年來周遭的環境發生了不小的變化，昔日的樹林都成了房舍。

外公已過世十多年，母親說，他一直到臨終前一刻都還在等待事情結束你們平安歸來。外婆還在苦苦等待，她也八十多歲了，也有點糊塗了。她老人家常說她沒有多少時間了。只要有人去看她就以為是您們回來了。

如果她認錯了人，他們已消失於戰火中，請閱信者把它退回或銷毀。

外甥小青，一月十日

老同志們說，他堅持要自己走上回鄉的路。

——能自己找到路回家，對我們離家太久的人來說，都不是件容易的事。

那天他從北方搭車往南，必須穿越許多樹林。經歷多次轉換，方能抵達故鄉的車站，做最後的轉換。車站的位置即使改變了、形體變大了，也並沒有想像中困難，問一問人也就找到了。轉了兩趟車，就到了他記憶中的山丘下。以前是一片樹林的，已然變成了一座座花園洋房。排屋、半獨立、獨立式的；單層、雙層，恰是萬家燈火時刻。一條八米寬的柏油路，筆直的從舊鎮延伸過來，到山丘下拐個彎，立了個站牌「三棵樹Pokok Tiga」，再伸向另一片燈火輝煌。極目四望，他深深的嘆口氣。從北方南返，一路來不都是類似的景觀？路上呼嘯而過的私家車燈光刺目，不無挑釁的意味。四十年的物換星移，看來資本主義已大獲全勝了。

即使《可蘭經》透過擴音器企圖佔據每一個人間的角落，在流亮的燈光裡卻顯得異常的不和諧，像一齣戲配錯了樂。

中天一勾新月，星光燦爛。山丘上三棵大樹像三尊巨大的神祇，在夜裡更顯威靈，向天的枝幹輕搖，呼風喚雨，彷彿在進行什麼神祕儀式似的。樹前的屋裡燈火微明，和記憶中的景觀並無不同。山丘上層層疊疊的大概是些果樹吧。及膝的高草間，一條小路蜿蜒、半隱半現的向家的方向延伸。路口有一塊無名的石碑，在他有記憶以來即如此，但似乎更向土裡凹陷，也不知是否曾經是墳塚。

他佇立良久。該如何向母親解釋呢？當年父母親去領回身上都是彈孔、一身血污的弟弟的屍體，是怎樣的心情？

離鄉那年還不滿二十歲，二戰時加入人民抗日軍，幾度倖存於鬼子的砲火。縱使如此，仗著對地勢的熟悉，他也曾數度悄悄在夜裡冒險潛返家門，以慰思念愛子以致難以成眠的母親。

戰後曾短暫的返家，家人視他為英雄。然而很快的馬共與英軍反目，內戰爆發，在英殖民者頒布緊急狀態之後，就再也沒有機會返家。有幾回行軍非常接近家門了，他甚至可以聽到家人說話的聲音。那燈火，那狗吠。他不敢再靠近，只能在黑暗中凝視。

在「餓死戰略」前，他還曾從工寮裡找到家人留給他的白米和肉罐頭；但布里斯計畫實行後，就再也難以趨近了。

最後一次經過時是在一個大霧迷濛的黎明。他非常驚恐的發現，家所在的地方空曠一片。老家成了一片廢墟，燒剩的梁柱以炭的形式兀自冒著淡淡的白煙。

他一度以為家人都罹難了。部隊裡年長些的同志告訴他，應該是被強行遷入美其名為新村的集中營了。

那時他也不知道，就在不久前，兩個弟弟也步他後塵走入森林，隸屬不同的部隊。他能責怪他們嗎？為什麼不至少留一個在父母身邊呢？

背後的行囊突然沉重不堪，他只好把它放下。

四十多年就那樣過去了。

當他終於鼓起勇氣走進家門，燈光黯淡的家屋裡，一白髮老嫗獨坐籐椅。那是母親罷，他不自禁的下跪，包袱悶聲摔落地板，熱淚便湧了出來。當年他離家時母親猶是一頭濃密黑髮，如今卻白髮稀疏，一如當年哭著求他留下來的祖母的模樣。他感情激動得不知道哭了多久，突然覺得有一點不對勁。收住淚，抬頭一看，老婦人臉上有一瞬的憤懣，隨即淚水滾滾而下，緊緊的抓住他雙臂，猛烈搖晃他枯瘦的身體。

——阿光呢？哪會沒跟你一起回來？

——沒了，早就沒了。

他編了個他多年前被敵人伏擊受傷，回部隊後身亡的故事。屍體就近埋在山裡大樹下了。母親的老眼已被淚水漫漶，也幾乎站不穩了。

攙扶著伊，好一會，他環顧四周，一切熟悉、真實得難以置信，簡直是他離家前的原貌。這是怎麼一回事？泛黑的木板牆、油黑的原木梁柱；兩扇對開的木扇厚重的插栓擱在一旁，父母親的黑白結婚照掛在梁下，兩人都是二十來歲，對前程滿懷信心。月曆牌上的女明星明眸皓齒，恰是當前的日子沒錯。只是祖先牌位旁新增了一位非常熟悉的老人肖像酷似自己。他不由自主的生起那樣的念頭，老人表情愁苦憂傷，眉頭都打結了。

——回來就好了。以後哪裡都別去了。

在母親的引領下他自神桌抽屜裡抽出一把香，擦了火柴，點燃了，屋前屋內、天上地上各拜了數拜，從玄天上帝、福德正神、觀音、關公、土地神、祖先，依序插入香爐。

從伊緩緩的話語裡，伊說為了怕他回家找不到路，在緊急狀態一結束，他們就費盡心力把被燒掉的家給重建回來了。

——默迪卡後就該回來了呀。

接下來的數年，老金就像個乖孩子那樣守著家屋、守著母親，再也不出遠門。母親到處遇到熟人便歡喜的說：「俺仔返來囉！」

頂多騎著父親留下來的老腳踏車到鎮上買點日用品、幾本書，不用半日就回來了。他像父親那樣的抽菸，陪著母親拔草、種那幾畦菜，定時給十幾隻雞鴨餵食，修剪果樹、包幼果、鋤草。

正午最熱時，母親會為他沏壺濃濃的老人茶，戴著老花眼鏡縫補衣物，聽「麗的呼聲」，反覆敘述親友間多年來發生的事情，或聽他說部隊裡有趣的事，譬如烹煮大象、黑豹、老虎肉。他有時看幾頁書，有時寫幾行字。有時默默無語，時間凝結般的，各自做各自的事，看起來竟像對老夫妻。

最後一年，母親快速退化，有時對著他呼喚老伴的名字（「阿進哪」），叨叨絮絮的流著淚訴說對躲藏在森林中兒子們的思念。兼之大小便失禁，只吃特定的軟爛食物，他親力親為，吃盡了苦頭。最後的幾個月，更常淚漣漣的呼喚伊的夭兒：「阿弟啊，你做麼該唔返來俾阿媽睇吓？」（「阿弟啊，你為什麼不回來給媽看一下？」）或對他則投以怒目。在被死亡的狂風撲倒前，似乎還說過這麼句較清醒的話：「至少，骨頭嘛要挖回來給我。」

一直到臨終半昏迷了，還這樣那樣微弱的叫喚著。

無怪乎老金在編號「第四年」的筆記本上寫了密密麻麻的「骨頭」、「母親」、「阿進」，和寫著以下字跡的紙片：

一九五〇年六月，美軍第七艦隊開進台灣海峽欲馳援南韓，與駐台共軍激戰，被迫退守菲律賓。朝鮮人民軍攻佔漢城，並統一朝鮮半島。

一九六〇年一月，南洋人民共和國總理吳光明等赴北京與中共國家主席毛澤東商談菲律賓、泰國、緬甸、柬埔寨、寮國等地解放事宜。

三月，蘇聯航空母艦開進日本海，與在日美軍對峙，美英主導的聯合國譴責蘇中輸出革命，第三次世界大戰瀕臨爆發。

幾天後，我們著手整理老金的遺物。藏書之外，確實有幾本字跡難以辨認（甚至是看不出是以什麼文字寫成的，塗抹得非常厲害，筆跡縱橫狂亂，也許用的是獨創的密碼）的十六開筆記本，一本用白布包覆成書的本子，封面燒炙而成的字依稀是「馬來Φ人民共和Ψ紀事」，因白布上聞起來有股濃烈腥氣的大片褐色污跡讓它難以準確辨識。翻開來一看，更傻眼，大部分紙頁都被燒掉了只剩下裝訂處吋許，剩下沒幾頁完整的且是焦褐色的，大略是一個章節〈恐怖的審訊〉。

另外有十個十六開筆記本封面都用紅筆寫著「南洋人民共和國紀事」。有的已寫滿了字，但有的只寫了幾頁，甚至空白，或被粗暴的撕扯掉，留下大小不一的鋸齒。仔細觀察，每一本都有紀年，記的恰是他回來這十五年。那是日記嗎？

還有若干散頁，或許是匆匆記下來的，隨手夾在筆記內。

第一至第三年的筆記，藍色封面，寫著「馬來亞人民共和國檔案」，看來是試圖還原被毀掉的那部稿子，或予以重寫；字跡較整齊，然而看起來卻還仍只是個大綱。雖然他那「馬來亞人民共和國」已在一九四五年九月日本戰敗後成功的建國，所有倖存而活到戰爭結束的、死在戰火中的、餓死的、意外死亡的，在他的共和國裡都身居高位。若非在部隊裡當的是高階將領，就是在龐大的內閣裡當高官，他的兩個弟弟一個當了陸軍總司令，一個當了內閣總理。那被李光耀以卑劣手段逮捕的社陣領袖林清祥當了共和國的勞動部長，馬來亞共產黨主席阿都拉・西迪當了內政部長、中委拉昔・邁丁則當上衛生部長。教育部長呢，給了馬華族魂林連玉。

當然也少不了清算敵人。不用說，那一個個向英國投誠以致造成大量馬共人員傷亡或被捕的一長串名字的叛徒們，在第一冊的三分之一就已迫不及待的被槍決、砍頭、腰斬甚至凌遲處死，尤其是那害死最多同志的三面間諜萊特，心肝脾被拿來爆炒當國慶日下酒菜（下畫三道紅線註記：定稿時改為較人道的方式處理）。和那些叛徒同遭不測的，包括發動清除內奸運動而屠殺了大量同志的小章，他死於腸阻塞，七天七日拉不出屎（即使醫療人員盡心盡力的幫他灌、幫他挖、幫他擠），那屎好似有自己的意志似的非常頑固就是要撐死他臭死他（畫線註記：待潤飾）。

那長期在中國吃香喝辣的馬共頭子陳平呢？敘事一開始他就被派去莫斯科當大使，一直到筆記的末尾都還沒有被調回來，老金那為尋找食物而被擊斃的弟弟鼓著腮含著魚子醬（在小說裡被加了好幾歲好讓他掌大權），給他的臨別贈言是：「你很有語言天分，好好把俄語學起來，為對抗英帝美帝，我們需要蘇聯的長期協助。」那最令在新共產黨人痛恨、和英國人聯手以骯髒手段逮捕及驅逐左翼有年的李光耀呢？還用說，早就和一干洋鬼子一道被遣送到英國去了，筆記中框起一行字：「他不是很想當英國人嗎？滾回英國去吧。」有趣的是，那艘往大英帝國的船上還有位著名的同行者，即是馬來亞建國後被尊稱為「國父」的東姑阿都拉曼，據說這位愛玩的吉打州的王子在留學英國期間曾是李光耀「劍橋俱樂部」的酒友。敦拉薩和馬哈迪這兩位馬來西亞前後任首相呢，前者被遣送返印尼，後者則被送去印度。（註記：他老爸不是印度人嗎？到印度拉肚子去吧！）

彷彿浸泡在建國的歡悅裡，顛倒歷史、明暗互換，做好了人事布局，大致定好國家制度，沒收了外國資本家的產業（尤其是橡膠、油棕之類的大莊園及錫礦），也沒收了華人資本家的產業。謹慎的保留了農村馬來人私有土地，及華人小面積的私有土地、一定資本額之下的商業行為。此舉無疑參考了中國改革開放後的經驗，一定程度的保留私有財產、自由貿易。然而經濟如果要活絡，則不能斷絕和帝國主義的商業交易。模仿香港特區的經驗（也抄襲了現實的新加坡經驗），歡迎外資，重新讓新加坡變成自由港、高科技和金融中心，只在馬來半島實施一定程度的共產主義。但那也是十分有限的。他也知道，一旦動馬來人既有的土地（連英國人都不敢輕舉妄動），政權就很難維持。即使這麼多妥協，看來他的共和國也搖搖欲墜。

相較第一本筆記的歡快語調，第二本則憂鬱多了。第二本有一半以上篇幅是劃掉的，在那被劃掉但還是看得到文字的廢稿裡，有一個極左的內政部長（看起來很像李萬千）莽撞的想要廢除各馬來土邦的皇室（蘇丹）及他們各自擁有的龐大資產（以「反封建」）、褫奪馬來人的傳統土地權，實施土地改革，以推行較徹底的共產主義。可以預料的是，激發了馬來人空前激烈的反抗，以各州蘇丹為主組織起來的反抗軍，高喊「終結共產主義」、「保衛蘇丹」、「保衛馬來人」、「保衛伊斯蘭」，甚至喊出「支那豬滾回中國去」、「讓馬來劍淌著支那豬的血」等。兩位馬來部長隨之辭職，加入反抗部隊。政府派軍警鎮壓，而軍警裡的大量馬來人幾乎是立即持械倒戈，只剩下人數不到一半的華人和印度人，不只變成少數對多數，且呈種族對峙之勢。劃掉，另起爐灶。卻也馬上遇到問題。這回問題出現在宗教和教育。

第二本末尾，土地問題和蘇丹問題妥協了，但在教育政策上，人口佔了將近一半的馬來人不願接受華文為官方媒介語，而華人也不願接受馬來文為國語，印度人同時反對前兩者。那英語呢？那是殖民帝國的語言，不是千辛萬苦才把它廢了嗎？第二本剩下的篇幅裡，教育部長林連玉都在為此而寢食不安，慘過被褫奪公民權。宗教問題一樣棘手，在第三本，一樣是大部分篇幅被劃掉了，內容是關於宗教改革的，對抗的狀況一如對前兩本被劃掉的部分。即使是劃掉了那麼多，最害怕的情況還是發生了：殖民帝國再度介入。

在「第三年」末尾的一九四九年年初，以馬來人為主的「馬來人民反抗軍」在印尼及英帝美帝、阿拉伯國家的支持下，南北夾擊。南邊的部隊從廖內群島登陸新加坡，即將攻下登加空軍基地（Tengah Air Base）、加冷機場（Kallang Airport）。印尼的空降部隊甚至已跳傘到柔南的拉美士橡膠園裡。北方，英軍循昔日日軍登陸的哥打峇魯，做了卑劣的模仿，但騎的是從德國戰場上搶來的聲音很大、冒著黑煙的納粹嚀哆車。老金的弟弟正煩惱不已，因為國共內戰方殷，中共尚未取得天下，越南被泰國阻隔，蘇聯更鞭長莫及，共和國看來危如累卵。這時，筆記到了盡頭。

第四年就是亂碼了。可以想見，母親的狀況給他帶來多大的衝擊。即使是亂碼，也有些句子或段落。但那是一些歪歪斜斜的註記：「應該讓中華人民共和國建國」、「換一種敘事類型？」「換一種手法？」「把餅做大？南洋人民共和國？」

這是「南洋人民共和國」第一次出現在筆記裡。

最重要的大概就是那幾頁「紀事」，最後的一個句子是「台灣解放，中國統一」，接下來應該就是「第三次世界大戰一觸即發」。敘事明顯變得凌亂了。在美軍的慫恿下，菲律賓海軍陸戰隊登陸婆羅洲，企圖「收復失地」；荷蘭與英軍企圖重返印尼，法軍重返越南，英軍重返緬甸，印—馬馬來民族主義者及各土邦皇室共同組成「馬來民族解放陣線」，高揚馬來人對南洋群島的傳統權力，獲得中東伊斯蘭國家的廣泛支持。被刪掉的《馬來亞人民共和國檔案》的那些老問題又回來了。

——〈南洋人民共和國備忘錄〉原刊《香港文學》第三三三期（二〇一二年九月）。

【評析】

小說就是要弄虛作假

◎張錦忠

在《南洋人民共和國大事記》裡，一九四五到一九五〇這幾年間，在東南亞與東亞地區，抵抗帝國主義與殖民主義的人民紛紛脫殖獨立，人民共和國一個接一個成立，最後是解放軍渡海，中國統一，到了一九六〇年，第三次世界大戰瀕臨爆發。這樣的「南洋人民共和國」顯然存在於「隱形地圖的世界」裡頭，不見於東南亞史籍。這張隱形的地圖「存在」於「知名馬共戰士」老金的幾冊十六開筆記本裡頭，作為共和國的「歷史檔案」。東亞、東南亞、馬來亞的歷史，當然，不是按照大事記裡頭的進程發展。一九五〇年的大事，不是共軍解放台灣，而是韓戰爆發，隨後發生的幾件大事，如一九五四年的奠邊府戰役，一九五五年的華玲會談與萬隆會議，一九五七年的馬來亞獨立，一九五八年的八二三砲戰，都不見於《南洋人民共和國大事記》，顯然《大事記》的作者書寫／重寫／顛倒的才是他的「我方的歷史」，連陳平講的也是「他家的歷史」，對老金而言並不算數。

黃錦樹的〈南洋人民共和國備忘錄〉固然是「書寫馬共」，不過也是「顛倒歷史、明暗互換」的小說家言。小說家不是歷史家，當然不必書寫歷史。對小說家而言，歷史的弔詭遠比歷史來得有趣；為了呈現歷史的弔詭，小說家勢必要弄虛作假，偽造文書。於是乎老金的《南洋人民共和國大事記》裡的「建國方略」充滿了「歡快語調」：「所有倖存而活到戰爭結束的、死在戰火中的、餓死的、意外死亡的，在他的共和國裡身居高位……」，彷彿藉由書寫與（作偽的）敘事製作集體記憶，替這些走出森林與埋骨森林的同志爭回了遲來的正義（poetic justice）。

歷史沒有發生的，總已滲透在小說敘事裡，而小說反過來藉由顛倒的歷史敘事污染與滲透歷史。因此，小說，而不是歷史，才是我們要追問——「究竟你是毒藥還是智慧」——這個柏拉圖還是德希達（Jacques Derrida）問題的對象。

湖面如鏡

賀淑芳

賀淑芳，一九七〇年生於馬來西亞吉打州，國立政治大學中國文學碩士，曾任工程師、記者與拉曼大學中文系講師，現就讀於新加坡南洋理工大學中文系博士班。著有小說集《迷宮毯子》（二〇一二）。

她差點翻車或撞進湖裡。就在傍晚那奇妙的時刻，那頭鹿快而無聲，出現在車道上。她不由得驚呆了。有一瞬間亟欲飛奔，竟想不顧一切，掙脫地心吸力而去。

這些年來，當她看著學生們伏在桌上沙沙書寫，腦中就浮起野生探索頻道的畫面，一群看似溫馴的麋鹿互相依偎聚在草上。她從來不知道牠如何生長，如何繁殖，但自從電視上看過，就經常想起。想像牠有栗色的外皮，彼此親愛，性情警覺，從不出聲，至少人類聽不見，喜歡嚼某種葉子，也許亦無可避免長了跳蚤，畢竟所有動物都有。也許這些想像全都不對，全都錯了。沒有一個符合現實，生物這科從來就不是她的長項。

沒有任何人犯規。除了從桌位升起的低低絮語，偶爾也吵得像海濤，或菜市場。有時一個問題就使全班沉默。有時一把躍躍欲試的聲音敲破死寂。

「我不相信事情有主人公講的這麼糟。」

「為什麼？」

「敘述者太過沉醉訴說自己的痛楚，像個過度誇張妄想的受害者。小說開頭就寫，『恐懼折磨我，使我幾乎快要發瘋。』所以從一開始就是瘋女人的自言自語。」

「可是小說的語調很冷靜。有什麼理由你非得認為這都是心理病的妄想呢？」

「可是，我倒是贊同，受害者。」另一把聲音又冒起：「也許成為受害者很有快感？受害者的故事是否比較容易說？」

「比較容易博得同情。」一個同學說。

於是班上冒起一陣笑聲，一陣嘆息，有人點頭，有人搖頭不同意。

來一場短促的爭執。至於那些無法參與的，窸窣低語從桌椅間升起。她揚起手，輕輕一壓，彷彿指揮樂隊。

「為什麼要急著決定呢？難道小說對此有明確的答案嗎？難道這結尾不是開放的嗎？」

她喜歡和他們說話。他們的發言在課室內此起彼落，像蟬忽東忽西上上下下地跳動。

「可是，說出真相有那麼困難嗎？小說非要這麼模稜兩可嗎？」

「所以我不喜歡什麼後設小說，」一個同學把書本都收拾好了抱在胸前趕著走，還回頭說一聲，「這太不好懂了。」

連嘆息與抱怨聽起來也像休止前的撥弦低鳴。

窗外可見一座電訊高塔。透過窗簾隙縫望出去，高塔顯得又遠又小，像一枚滑入視線的裝飾貼紙，煙霾濃時幾乎一無所見。但晚間在外環高速公路上開車飛馳時，遠遠看見它，發亮的頂端分外觸目，像一座移置到陸地的燈塔，遠離底下大片燈海，冷冷清清嵌在夜空一角。

我們都靠它來生活了，偶爾她會這麼想，真是不可思議。若沒有它，我們就會更加孤獨。但一座塔是不會瞭解它自己一天裡發出的千千萬萬個訊息的。

很長的一段時間，她一直小心避免職場上觸礁。年過三十五，在大學任職已經四年，但感覺還像剛學爬的嬰兒。說最多話時，便是在課堂上。偶爾也會揣想，年幼溫馴的麋鹿究竟如何領略她說的話呢？一天又過去了，今天又說了什麼？是否不夠小心，是否說了什麼使人誤解，是否這些話違背了真正的心意？打從第一天開始，就已經聽到這類出奇慎重的警告。

「他們很年輕，正在成為大人，但心裡仍是小孩，對許多事，不懂分辨是非，不知自己做的將引起什麼嚴重後果。所以教師說話，務必謹慎。」

她幾乎想笑，那話說得太嚴肅。但會議室裡沒有其他人覺得好笑。幾個講師合約到期了，不被續約。那天會議就報告了這件事。是報告，而不是討論，委員會已經做了決定。寥寥數語，念完句子循例有人附議。會議僅是例行公事，根本不會有人反對，事情也不會改變。

身邊的同事輕輕嘆息，一陣細小低語絮絮從座位升起。她聽見，有個人側身來對她說，瞧，在這裡，別搞什麼問題，他說，像那個，像這個，被投訴、被解聘了……好像跟妳也是同屆？妳跟她熟不熟？

呃，我不確定，可能有見過面吧。她說。

在前方，主持會議的院長仍然語重心長。

「要尊重別人，不要去踩你踩不起的火線。你們要警醒，因為你們的學生，他們是非常敏感的，我們也非常非常地敏感。」

她垂下視線，翻一翻眼前的會議報告，最末一頁底下，引著一行政府公務部門的標語：為國家與民族奉獻。

她的父母親也是公務員，母親是小學教師，父親是小學校長。家裡時不時就出現一些新的杯子、毛巾、雨傘、鋼筆、文件夾，寫著同樣的字眼，是他們去參加假期培訓營之後帶回的紀念品。她以前不覺得這有什麼大不了。雨傘會壞，毛巾會發霉，杯子會打破。第一次，她覺得這句子悶在胸腔，又硬又實，像石頭。

「記得這一點：你們要比他們更敏感。」

我也是很敏感的，她想。這種像刺一樣的感覺，躲藏在額頭底下，隨時從唇邊穿出，足以扎破空氣中冒泡的笑聲與閒聊。唯一能做的就是小心繞過它，萬一不小心觸礁了，那還真不知該怎麼辦。經常停泊在陰涼的樹下，經常坐在車廂裡，坐在駕駛座上發呆。車窗搖下，世界便如海濤湧來。但此處內陸，平靜，無浪。風慢慢吹過停車場，吹皺了生物系養魚的池水。

她的記憶力很好，隨口就可吐出書名、年份與作家生平，在白板寫下長長的一串，用來唬人還挺管用。也許正是由於記憶力太好了，那些聽來的事往往也得經過很長的時間，才能鬆開箝制的力量。

「我們都要學習忘記一些不值得去記的事。」她母親對她說。

她回答：「我現在只有一大堆東西必須記得。」

看著她母親殺魚。其實那魚早已死了，她對母親說，死魚不能再殺第二次。

「不要糾正我。」她母親用一把薄薄的刀子把魚腹剖開，把魚鰓和腸子拉出來。她記得小時候曾經問過母親，為什麼魚的眼睛不會閉上。當時母親說，正因為魚的眼睛總是睜得大大的，所以吃了才會變聰明。

「結果還不是任人魚肉。」

「去讀妳的書，做妳的正經事，」她母親說，「去，去忙妳的。」

她到陽台那裡去陪她父親，他正抽菸，一邊眺望四周熟悉的風景，看見她來了，就滿意地看著她。在斜坡上有一間華文小學，那裡傳來斷斷續續的單簧管奏曲聲。母親常說，連麻雀都要比他們起勁。但她現在喜歡聽這些聲音。有時候學校的播報器會呼喚一兩人——黃偉興，過來。或者，葉韻欣，葉韻欣，妳在哪裡？——結果這地區裡每個人都聽過了他們的名字，知道這些人正被找尋、被叫喚。她可以想像那裡有某個老師抓著廣播器在小學生的隊伍前面叫喊，而那些華小學生也許都排著隊伍，規規矩矩，像小共產黨，以前，修道院的同學們都這麼說。她不認識他們。他們僅是飄揚在斜坡上的聲音，那聲音有時被附近的小孩尖叫或電視聲浪所掩沒。她不知道以前為何那麼抗拒，現在卻幻想那是比她目前所面對的，更為輕鬆、更為單純的工作。

「如果他們不聽話，就得好好教訓他們，」他父親說，鄭重地傳達經驗。「殺一儆百，絕不能手軟，絕不能嬉皮笑臉。」

在餐桌上，他們聊起親戚的近況，談起和她同齡的堂表兄弟姊妹，哪些有出息，哪些是混日子過，哪些是最沒希望的。

「連兄弟姊妹都不想見，」母親說，「以前還只是吊兒郎當，現在真正是爛泥一塊，也不知道做什麼到處都跟老闆吵架，到處都做不久。」

「這種人，老不長進，專門跟給他飯吃的人有仇。」父親說。

有些人她已經許久沒見了。聽他們談起，僅想起些微印象，像夢醒後的片段。她很奇怪，父母對她的無情善忘竟不驚異，因為有些人還曾是她小時的玩伴。她華小沒念完，就跟著父母調職轉去國小，中學念修道院女中，然後他們一家人就和那些人疏遠了。他們全都成為不一樣的人了。她很難想像他們竟都會變成這些挺著銜頭看起來成功的人，或者變成大家認為很有問題且失敗的人。

「怎麼知道他們的事呢？」她納悶地問，「誰告訴你們的？」

「反正就是有人會說。」

關於小時候的假期，她記得一件事，在外婆家，聚在岸邊和其他小孩一起看舅舅跳進水裡。那是又大又深的湖。那裡的人都撒網在魚排周圍養魚，一排排竹條緊縛，把湖面分成了一國一國。她的表弟和表妹對她說，他們的父親有本事潛在水裡修補魚網。他在腰間綁著一條粗繩就跳下去了。她問那些守在湖邊的大人們，問他們舅舅什麼時候才會上來。他們告訴她，只要再等一會兒。

她蹲在湖邊，看見有個人的頭顱從水中霍地出現，從湖中心泛起漣漪，圈圈疊纍著擴大開來直至沒入岸邊濕泥裡。她搞不清楚哪個先出現，是漣漪，還是人。

他們說，妳舅舅有很好的「斯塔咪納❶」，要補魚網的破洞可不是簡單的事，因為他得屏住呼吸，在水中視物，找到破洞之後，還得在水裡一針一針地把破洞補起來，所以必須有足夠的「氣」長時間待在水裡。那個下午，耀眼的陽光曬得她頭暈目眩。她忘了舅舅到底浮上來幾次，每次他冒出來時，總是對著天空把嘴張得老大，好像要把天上的雲都吸進肺裡。

她問他們為什麼不把這張魚網拉上來，表哥說，這很難，因為這張網又大又重，他們已經在湖底用繩子與釘子固定了位置，若把魚網拉上來，只會扯出更多破洞，所以呢，這網動不得。

既然說得太多是危險的，她選擇少說話。且只限於解釋，必要的說明。唯獨對麋鹿們她竟比較輕鬆，她喜歡他們活潑，經驗不足，聰明機伶。喜歡他們對她表現的尊敬，也喜歡他們發問，喜歡看見他們對她服從。發現自己和他們一樣，喜歡悠閒，憎恨壓力。她發現，再也沒有比從他們身上更能看出自己的矛盾了。

問他們喜歡誰，他們說毛姆，瑞蒙．卡佛，托爾金，哈利波特。沒有人提起托瑪斯曼，海明威、福克納，或者吳爾芙。問起原因，他們只是抿嘴訕笑。

「海明威的對白散散漫漫的，又不懂有什麼意思。」他們說。

「生詞太多，人物太多，關係太複雜了。」他們又說。

如果緘默的那些都不反光，而把那些響亮的提問、假設、推論、反駁都各自塗上不同顏色，此刻班上便是一塊色彩斑斕的毯子。不是不得意的，織這麼一張活潑潑的毯子。她不知道如果在其他地方，別人會否給她機會織這樣的毯子。有時她把聲音聽成一片森林，在聒噪的林裡有陰影佇立，各種生物躲在其間互相呼叫。試圖引誘那些害羞的麋鹿露臉。當然首先必須容許牠們沉默聆聽。它們將不復美麗，如果樹林被統一成單一的顏色。

有時這片喧譁如此誘人，以致使她忘記那些當初自保的座右銘。起初她想自己只是風，隱形的，退後一步，指揮別人的演奏。班上的學生英語腔調各自不同。印裔學生與華裔學生最多。馬來學生最少，只有四個人，在班上靜得像影子，在他們當中只有一個男孩比較活潑，他身材纖細，裝扮時髦，熱天裡穿一件緊身襯衫與三蘇骨褲❷來學校，足蹬一雙細尖的鞋子，說起話來比手畫腳，手腕上一條銀鈴鏈子清脆響。

❶Stamina，指耐力。

❷三蘇骨譯自馬來語，蘇骨（suku）意指四分之一，三蘇骨褲是比膝蓋稍長到小腿中間的褲子。

他來自戲劇系。

「如果有一天這小說搬上舞台，那麼這個威尼斯的美少年非我莫屬。」

有人吹起口哨。有人喝采，有人喝倒采。

他撫摸自己的鬈髮，「沒有人比我更適合。」

「不要忘記你的頭髮是黑色的，」班上掀起一陣笑聲，「你年紀也太大了！」

她容許他放肆，她寵愛並樂意原諒所有才華洋溢的學生。她教他們誦讀e. e. 卡明斯❸，「春天就如可能之手。」而且／不打碎任何東西。

他們非常愉快，她高興地發現自己在他們之間仍然感到年輕。那美麗的孩子如歌唱般富有節奏地朗讀：「我喜歡喜歡我的身體。」他說。由於還剩下十分鐘，所以她便容許他。她完全沒有想太多，既然這首詩如此美麗，既然她對所有美麗的事物都無法抗拒。

當他高興地讀著那些帶電的詩句時，她感到他確實是個漂亮的孩子。他的睫毛很長，隨著每個句子溜過而顫動。她想，如果詩人在世，大概也沒有理由拒絕像他這樣的人來朗讀。她感覺到那孩子正以舌尖吐出的音調彈撥身體的脊柱，那聲音有時像一根弦那樣緊繃，有時又像一封信那樣攤開來。她甚至並不注意有哪些人離開教室。

那是四月，四月很快就過去。風颳起枯葉，枯葉在地上豎起來走路似的成群結隊。偶爾她也會感到放鬆且穩定下來了，像一叢扎根地上的植物，再也不需要擔心降落的問題。她在園子裡拔草，看嫩芽抽長。至於那些早前種下的，本來已經快枯死了，一場雨後竟然頑強活下來，蜘蛛在莖枝間漫漫編織。

對面山坡上的小學放假了，可以聽見鐘聲從空蕩無人的校舍傳來。蚊蠅降落滑過池塘的混濁水面。

當她監考時她就看著那片刈得齊整的草坪，一群鳥低低飛過，聽不見一絲啁啾，只見幾道迅疾的黑影在半空中畫出凌亂的虛線，忽高忽低四竄飛舞，搶在雨來之前捕捉昆蟲。遠處一排修剪過的樹，天上是壓得低低的雲。光線變得昏暗，草坪風景蒙上泛黃的灰色。窗口像一幅畫。

在學生入場之前，她和一位馬來教師就有一搭沒一搭地聊著。純粹出於習慣，她隨口問問。妳從前在哪兒教書？

對方回答她，瑪拉學院大學。

呆了一會，在心裡研磨，一字一字，像數米粒。盯著教室裡那些標了座號的桌子，一列列空的椅子，不禁就問：那麼，當妳在那裡教書時，有教過任何華裔學生嗎？

對方垂下眼睛，沒看她。頗為小心地考慮一會，才答道：沒有，那裡應該百分百都是馬來

❸e. e. cummings,1894-1962，美國著名詩人。

學生。

她還是為這明知的答案震驚，同時感到這樣的明知故問確實是太無聊了，對方會否感到困擾呢？她會認為這是個懷有敵意或故意找麻煩的問題嗎？不知道這人心裡是怎麼想的，當她回答時彷彿只是平靜地說一件事。從那雙眼睛裡什麼也看不出來。得體的語調謹慎的表情，安定如一池靜水。

這以後對方就轉移話題了，談起數天前有學生作弊，怎麼給機警的老師當場發現抓包，至於懲罰嘛，當然就是被學校扔出去啦，言下不勝唏噓之感。她嗯嗯嗯的回應，言不及義地答腔。繼續看著窗外被雨拍濕的風景，草坪模糊一片茫茫。

空調很冷。起床實在太早了，她打了呵欠。

打從以前開始，她就喜歡馬來文中的「表情」這個詞語，air muka❹。臉上的表情，掩不住的心情。有風就起皺了，或許所見者實是旁觀者自己的心影也說不定。

話題。有恰當的，也有最好別提的。有些人彷彿可以從不失誤把守分寸。

該藏在水平線底下的就不會暴露在空氣中，儘管人們狀似放肆地哈哈大笑，但聲音最響亮的那些，眼睛並不笑。他們害怕如果不那樣笑，人們就不再靠近他們。那些眼睛不知給什麼囚禁起來，像核殼般防守堅硬，眼神如穴，一看就知道，什麼也不會流露出來。不過知道也就只是知道。知道並不能阻止老毛病不犯，比如忘記分寸，忘記絕不踰越的警惕。因為踰越，過後無論怎麼修補都是不對的。過後就漸漸變得孤獨，有一條線指明到此為止，那一條由過去留給她的座右銘。

她開始對自己感到厭煩，對畫線這件事也感到厭煩。

五月來了，季候風轉向。在出來之前，她必須提醒自己把窗關上。有一天她忘記了，回去以後發現辦公室內一角有薄薄的積水，這才發現這地板傾斜，而平時並不察覺。

濕氣侵入水泥牆內，雨天裡空調也太冷了。她瑟縮著肩膀走進他的辦公室。他正在閱讀一封信，像往常一樣嚴肅地從桌上抬起頭來。

「聽學生說妳在班上頌揚同性戀？」他問她。「而且還叫一個穆斯林學生朗誦同性戀的詩？」

她不是不想分辨，但一想到那可是e. e.卡明斯啊……竟然還得如此費力解釋，便不由得感到疲倦、羞辱與憤怒，以至於一句話也吐不出來。

這是非常非常嚴重的問題，我收到投訴。他說，我不用把話說得很明白，妳應該知道我們這裡是怎樣的地方，有些人不喜歡看見這種事情。當然妳要教什麼都可以，文學，啊，我也懂得文學不能與政治混為一談……但是，現在有這問題，要跟別人說明是很困難的。坦白說，如

❹意為「表情」，直譯含有「水面」之意。

果沒人投訴，我才懶得理。

她一言不發地聽著。

妳那個學生搞自拍、把自己的錄影傳上網，又在網站上念這首詩、又搞了同性戀出櫃的告白。妳應該上去看看，看看有多少人在那裡留言威脅說要殺死他……。

我也希望他們不要把事情看得太嚴重。他說。我不知道委員會有什麼話，如果有人雞蛋裡挑骨頭，少不了還得費唇解釋，妳可以想想看要怎樣說。

她想如果能保持緘默讓事情靜靜過去那有多好啊。在其中一封公文上，那上頭烙著浮凸有致的徽章圖案。那紅色的彌封蓋章印記，也像一個神祕的符咒。當她出來時，她可以感覺到有一種尖銳的死寂幾乎震聾她的耳朵，食堂裡，她偶然遇見那天一起監考的馬來女教師，互相打了招呼，對方一貫平和地迎面微笑。不過她知道嗎？她會告訴別人說，這個女人確實有這種專找麻煩的、不滿現實的傾向嗎？整個下午恍恍惚惚，心不在焉地教了一堂課，遲到十分鐘，腦筋像駁錯的電路。表格填錯了，填了又填。

晚餐時間，電視聲浪填滿屋子。連續劇，廣告，新聞，連續劇。他們無聊地看著電視，無聊地看著她，或許他們感到滿意，或許也不盡然滿意，她不是很確定。然後他不看電視了，他執拗地說著，眼睛看著她說，怎樣樹立權威。她是他最佳的聽眾了，在他孤獨的晚年裡，只有她依然能從這個家裡聯繫外界，他所緬懷的往日校長的歲月。他不喜歡母親對生活的觀點。母親說，人要曉得如何應付生活，這就是生活，這話她說了幾十年。她幫母親收盤子，洗碗時也耐心聽著，母親寂寞的生活。關於生活，總是別人的故事。

全部都是別、人、的、故、事。

等到她終於一個人時，她就只是坐著，完全不想開動。既不想上床，也不想刷牙，只想要那樣繼續坐成一個巢穴。很久以後她才想到要搜索那個視頻網站，試了好幾個關鍵字。最後終於找到了，但僅能看到題目，短片已經被封鎖了。

讀到一行字：此片已嚴重威脅他人安全，不再播放。

她背脊冷了下來。

一個星期過去了，兩個星期也過去了。脊梁寒意未退，繼續走進與走出課室，也沒想該怎樣對紀律委員會解釋，反正也沒人叫她去開會。沒有人提起這件事。事情已經過去了嗎？就這樣被遺忘了？有人下令噤聲了？還是他們早已做了決定，故此連解釋都不必費了？

直到月底她才聽到消息，審查委員會把她的事情擱下了。他們的焦點都落在另一個更加年輕也更多麻煩的老師身上。據說，她在課堂上談到了伊斯蘭對女性儀容的要求，她說那是一種試圖與世俗區別以成其神聖的做法，實際上卻是對身體的制約⋯⋯。這觸怒了一些穆斯林學生，起初他們到辦公室找她討論，然後發現她「態度不當地對待《可蘭經》」。學生發信向院方投訴，於是各種責備與抨擊排山倒海而來。適逢她聘約到期，院方便決定不再給她續約了。

忙碌整天，上完課走過校園，沿著斜坡走，像往常一樣繞過生物系前的養魚池塘拾級而上。六月，鳳凰木燒得滿樹火紅。沒再看到那戲劇系的馬來男生，到處都看不見他。

她經過那扇門。門打開，透出一截光照亮走廊，不禁側頭往內望，那位極年輕的女老師正在收拾，地上一堆箱子，聽見腳步聲才抬起頭來，看見站在門外的她，便打了照面，嗨一聲。

於是，門外的她便也回應一聲，嗨。有點歉疚，為著竟然因此慶幸自己脫難，而稍微感到有點內疚。

跑進室內，表示友善，七手八腳地幫忙，膠紙撕，拉，貼。對方也不拒絕。論文，英文，馬來文，還有好幾本中文書，封面上有幾個字她還懂得，壓抑著好奇心，一本本裝箱。直到她看見那本掀起軒然大波的燙金封面，盯著看，沒動。對方若無其事地把它抓起來就直接擺進箱子裡，在那上頭又繼續疊上一大堆參考書。

「沒有關係，這裡沒有別人看，妳要怎麼拿，都沒有問題。」這女人說，「不過，就算有人在前面，我覺得應該也可以隨自己的意思，不必畏懼什麼人。」

窗簾都拉開了，滿室明亮。對方從皮包抓出一包菸，眼神示意，她搖頭。對方就自顧自地叼根菸，垂頭，幾乎近在一綹髮下，點了火。置身於此，在午後日光裡，菸草味瀰漫室內，稍微嗆鼻，微覺難受，只覺肺裡幾乎也塞滿了雜物。

「我很抱歉，我有聽到。」她欲言又止。

「聽到什麼？」

「聽到一點，」她說，「但不是很清楚。」

對方若有所悟，從裊裊上升的白煙中好奇地看她。一會兒，坐在自己的椅子上，踢開地上的雜物，把椅子拉近桌面，示範一遍事情的經過。「就是這樣，」她說，拉開左邊下角的抽屜，彎腰，虛擬地取出某物，把一團空氣攏進懷裡，擺在膝蓋上，「他們說，我的身體，彎下來時，越過《可蘭經》，是不對的。」

噢，屎，她說，就不知道該說什麼了。眼前書本收了七、八箱，日光西斜，暫時也只能收拾到這地步了。架子上還有許多書。

「該走了，一天收不完的，」對方說，狠狠地吸最後一口菸，「雖然我想走得越快越好，嘿。」

把菸捻熄，把菸灰缸清理掉，味道仍然縈繞不去，沾了一頭一身。

她感到六月的尾聲在耳邊震盪。

「妳住在哪裡？我送妳，」她說，忐忑不安地，「這個時間搭車麻煩了。」

年輕的女老師住在首都北區，近國家動物園的郊區。她知道路怎麼走，曾去過那裡，看關在籠裡死氣沉沉的動物。她載她一程，並感到自己的心神分了一半在左邊。她和她之間，說熟不熟，但也不是全然陌生。這位非常非常年輕的女老師似乎才剛來不久，她們的辦公室相隔幾間，經常在走廊上擦肩而過，一起開過會，在課堂交接的教室外互相等待過。現在她竟然變成一個勇敢的標誌了，感覺很不可思議。她想此刻適宜保持靜默，又想此人也許心情不佳，但路途還有一小時之遙，於是零零碎碎地聊著，嘲諷了電視台的無聊節目，抱怨了數十年糟糕如一日的公共交通，直到她們從電台裡聽見有個人在開記者招待會，砲轟爛得像垃圾般的體制與不公對待，安安靜靜地聽了好一會。

「以後想到哪裡去呢？」駕駛座上的她問。

乘客席上的她聳一聳肩。「不知道啊。」

「他們是怎麼跟妳說的呢？」

「他們現在聰明得多了，」她說，「話都說得十分文明。就說合約到期了，最近因為課程改革，系所發展要改變方向，故此不需要我了。完全沒有提到任何跟學生投訴有關的批評。……」

「竟然是這樣啊……，這一來就真的很不好說啊。」

「說什麼呢？」

她緘默不語。

「說我是個受害者？」她說，「但我不想擺出那樣的姿態。」

事情還要更加複雜，乘客席上的她說，非常、非常地複雜。

下班的車子如潮，一輛接著一輛長長地堵塞整條外環高速公路，使得六條大道看起來像是巨大的露天停車場，汽車喇叭焦躁地一聲接著一聲。車子一吋一吋地移動，排著隊好不容易熬了大半小時經過收費站，耀目的斜陽裡，車海蔓延望不到盡頭。

「我想我會申請出國，就找個什麼計畫出去。」乘客席上的她有些悶悶地說，「妳怎樣？應該還好吧？還可以留在這裡吧。」

駕駛座上的她猶疑地略略點頭，又搖頭，聲音苦澀，「不知道，希望是好的。希望會很好。」

「那部短片我看了，根本不關妳的事，只是有些人愛講屎話。」對方說，「英文文學基礎介紹本來是最最安全、最最無關一切的。只不過是有些人沒事做，就是想找機會嚇人，殺一儆百。」

她靜靜聽著感到無話可說。確實是無話可說，甚至覺得這話聽起來就是事實。最最安全且與現實的一切也最最無關。遠得很，她想。確實是比海島與海島之間的距離更遠啊。

到了，她們揮手道別。由於疲倦，話也不多說，立刻就開車回家。

車子從外環高速公路拐進車道，攀上斜坡，經過城北那片綠鬱蒼茫的樹林區，天色已近黃昏。最後一絲天光兀自在樹梢留連。狹窄的車道彎彎曲曲地蜿蜒上坡，樹皮漆黑，樹影朦朧，車道兩旁都是濃鬱的枝枒與灌木叢，從這片密密匝匝的綠牆中驀然出現一道板牆，立著整排地產發展商的公告板。

就是在這裡，那頭動物，或許是麋鹿，至少看起來很像麋鹿，不知從哪裡冒出來，就這樣猛然出現在駕駛座旁邊的車窗外。

她一轉過頭去便看見了牠，那奇妙的鹿角。在車窗外像風一樣跑動。風景在後退。或許那不是麋鹿，而是普通的鹿，她不是很確定因為生物向來不是她的強項。

無法看到全貌，只能看到局部，一部分頭，一部分身體，激烈起伏的身體，像被猛獸追趕，又像是脫出牢籠那樣雀躍。有那麼數秒鐘她完全忘了自己在開車，無法收回視線，那頭活力勃發的動物竟然那麼近，就在她駕駛座旁的窗外，身上的絨毛彷彿觸手可及，只要一伸手就可以抓到牠頭上的角，比電視上鏡頭攝獵的麋鹿，那一對角看起來更短也更小，有點像斷枝，經過風吹日曬後變得粗硬灰暗。牠的頸項頗長，頭顱上的眼珠子彷彿正從側邊盯著她瞧，與此同時牠的身體卻又卯足勁奔向她所不知與看不見的前方。

在短促的時間裡他們共同奔跑在寂靜的車道上，道路兩旁樹蔭覆罩如巢，在暮色泛藍的光波中彷彿騰雲駕霧踰越邊界進入夢域，日常的知覺剝落了，另一種異樣的知覺如海潮奔湧而至，強大得使她整個人彷彿就要飛起，彷彿可以就此脫離地表，沖刷至地平線之外，以後就不屬於任何時間、任何地方。

但這只是一剎那的事。當車子就快被巨大拐彎的離心力拋擲，那一瞬間忽然驚覺，猛踩煞車。車輪發出尖銳的吱叫。那頭輕盈的動物，就在她回返現實的剎那越過了車子，隨心所欲地在這巨大的轉彎道上繼續奔跑，一眨眼就把她拋在後頭，只剩灰溜溜的小點，消逝在路的盡頭。

車子在原地轉了大圈，越過路墩，超出車道，衝向湖水前面的荒地。在她來得及發出驚恐的尖叫以前，這場失控就已經終止。

她緩過神來，仍驚駭未息，呆在座位上。一會兒才小心地察看倒後鏡，後方的馬路無車，於是掉轉駕駛盤慢慢倒退。後座的輪胎陷入一片爛泥的凹溝裡。任憑引擎怎麼咆哮，那輪胎還是只能在原地打轉。

她熄掉引擎下車，一群飛蚊撲來，耳邊充塞蟋蟀蟲鳴。一片閃爍發亮的水光。她可以看見那裡堆著一些被扔棄的舊家具。有一張沙發如此靠近湖邊，彷彿坐在上面一伸腿就可以碰到水面。它是那麼誘人，像一個假期那樣朝她招手，但當她走過去時才發現那張沙發是不可能靠近的。它被一堆木材和各種殘破的垃圾所圍繞。她審視這堆零亂潮濕的雜物，想從中找出一個可以墊在輪胎底下的木板。

天空迅速暗下來。她的四肢已經被蚊子叮出了好幾個包包。她回到車裡再次發動引擎。但是一直等到天空與湖都變黑了，還是困在那裡，拚命打電話找人，卻偏偏收訊不良，只聽見電訊公司傳來死板板的、重複又重複的回答。

她懊惱極了。四周一盞街燈也沒有。

她知道自己坐著的地點離開湖其實還很遠。但由於什麼也看不見，好像變成了一個睜眼的瞎子。徹底純淨的黑暗取消了遠近的距離感。她想到那種開天闢地的神話，想到那種讓人敬畏的、會把混沌撕開的英雄，想像那種不可思議的非凡勇氣。想像當他們看見第一道光時的驚訝，他們必然到那時才發現自己有眼睛。她知道只要一扭亮大燈就能驅散黑暗，但她不知道究竟是開燈讓別人知道自己的存在、抑或繼續隱匿在黑暗中，哪個做法才更安全些。

在這一刻裡她靜靜坐著，留神諦聽，聽著黑暗中傳來的各種不知名聲音，在樹林裡和蟲鳴長短錯落地交織成一片和聲，繼續面對這片漆黑的混沌，她聽見湖上颳著大風，風颳過她的車子，颳過灌木叢與野草，並疲倦地想著，這就是了，就是這裡，暫時休息一會。

——〈湖面如鏡〉原刊《短篇小說》第二期（二〇一二）。

【評析】

期待麋鹿而出現大海怪

◎張錦忠

相對於冼文光的〈縫隙〉中的越區者，賀淑芳的〈湖面如鏡〉中的人物面對的是湖面其實並不如鏡的酷冷現實，儘管「不管是印度人、華人還是馬來人，我們都是一家人」，處於禁區與誤區處處的現實，沒有出口，只有「差點翻車或撞進湖裡」的沒有選擇的選擇，或者一如小說結尾的敘述者，「暫時休息一會」。然後「繼續面對這片漆黑的混沌」。普羅米修斯，或麋鹿，只能想像，或者視麋鹿為迷路的隱喻。

〈湖面如鏡〉所處理的題材不是宗教，而是治理國家五十餘年的教條主義與隨殖民主義而來的霍布斯大海怪。在教條主義之下，處處都是禁忌，在英文文學課上，華裔女教師如果容許念戲劇系的穆斯林男學生讚頌伊伊康明思（e. e. cummings）的某些詩或托瑪斯・曼《魂斷威尼斯》中的美少男，極可能會遭指控「叫一個穆斯林學生朗誦同性戀的詩」或「頌揚同性戀」。又或者馬來裔女教師在課堂上指出「伊斯蘭對女性儀容的要求……是一種試圖與世俗區別以成其神聖的做法，實際上卻是對身體的制約」，就會面臨「各種責備與抨擊排山倒海而來」。這時，霍布斯的大海怪就會冒出湖面，以審查或紀律委員會之名，要求「專找麻煩、不滿現實」者解釋，或蒸發。

馬華文學如以「反映現實」為己任，自然不得不直面這樣的現實，否則面對的無非是「馬華現實主義的困境」。不過，反映「不滿現實」的現實的現實主義馬華小說並不多見。賀淑芳自多年以前的成名作〈別再提起〉以來一再哪壺不開提哪壺，顯然是個專找麻煩題材的馬華小說作者。

「那是四月，四月很快就過去。風颳起枯葉，枯葉在地上豎起來走路似的成群結隊。」這個句子頗有海明威《戰地春夢》開頭的韻味。〈湖面如鏡〉的文字簡練，敘述冷靜得近乎壓抑。這樣的修辭壓抑也不妨視為充滿禁忌與壓抑的馬來西亞荒涼／荒唐現實的一面明鏡。

冼文光，一九七〇年生於馬來西亞，馬來西亞藝術學院畢業，目前在新加坡從事廣告創意工作，著有詩集《以光為食》（二〇〇四）、《Rizal Avenue：菲律賓詩記》（二〇一二）、短篇小說集《柔佛海峽》（二〇〇六）與長篇小說《情敵》（二〇一二）。

「萬物皆有縫隙／光線由此探入」

——阿拉伯古老咒語

一

轟——

殖民區上空忽爆一響，似獵物不遂的雄獅憤射胸腔氤氳；高牆兀聳；牆外：闊葉矮叢一望無際，枝垂葉墜，在透氣；牆內：人似乾硬的老椰一粒粒，核子兒被癟癟的椰肉裹著，在喘息；龜裂處處，熱風在吹，欲雨未雨；墨雲怒卷，密縫蒼天——不免漏一隙：光，由外竄入。

殖民區內，萬物罩於那隱約可見的銀光之中，似困於窒悶紗帳，陷著一洞洞毫無神采之瞳；黑壓壓的箱形建築物表面，披著一條條蛇似的軟光；外圍，近回教堂，一戴著無檐白帽的男人拖著千斤似的軀殼；幾個憋不住的老鱉——有支那❶也有吉陵仔❷——趿著日本拖鞋過回教堂奔向妓女街。刻下，不管誰經此地，準以為她亦是妓女。

妓女有自己的圈子，見她臉生，叼著菸走過去：「幹什麼？」

「我……我等人。」她一雙細眸顫顫騰騰。

「等人？」妓女在她臉上吐煙：「哈哈，等你媽？」

她想在妓女未發狠之前走開，可是妓女的朋友卻不那麼友善。妓女的朋友——當然，也是妓女——身材碩大，捲著金髮，那模樣教人想到一頭雌獅。雌獅同樣叼著菸，走路時奶子一顫一顫，彷彿就要自胸部掉出：「唷，不招呼一聲就要走？」

佯裝沒聽見，她抓著袋子，腕上的佛珠在抖。

雌獅邁步至她面前，張開雙臂：「喂，支那，我的話聽不懂？」

她止步，不敢妄動。

雌獅前進多少，她就退後多少。

黑雲一塊塊在頭上騰滾，自遠處咄咄逼近；她背脊貼著牆壁，驚慌漾在眼裡——那隻黑手；那黑影就像傳聞中的人狼——雌獅雙眼彎成半月；伸手，欲奪袋子——此際，不知從何處閃出一男子。他媽的！雌獅大手一揮，男子未及反應就被掃到地上，背包與無檐白帽擦在地表；臉頰劃出一道血（眼角處有顆似是用小楷筆點上去的痣）。雌獅以為解決了他，未待轉身，男子忽生奇力，彈起，飛踢；力道之大教雌獅猛撞於牆——

❶ 華人。
❷ 印度人。

電光忽閃，驚雷霹靂，雨箭暴射。男子一手抓起帽子，一手扯著她朝回教堂疾奔。

雌獅緩緩站起，踩著那被雨打濕的背包；雨絲銀蛇般探入其額頭泌血之縫隙——

二

他的出現顯得突兀。她閃過一絲奇異的心緒，隨即回復自然。

他站在門邊。她撳亮電燈。他仍站在門邊。

兩人彆扭地站著。她請他進入。

他環視單位，視線被牆上的海報吸引。他想靠近些瞧瞧。她拿著兩杯白水出來。她發現他在看海報。他以極快的速度轉身——不想她發現自己被海報吸引——此一瞬間極為短暫；他身子未完全回轉，因此看向她的角度奇異：她脖子與肩膀之間有塊緋紅似齒的痕印；倘若其衣領不在那瞬間微微滑向一邊，該痕印是不會被發現的——命中注定，或純粹是個偶然？——他木偶般僵立著；一隻飽食的蚊子自其泌汗的手背飛走。

他們坐在眨閃不定的光線裡。近來，支那區電量供應不足；據報導，回教分離主義進一步威脅此區。什麼「多元種族混合聚居計畫」、「族群互信圈」等隨口提出的措施，跟之前種種相關的閃電般消逝——但躁烈的情緒，於縫隙內卻隨時隨地著火燃燒。

「千萬別停電……」她眉頭倒掛，「停工已七天，要是工廠關閉，我就慘了！」

「常常這樣？」他雙手抓著杯子，卻半滴未喝。

「兩個星期。有時整夜停電至第二天，此區一片昏黑。」她挪動椅子，想弄一弄燈泡。

他拉過椅子，站上去；仰著臉扭動燈泡，臉龐在燈下似初一的月亮發光。她在望，不知怎麼，視線老是停在他眼角那顆似是用小楷筆點上去的痣；以及，他的手。

下來後，他不斷揩額頭豆粒般冒湧的汗；他們在眨閃不定的光線裡坐著。

窗外傳來Bilal❸第五次呼喚Muslim❹禱告之聲……

「昨天，幸好有你……」她轉著腕上的佛珠。

「你嚇著了？」他舉杯喝一口。

「不。」她看著手背淺淺的筋脈，似聽見血液流動的響聲。「昨天……你怎會經過那裡？」她把「難道是找妓女」一話咬住。

「湊巧路過——」他手忽晃一下，杯中水濺上桌，有幾滴飛到她手背。

見她不說話，他心一沉：「你怎麼——」

❸一天五次按時在清真寺頂部呼喚信徒前來禱告的人。
❹穆斯林。

「我也是湊巧經過，」她揩去水珠：「你以為我是……」

「絕無此意……」他手晃得杯子都抓不穩，哐啷，裂成意義不明的圖式。

她轉了轉腕上的佛珠，別過臉；視線穿過田字形的窗花落在波波於月色裡款款流瀉的誦經聲，彷彿，空中有顯影可見的《可蘭經》經文……

——媽媽，喔，媽媽！我內心恐懼，那黑手——

「阿鳳，不管發生什麼事，你要堅強！」媽媽看著我的眼。

「嗯……」

吱——吱——

「別待在房裡，阿鳳，到外面去，」媽媽喊道：「看，月亮出來了！」

嗯，我看月亮發光。月亮異常皎潔。（月亮的背後是什麼？）

媽媽撩撥水面上的敗葉：「阿鳳，聽清楚，你那渾球爸爸寧願跟妓女都不要我們！」

媽媽這番話刺入我耳，原本潛伏的情緒雖然都火了；卻於剎那間轉念，惡感頓消。

「命運有其心意，亦非不合邏輯，」媽媽抓著枯枝戳浮葉：「它只是這樣，這樣存在著！」

媽媽，跟你在一起，已經很好了……

三

星期五。

他撒謊支開繼父，沒跟他去禱告：割禮後第一次缺席！

他屁顛顛地走進火車站，裡面瀰漫著各種人及廢物混雜的氣味。到處是菸蒂、紙屑、痰漬和檳榔液。垃圾桶爆滿；垃圾溢在周邊黏膩。彷彿，哪兒的火車站都有這種困塞、等待著的空茫——不知人們將去哪。他瞧瞧這裡望望那裡，在消耗時間。望著大笨鐘，他並非在等什麼人，也不是等火車。他是這種人，一忽兒清醒，一忽兒迷糊；跟人說了老半天，他只記得後面那些；有時卻又能指出話裡的矛盾。他時常跟陌生人大談特談，沒完沒了；分手後卻說不清剛才到底談了什麼。

他轉到殖民區某處等，到傍晚仍不見她蹤影；悵然走，近回教堂，人群中忽閃一影——她看上去輕飄飄地。自她眼神他覺察出對方似在覓著什麼。他暗喜。

他不時以手背擦臉，臉龐因此污髒而難看；他肩膀鬆鬆垮垮，無檐白帽歪歪斜斜；軀幹也彷彿站不穩地搖晃，以致看上去似快要垮掉的慘樣。——兩人默然走入街角那家Muslim飯館。

他抓起菜單，尋找既便宜又能填飽肚子的東西。

吃一點吧。他說。吃什麼呢？他問。就這個。他說。

她動了動，不知是同意還是紓解痠麻的雙腿。

飯菜端上，眨眼被他吃光；她依然細口細嘴在嚼他盛給她的那小碗飯菜。

他發現她不太適應辛辣。來一壺唐茶吧！

他把整壺唐茶一飲而盡，血色的茶液自嘴角淌下；留給她的那一小杯在手邊，唇卻未曾印杯緣。

再來一壺。他正要喚服務生——她忽將自己那杯推過去。

他想說「別這樣……」之類的話；但不想惹她氣，及時住口。他想抓著她的手，到底卻是沒有。

> 她望望亞瑪蘭塔，她躊躇地站在易家蘭後面兩步的地方，
> 他笑著問她說：「你的手怎麼啦？」
> 亞瑪蘭塔舉起纏著黑色繃帶的手。「燒傷的。」她說。
>
> ——馬奎斯《百年孤寂》

坐在椅子，焦慮使他不知要對她說什麼。他努力使自己坐直，避免靠上椅背，那會顯得輕浮；或顯露英國電影裡那種多義性的暗示；但這種坐姿使其脖子與肩膀沒多久即感痠麻，視線無意間落在牆上的海報——一對相擁的情侶：男的裸著健美的胸膛、女的挺著健碩的乳房、英

國製造的越野機車在回教堂洋葱狀的圓頂下閃著誘惑的綠芒。

脫下腕上的佛珠；淨了手，回到椅子；她腕上印一圈淺淺的痕跡。

他忙把目光移開，看向那塑膠櫥。

這一切，她看在眼裡。

他把視線收回放到她雙肩，這樣，她會以為跟他說話時他在看著；其實相反：避免跟她視線直接碰觸；若老是看別處，她會以為他心不在焉。

他們在眨閃不定的光線裡坐著——

她抿一口茶：「我爸爸是工人。我媽媽也是工人。六歲前的某一天，我爸爸問長大要做什麼？我要做工人。聽我這麼說，爸爸沉著臉，媽媽眼淚流。他們挽著我的手，自草叢小徑一直走到路口交叉點，然後，轉頭走回來。那時天空是黃色的，歸巢的鳥群；一朵藍色的雲。雖不知道他們內心想什麼，但那個黃昏，我真的感到快樂。」

——他們仍在眨閃不定的光線裡默默坐著。

「很晚了……」他站起，沒發出絲毫聲響。

「你不留下？」她側頭，好像在聽。

他身體微顫；她若再說一次——再說一次呀——

「你不想？還是你害怕什麼？」她目光似月鉤刺利。

「我想……」他聲音哽在喉間。

「什麼？」她眉頭揚一下。

「明天出去逛吧！」幾個字被他似子彈噴出來。

她好像聽著什麼，又沒有。

月光，自回教堂頂端反射——似繼父第四次結婚時腰間佩戴的Kris❺——戳穿他身體……

四

殖民區西部，那裡有垃圾站改裝成的地下舞廳、娛樂場所等；也有用餅乾廠改造的飲食店。

那地方唐人狗集，聲囂色雜。

拉著她，他們走向色調黯淡的大樓。因經濟不景氣而停工的建築物四周架著鐵籬笆，多處被不法份子破壞，搖搖欲墜如同虛設，窗戶空空洞洞倍覺猙獰；堆著垃圾、箱子與破沙發；更多是被野狗或烏鴉撕得破爛不堪的便當盒。

大樓的入口塞著廢物，破燈泡在地上像一粒粒小地雷。「星馬垃圾站」的牌匾躺在牆根，斷裂為二。玻璃窗無一處完整，電線桿上不知何時停一隻烏鴉，眼裡散發譎詭——一種因極度飢餓才有的目光。

越過守衛崗那黃線之際，烏鴉嘎一聲飛起。

嚇死我！她喊道，早知道——

喂，收了錢要反悔？他掏出手電。

你們這些剛長毛的就是要刺激，給錢就是要來這種地方幹！她張聲壯膽，他媽的！他媽的！樓高五層；未完工之處暴露著利爪似的鋼條，有的還插著木板及圍欄。

他拉開最內裡那鐵門，它受驚似地叭啦叭啦直往上捲，他扯著她，亮了手電，閃身進入……

他倆閃身進入。

服務生認得他（他常調侃服務生的頭髮短直，不像吉陵仔），發現他竟有伴，且是個支那女孩，服務生略微驚訝；可他沒說什麼，「嗨」一聲，帶他們至最裡面。

於此，回教堂不在視線範圍，誦經聲也聽不到。

「你常來？」她望著在擦玻璃杯的服務生。

---

❺馬來傳統短劍。

「什麼？」他也望著在擦玻璃杯的服務生。

「隨便問問。」她仰頭看牆上的餐牌。

「他不像吉陵仔吧？」他指著服務生，對她說。

「你也不像番仔❻呀！」她目光自牆上落到他頭上。

他東拉西扯地說了一些。

分針在那笨鐘裡苦苦追著時針。

她想再點一根菸，發現盒已空；看著他，苦笑。

他走去櫃檯向服務生要一包，回到座位，她已把紅茶喝乾。

「你真能喝。」他招招手，服務生明白了。

撕開包裝，她抽出一根，燃；深深吸一口，吐一團黑色霧靄。她把玩黑色菸盒，轉來轉去，或彈其角；轉幾圈；有時轉到桌子邊緣，眼看就要掉下，卻還是在桌上。

於另一壺紅茶端來之前，於停止吐煙圈之前；那舊菸盒竟被她搞弄成一隻手的造型。黑手。

把杯裡冰塊融化成的水一飲而盡，她抹掉唇邊的水漬，推開門到外面。「下次再來喲！」服務生揮著手說。外面暗。外面沒有星。星。沒有。近街口處，那微弱街燈使一切感覺真實具體；溝渠睡著肥腫的污水，對面觀音廟飛檐勾角突出的部分被照亮，其輪廓滾著森綠：沉寂又詭異。

他倆走在街上。街上沒人，很久才擦過一輛車。不想影響她的情緒，他儘量使自己開心，他加快腳步走向前方比較光亮的地方——竟是個警亭。

他忽被電擊中般明瞭那股於胸中轉竄的莫名其妙的感覺：不曾跟她這樣的人交流溝通，所以才會有那樣的感觸！

兩座樓夾著幽徑似的暗巷，夾著她；她在十幾步遠之處回望，一團白氣從口裡冒出，旋即消逝。

這夜瀰漫著某種說不出的困塞，像堵在草叢祕徑之感；就是這樣？

> 美女瑞米迪娥的體香會在男人死後再折磨他們，直到他們化為骨灰，依然那樣。異鄉客與馬康多的老居民這才相信美女瑞米迪娥身上發出的不是愛情的氣味，而是死亡的氣息。
>
> ——馬奎斯《百年孤寂》

五

他甫踏入門檻——

❻馬來人。

「你到殖民區西部去？」繼父問。

「寫生！」他摘下無檐白帽。

「唔，有收穫嗎？」

「此行觸及了某些情緒，使我更勇於嘗試新事物。」他進入廚房。

「很好呀！」

「我想，每個人內心都潛伏著某些東西，」水盆充滿白色泡沫，他刷著雙手，「我要顯現它；黑影！」

繼父讚許道：「我們所信非我們所見；所見亦非瞳孔所睹——眼睛只是靈魂之窗，卻常開向我們本性不欲去的地方。眼睛：六賊之一，你要防備！」

「我知道。」他說。

「那很好！」

胸腔忽湧一陣悶，他正想移步走，繼父望著牆上的畫：「年輕時候，我也有過難忘的寫生：身處群山之中，浮雲翩翩，我凝望良久，突然發現它們也瞧著我！浮雲像幽靈，是抽象的精神體；而抽象本身，這非現實的形體，不是『虛無』，是現實的產物。然而，這個現實是什麼？是人的意識嗎？那麼，浮雲和我之間，我想應當有一種『緣分』的關係吧？」

風拂在屋外，他聽在耳裡。

「歸來後，我於經書邊上寫『一切出自一種獨特的形式，一種獨特的形式原則，並看到與形式特殊相互結合的各種事物的獨特意義。』」繼父按著他肩膀：「命運是隻黑手，肆意把人搓弄！」

他想說幾句什麼的，繼父的手似把話兒壓著。

繼父欲言又止；良久，咳一聲，說：「我從不介意你媽曾是妓女，病時我照顧，死後我送終，無半分待薄。」

他望向窗外，忽兒收回眼睛投到繼父臉上；只見繼父目光含著水分，說：「可是，到今天我仍撐著活，並非為了你。」

一絲甘涼的氣流透窗，插入人縫，潤了潤乾燥的空間。

「我心裡掛著女兒，她有一雙鳳眼……」繼父入房，其音充塞，一屋的梁柱似從酣睡的黃昏甦醒，直身回神：「你可以背離真主，但不能否認其存在！」

他沒有告訴繼父：寫生後回程經過妓女街，挺身助支那女孩而丟了背包；內含寫生的畫作。

他踩入房門。

六

禱告完畢，把她那本唐文與阿拉伯文對照的《可蘭經》放回架上；轉身時，不小心碰落

《可蘭經》於兩櫃間的縫隙。他屈膝探手摸索——咦，什麼？——他取出《可蘭經》，放回原處。

換上另一件白色長袍，雨聲淅淅瀝瀝，他不想回去；那塑膠櫥內置放著他的衣物。兩杯白水，放在他們之間的小桌。小桌右邊，站著一尊粗濫「聞聲救苦救難觀世音菩薩」的複製品：蓮台裂一角，蛇著一縫；似夜雨留痕。

「雨水是天空的血液，落雨是天空在淌血；」她呷一口。

他好奇地盯著她。

「……流血的經歷我體驗過，可是，因政治因素而流血是另一回事。」她目光灼灼，瞥視他，然後，落到他擱在腿上的手。

說到流血，他總想到女人每月一回流淌的經血。經血作為骯髒甚至邪惡的象徵由來已久，但事實並非如此；從前，散播這種論調的——當然是男人——藉此把女人壓著以控制並凸顯男性的獨尊、雄偉與霸權：女人是弱者；要女人於胯下屈服。她的話教他驚訝，身體震一下，不知其有過何種經歷；他雙目低垂：「你是第幾代支那——」

她看著他：「據我祖母說，祖父從唐山被騙賣到這裡……只靠一把豬肉刀，竟有本事討四個老婆……」

「他是……」

「你是說——」

「真正的Muslim？」

「我想，唐人區沒有誰是真正的Muslim！」她放下杯子：「番仔話我祖父只會幾句，怕在下面無法溝通沒有好待遇；死都要依唐人的儀式下葬；他一天沒有豬肉啤酒跟麻將就周身不爽……」

她移動一下：「其實，那天，我在那裡並非巧合。」

「妓女街？」他說。

雨聲淅淅瀝瀝；如絲似縷。

「人世間，誰不是在吃苦？」她說：「怕是比被釘在架上的更苦！」

「別擔心，我可以幫忙；你跟我說，我立刻就去辦！」他說。

（小心！別掉人世的黑圈。）

她打了個深長的呵欠：「可是，這樣落雨的夜晚，我不想多講。」

她別過臉，驚見窗台爬入一黑蛇——定了定神，原來是窗隙滲入的雨水。晃著軀殼，她游過去把窗關緊；回頭那一刹，視線似受到神祕的感應落到《可蘭經》上的兩行經文：

他曾任兩海相遇

卻又設下攔阻不讓它們交會

彷彿於夜雨中遭閃電猛擊：經文銀蛇般交纏透光；她渾身顫動腦海嗡嗡作響；以滿月般的目光望天……

回教堂那邊，晚禱誦經聲——

七

一頭黑羊穿過前院走入暖光。晨幕初啟，溫暖寧靜。瀉出的誦經聲滑過草地，飄到前方的樹林。雲團滿天，沒有風，樹蔭在地上竊竊私語，碎石小徑斑駁。出屋，他朝黑羊走去；昨夜輾轉難眠，頭殼仍殘留鼓譟的膨脹，腳步不太穩；踉踉蹌蹌，需多費神方走得妥當。他記得那黑色日子——平靜的下午，在岸邊，看男人揚帆出海，一去數週或數月；海上討生活，在月下吟唱歌頌陸地的曲子。女人目送她們的丈夫或兒子消失在水平線——他抓住木條，撐著身體，穿過那草叢幽徑；終於，走到了黑羊身邊——

他推開窗；禁不住，又想起她。

他長她兩歲。她看起來安靜或有些憂傷；話少。她在風起的月份遠走。

兩年後忽隨風蕩回來。見面。他朝她微笑，依稀找回她以前的味道。他們在野地逛一個下午，直到月亮掛梢頭才穿過草叢間的幽徑歸返。

她家裡沒人。

天空在窗隙晃動……

離開她家不及五分鐘，快到巷子的盡頭，她父母親忽在前方出現；他趕緊拐入暗巷，待他們走過；又等了五分鐘，方閃出巷子，大步踩回家。

他以為她不出去了，誰料七天後，隨一個在殖民區打黑工的表姊又走了。無有音信；三年。他沒有地址，信不知要寄去哪她才能收到。

一天，她表妹帶回一封她給他的信——

他飛快奔上山丘，覓她蹤影，瘋了似；四下卻半個鬼影都沒有，他鑽入草叢，呼喊她名字，嗓子破了；名字蕩回來一波波，就是不見她。

跑啊跑，萬哩路程足下飛……。

那是收割的時節，田裡一片翠綠。他飛過菜園，一個以前住在鄰村的老人遠遠在喊。聽到有人叫自己的名字，渾身似被電著；激動萬分，他眼裡噙滿淚。

你終於來了。老人睜著滄桑的眼睛。

我……我……。他氣喘吁吁。

我知道，老人折斷一條菜梗，你在覓一個人。

他眼裡忽射出太陽般的光。

可是……

可是什麼？

你要找的人死掉啦！老人把菜梗丟到地上。

他眼裡太陽般的亮光在顫抖。

伊在這裡。老人指著一堆稻穗。

他發瘋似地搶過老人的鋤頭，掘，地上翻出一截截泥腸。掘，月亮似一張大臉升起。掘——咯！咯！鋤頭咬著了硬物：一口棺木。跳下去，他敲開棺蓋，逃出幾隻肥大的老鼠；他伸長脖子，除了一團腥氣，別無他物；腥氣在他手邊幽繞一圈，消逝在月色中……

那本書裡面缺了好幾頁，以致許多個故事都沒有結局，席甘多讀完了便著手研究手稿。但那是不可能的。那些字體看起來像曬衣繩上的衣服，與其說是文字，不如說是樂譜。一個炎熱的正午，他正苦研文稿，突然覺得屋裡不只他一人。麥魁迪的幽靈坐在那兒，對著窗口射進來的陽光，雙手擱在膝上。

八

「請別轉頭看，我衣服未穿。」

「我不會的。」

「幾點了現在？……你在想什麼？」

「呃……」

「是否……」她聲音很輕：「……在想像我的身體？」

「是，我在想像——」

「你的想像是怎樣？」

「……白玉，不，月亮……」

「到底像什麼呢？」

「什麼都是，什麼都不是！」

「真的？」

「沒錯！」

「是否只要你見著就知道是什麼了？」

——馬奎斯《百年孤寂》

「呃……」

「那麼，你，為何不轉頭看清楚？」

他猶豫，內心鑼著鼓著。他渴望愛。開始。他渴望她的愛——我只求自己發出去的愛，在我渴望的對象上迴蕩；然後予我同樣的愛，溫暖我。你曾給我愛。但你還是離開了，我回復到一個人。你給我愛，然後又把它自我手裡帶走。我的愛從來沒有長久地在我手裡——他慢慢轉過頭，驚見她罩於光暈中！

——為什麼轉頭看？他非常後悔。

九

「死後盼能上天堂！」

媽媽嘴邊常勾著此一句話。

她也這麼盼，只是怕死得早；她對著麥加的方向：「真主保佑！」

太突然！媽媽啊，你走了——她死了，只有一條路可走，但活著的人有一千條路要選擇，卻不知走哪條——你不在身邊，我身體起了大變化；媽媽，它會把我怎樣？我是真的怕啊！

那時候，跟了她一年的貓也死了。貓兒將往生天堂。她不哭，一直跟自己說，是真主的意思；真主的意思啊！

遠處滾一陣雷……

「阿鳳，睜開你的鳳眼看清楚，」媽媽歇斯底里哽著說：「真主，每個人欠真主一條命！」

回教堂內誦經者幽幽吟著，像一首忘了在哪聽過的歌；似懷抱著什麼決定，她奮身拔腿，往殖民區——

倭良諾最後一次感到他的存在時，他只是一團看不清的影子，在喃喃地說：「我發燒死在新加坡的沙灘上了。」從此以後，房間裡就漸漸有了灰塵、暑氣、白蟻、紅蟻和蠹蟲，終有一天，蘊含智慧的遺稿會化為塵埃。

——馬奎斯《百年孤寂》

十

齋戒月❼。天空碎紙般被浸泡；月比昨日圓，鉤掛於枯枝；枝丫間叉著麻雀遺棄——卻被冷月攫捕——的一個巢；冷風掠過，它晃了晃，似絕望地在掙扎。殖民區。妓女街；後巷拖一

❼回教教曆第九個月，全月實行齋戒，從每日拂曉前至日落禁止一切飲食與房事。

影，媽媽的話在她腦海迴蕩——跟你講多少次，阿鳳，不—要—來—這—裡—找—我，走呀，就當我死掉，媽對不起你，阿鳳，媽對不起你啊——她恍恍間沿牆游步，竟晃蕩至那跟雌獅對峙處；止步，環目四顧，驚覺半個人影皆無，只有自己的孤影烏烏；舉頭望月，母親的話又在腦海迴蕩。她背後若長眼睛就好——雌獅悄悄自身後步近——當她發現地上探出一隻黑手，已太遲——同一時間，於此「授權之夜❽」，他在她的單位正禱告完畢：「授權之夜勝過一千個月份；在那個夜晚，天仙與精靈獲得主人允許下凡，為每一件事平和，直到次日清晨。」——雌獅將她撲倒於地，壓著，割斷她手腕的帶子，佛珠淚滴般滾了一地；雌獅雙眼射著詭異的光，抓著寒芒閃閃的Kris刺下——咦，什麼？啊，是一把Kris！他抽出；拉劍；劍身鏽點斑斑，似她脖子與肩膀之間的緋紅印跡；鞘內掉出一紅紙兒：「感謝真主，讓我找到那隻黑手！」——多年前，齋戒月的某個黑夜，被那隻黑手拖入草叢，壓在她身上的黑影就像傳聞中的人狼，在脖子與肩膀之間狠噬著，戳開其身軀那最神祕之縫；或說，將其軀體戳出一道淌出初血之隙——且似祖父第四次結婚（與她祖母）腰間佩戴的Kris，戳穿她身體——似遭受天上冷月寒光的扯引，他掄起Kris掛腰眼，奔殖民區，步履急速且神經質；怦！怦！心跳迅猛，緊抓Kris，生怕鬆一點力它就會被月亮吸去；恍惚間，不知被什麼絆著，大地在顫月亮在晃萬物在轉，他感到軀殼飛上天，復又墜落——撲刺！咦，黏糊糊地，腰眼，腰眼怎麼被戳開一條縫隙？Kris。他憶起一灘血。他驚見漫天的黑血罩頭傾下——他淹沒在血海中，一隻黑手垂死在掙扎——回教堂頂端反射的光蛇一般穿透雲層縫隙，打在黑色的手背——轟！響雷一記，似把什麼給劈開兩半！

轟——

——〈縫隙〉寫於二〇〇四年，收入《柔佛海峽》（新加坡：青年書局，二〇〇六）。

❽ Lailat al-Qadar，回教先知獲得《可蘭經》啟示之夜。

【評析】

穿過縫隙的光

◎張錦忠

冼文光的短篇〈縫隙〉，收在二〇〇六年出版的短篇集《柔佛海峽》裡。我在那本小說集的序文中提到，冼文光小說技法向來不落舊套，「取材相當『深入民間』，文字葷素不拘」，讓我隱隱然覺得，馬華小說的「新品種」出現了。六年來，作為「準新品種」，冼文光的小說樣態繼續在蛻變，去年出版的長篇小說《情敵》，初讀者也頗傷腦筋：《情敵》究竟是一個什麼樣的故事？

「深入民間」的說法，呼應／回應的是上一個世紀六、七〇年代頗為盛行的現實主義馬華小說樣貌，這些小說通常（刻板地）描述低下階層人民及其生活。〈縫隙〉中的人物雖不一定是工農階級，但在「殖民區妓女街」活動的各色人物，大抵也屬於社會底層者（「她」不是說「我爸爸是工人，我媽也是工人」嗎？）不過冼文光顯然無意（在這個遲延的時空）加入現實主義馬華小說家行列，他所虛構的是頗有表現主義味道或後現代風格城市的廢墟、迷亂、酷異空間。小說裡頭呈現了「黑壓壓的箱形建築物」、因電量供應不足而光線「眨閃不定」的「支那區」、「兩座樓夾著幽徑似的暗巷」、「色調黯淡的大樓」（「因經濟不景氣而停工的建築物四周架著鐵籬笆，多處被不法份子破壞，搖搖欲墜如同虛設，窗戶空空洞洞倍覺猙獰；堆著垃圾、箱子與破沙發；更多是被野狗或烏鴉撕得破爛不堪的便當盒」），以及火車站（「裡面瀰漫著各種人及廢物混雜的氣味。到處是菸蒂、紙屑、痰漬和檳榔液；垃圾溢在周邊黏膩」）。敘述者試圖以細節描述這些頗具真實感又帶點虛無的場景（「哪兒的火車站都有這種困塞、等待的空茫」），呈現了一座時間不明確的類科幻城市。這座城市既分殖民區、支那區，復有回教堂、回教分離主義，顯然指涉的是既現實又非現實時空的空間。

〈縫隙〉著墨更多的是跨越與踰越族裔、情慾、生死邊界的敘事。（小說中）人總是在縫隙之間掙扎生存，抵抗著那隻揮之不去的「黑手」以及它所帶來的恐懼與創傷記憶。在小說結尾，只有「回教堂頂端反射的光」才能「蛇一般穿過雲層縫隙」，呼應了題辭的阿拉伯古老咒語。

〈縫隙〉其實不只一個文本。章節之間大量引用了馬奎斯《百年孤寂》裡頭關於黑手與死亡的句子為「互文」，彷彿敘事正文反而成為這些段落的注釋。

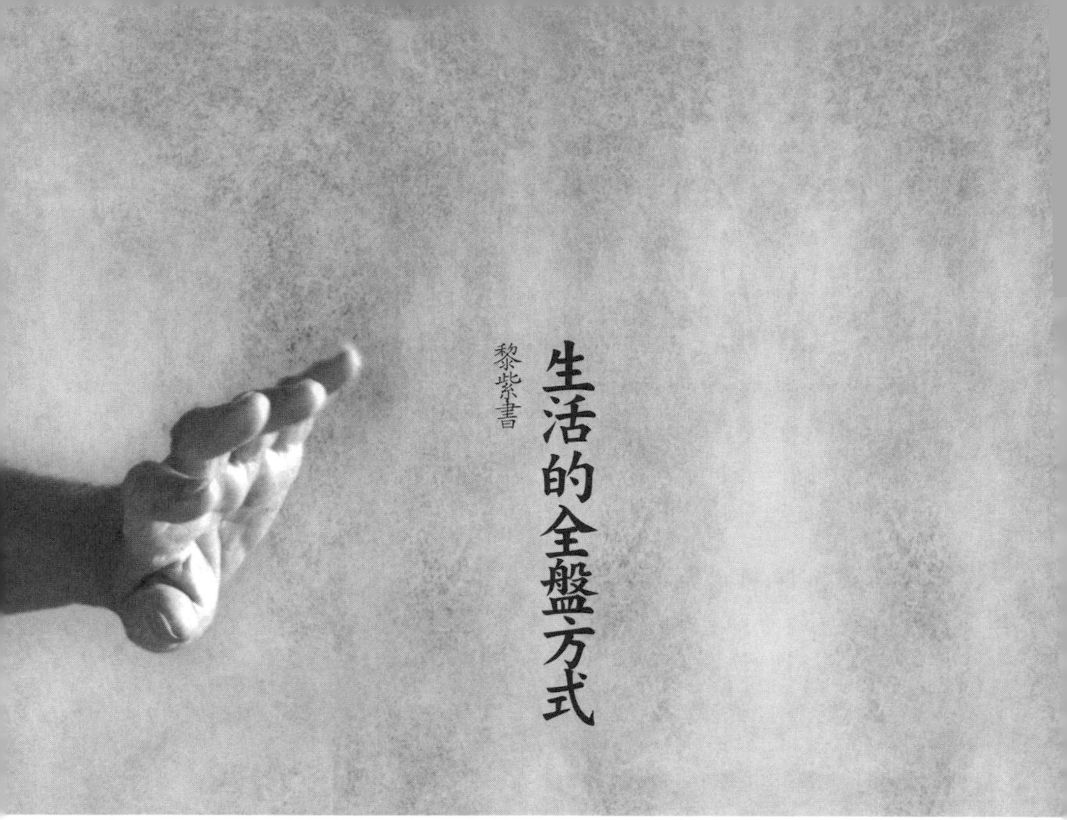

黎紫書，原名林寶玲，一九七一年生於馬來西亞霹靂州怡保，曾任新聞從業員，現專事寫作，著有長篇小說《告別的年代》（二〇一〇），短篇小說集《天國之門》（一九九九）、《山瘟》（二〇〇一）、《野菩薩》（二〇一一），散文集《因時光無序》（二〇一二）、《暫停鍵》（二〇一二）與極短篇集《無巧不成書》（二〇〇六）、《簡寫》（二〇〇九）等作品。

你在等海水嗎　海水和沙子
你知道最後碎了的不是海水

你不會忘記了。

很安靜，很年輕，很纖細，很乾淨。清冷得玉一樣的于小榆。你不可能忘記這個人了。她那麼狠，一個女生。即使讓她把兩手都浸泡在鮮血裡，或者拿快要變成紫褐色的血漿塗污她的臉和胸襟，她看來仍會像往日那樣的整潔與無辜。她會讓你想起顧城。後來你總是想起顧城了。你想起顧城的時候也會想起她了，于小榆。你，好狠。

她們說　冷／冷是什麼樣子／我不知道

你知道冷。冷的樣子是于小榆微微扯動嘴角，在暗影中笑或不笑的樣子。冷是給她的四分之三側臉做大特寫。她的眼睛，說，不要穿過水面。

穿過水面，陽光會折斷。

你就打了個寒顫。那時候陽光在窗外燒得很旺盛，樹葉都劈劈啪啪在冒煙，有人彈掉一截菸蒂，平攤在公路上的貓屍「逢」一聲冒火。但你想起剛才的情景，斜角照進來的陽光穿入她的眼珠，便折斷了。于小榆說完她要說的便什麼也不說。她稍微歪著頭像在聆聽你和她之間醞釀的靜默，還有身邊那女警擤鼻子時粗笨的聲音。

為什麼是你呢？你多想問于小榆。但你知道那樣問了會顯出你的不安與庸俗，于小榆會看不起你。就像你之前提起司法精神病鑑定時，她垂下眼簾冷冷笑了。眼觀鼻，鼻觀心。彷彿胸前掛著鏡子，她在與鏡裡的自己會心微笑。看吧，他們這些人。

於是你沉著氣等她開口。既然她把你找來了，必然知道自己要的是什麼。這女孩，才二十出頭，當別的女生都在為流行曲死去活來的時候，她歪著頭，目光穿入一個不存在的空間，於靜寂中聽她一個人的獨奏曲。也可能是詩。你藉這機會細細端詳。她平靜的面容，那麼利落的手。僅僅一刀，深深切斷了那人的喉嚨。

在那拘留所裡，于小榆第一次在你心裡喚起那死去的詩人。你有個衝動想問，讀過顧城嗎？因你突然想起同事們以前告訴過你的，你不在的時候，那個于小榆常常會到你的辦公室，在書櫃前面站很久。

她站在那裡看什麼呢？書都安分地停泊在櫃子裡，灰塵也都靜靜地日積月累，悄悄掩蓋陽光漫入過的痕跡。你無法知悉于小榆的目光曾經停留在哪些書本上，但你隱隱記得櫃子裡有一部顧城全集。或許你該唸一首詩，于小榆請注意。但顧城，你當時能記起來的唯有**黑夜給了我黑色的眼睛**。感其陳俗，你也就放棄了。

人們曾經抱怨她太過安靜。她？那個新來的助理。你聽了曾轉過臉一瞥，于小榆下班離去後空著的座位。桌面上的物件多而十分整齊，椅子推放好了，椅背上披著她對摺好的灰藍色毛衣。那時你想到的不是她的安靜而是自律。這孩子，難怪在同期聘來的一批實習生中，考試成績特別優越。

現在你才可以感受到，人們說的安靜，堅硬而冰冷，如銅牆鐵壁。人們覺得如此怪異，彷彿看見于小榆拿來一副手銬當鐲子。不難受嗎？不冷嗎？你卻連大夥兒的不適也不曾留心。冷是什麼樣子，你不知道。倒是在接見于小榆的父母時，你看見那垂下頭來不斷拭淚的婦人左手戴著一枚戒指，象牙雕花，白骨那樣清冷。才記起那女孩的左腕也曾經戴著同一系列的鐲子，現在果然變成了手銬。于小榆也沒表現得有多不自在。誰也鎖不住她了，她聽自己的音樂，她甚至坐在那裡輕微地晃動腰肢。攔不住。她已經穿過水面。

「于小榆，你知道我不接刑事案。」你說，「我不擅長。」

「嗯。」

她知道。她辭職時，已經在律師行待了十幾個月。前面九個月實習期滿，她順利拿了執業證書，但不知怎麼她堅持要「多學習」，於是輾轉被調到你的部門，當起公共助理。她的辦公桌就在你們幾個人的辦公室外頭，對著入口，接待處似的，擋風攔雨。那公共助理實際上是份工作量奇大的雜差，要應對的內外人事也多。她似乎沒個可以依賴的前輩，或可以交流的同儕。奇的是，大半年過去，于小榆一聲不響，手上銬著看來有點笨重的象牙手鐲，把所有事情都做了，竟無人聽過她的怨言看過她的嗔色。後來她走了也就走了，倒是如果還有人提起，仍然會搖著頭說啊那女孩，太安靜。

卻無人說過，**我喜歡你是寂靜的**。

如今你明白。讓人們感到不自在的，所謂「靜」，其實是于小榆的倔強與堅硬。即便帶刺吧，她不長成玫瑰而長成荊棘。她的靜如此叛逆，強悍，無瑕可擊。于小榆，你深沉至此，超出我的想像。像一口井，幽深得讓人看不見自己的倒影。你是寂靜的，彷彿你已消失。

「你也知道，這罪名成立，只有一種判決。」

于小榆不應聲，僅僅眨了一下眼睛。你覺得有什麼東西阻隔了你們，她在你無法進入的空間，就像在鏡子裡面。她用你看不見的眼睛在凝視你，那麼遠，那麼逼近。

她當然知道。她沒有逃。如所有的案卷材料所述，當其他目擊者還在尖叫的時候，于小榆往後退了一步，深深吸進幾口氣，便舉起手機打了警方接到的第一個報警電話。直至員警趕去把她帶走，她不曾失控，沒有流淚，對已經發生的一切都供認不諱。血猶在剃刀上滴落，空氣裡還瀰漫著死亡那潮濕的氣味，倒在血泊中的人睜大著眼睛，仍未相信自己已經死去，她卻那樣乾脆。

死者比于小榆小兩歲，年少輕狂。那還是個躁動的週末下午呢，他的電腦遊戲才打了一半，再過兩個小時他就可以下班了，但死亡從一個不可能的角度突如其來，他幾乎來不及痛苦。也許他連于小榆都沒來得及看清楚，像你一樣，只依稀記得那是一個看似瘦弱卻特別爭強的女孩，沒了面目，只有手腕上晃動著象牙鐲子，蒼白的骨質，隱約閃著燐火。

她說：「我很清醒。我就是要他死。可憐地死。不值地死。」她做到了。一言不發，讓「他」無助而莫名其妙地死去。她是于小榆，才二十三歲呢。她說這些話的時候，好大一瓢浮光從女警身後的小窗洞傾入。你終於看真切了，睫影之下，她清澈的眼睛。

不要穿過水面。

※

他們在電話裡說，正在趕來的路上。路很長。太陽早已落山。城市的輪廓被暗影與塵煙掩蓋了細節，變成一堆積木。**世界像是一幅巨大的剪影**。那一對老夫婦風塵僕僕，抵達你的辦事處後，左手無名指上戴著象牙戒指的婦人，先到盥洗室整理自己。出來時，她把頭髮梳整齊了，蒼蒼的灰黑，紋若流雲。老先生隨後也去洗臉，用摺得很好的素色手帕拭去臉上的水珠。後來婦人說到落淚處，也從皮包裡掏出她的手絹，淡綠，雅而清冷，輕輕在眼角上印去淚水。

那淚卻漣漣。兩老似有默契，哭得自律而安靜；一個禁不住飲泣，另一個便接下去說。於是你知道了事情發生兩個月後，一直在拘留所中拒見任何律師的于小榆突然想起你。你。她要求見你。今早檢察官才聯繫兩位老人家，他們中午便開車趕這幾百里路。

兩人皆為退休教員，都有一種素食者的氣質，說話聲音很輕，皮膚特別白皙，似乎連額上的皺眉都曾仔細梳理。你上午接那通電話時，本來已不太記得起來于小榆其人，直至看見他們，還有那一枚象牙戒指，這同個系列的一家人，你毫不費勁地想起那女孩了。那臉上掛不住五官的孩子。半年前她才辭職離去。你不期然瞥一眼她曾經用過的辦公桌。某一天那披掛在椅背上的灰藍色毛衣消失了。上頭從別的部門調了個老經驗的助理過來，後來再由兩個實習生取代。卻原來只過了半年嗎？

老人家說，于小榆沒跟家裡說清楚辭職的原因，只在電話裡打了聲招呼，沒過幾天便拎著兩個行李箱回到老家。兩人知道這孩子的脾性，也因為她從小就很少讓家裡操心，所以便沒追問。他們說起這個的時候，你一直感覺到某種探詢的意思，似乎期待你告訴他們更多于小榆的事。不然，為什麼于小榆只願意見你，而不是別人。

待要說的都說完以後，已經是深夜了。你替兩人就近找了一家小旅館，陪他們下樓。本來還遲疑著是否該帶他們去吃點什麼，但兩人心照不宣似的，還沒行到旅館門口便用接連的鞠躬把你送走。你感覺到的，街燈光罩下恰如其分的生疏，人與人之間周到的距離。讓人感到安心的禮貌。他們做得一絲不苟。

你回到十七樓的住處，男人已經睡著，狗則醒來了，你在泡澡時牠便趴在浴室門外。你閉上眼睛任水聲蕩入夢裡。夢裡**你把手伸到涼空氣裡／吸收睡眠／你很疲倦**。無數泡沫在夢中破滅。你在那看似無垠的白色夢境裡走向四面八方，一不留神就被卡在夢與現實的間隙裡了。左腦倒是一直在岸上，告密似地說，別怕，只是個夢魘。等你掙扎著醒過來時，浴缸裡的水經已涼透，身體變得僵硬，皮膚被泡軟，像要與肌肉分離。狗在外面用爪子刨著門板，並發出一種壓抑的，似乎怕會驚動鄰居的嗚咽。

這短暫的睡眠讓人疲勞，彷彿睡夢中你盪著船想要到世界的對岸，卻中途迷失，又丟了槳，只有划動雙臂奮力折返。你帶著「幾乎回不來了」的餘悸，用僵直的脖子撐著一顆腫脹的腦袋，先在男人騰出來的半床被窩裡整理出自己的形狀，然後爬上床。你仍然感到冷，遂往男人靠近些，鼻息哄上他的肩膀。一些詩句像一排濕淋淋的螞蟻列隊爬行，經過你的大腦。**在透濕透濕的世界上，有一隻透濕的小鳥。牠再不能回窩了，由於偉大的自豪。**

男人翻過身來，你順勢迎去，讓他抱你。男人從夢的溫床裡傳來發芽般的聲音。下雨了是不是，外面下雨了。你微笑著搖頭，然後要從小小的窗口爬入夢中。男人卻把你拉回來，在你耳畔嘟嘟噥噥地不知說了些什麼。你迷迷糊糊聽到自己說，臨時有個案子，頭痛。男人親吻你的眉心和嘴角，有點乾燥的手像蛻皮中的蛇在你的身體上游移。你意識到他要從小小的生命的瓶口鑽進來，你就在夢中笑了。你說，窗簾沒拉上。

月亮很圓，是這城裡最高的一盞街燈。

※

其實沒有人知曉于小榆為什麼辭職。那孩子。用沉默來承載生活給她的所有考驗。她很安靜，而且不斷加深那安靜以調整她看世界的焦距。她把世界放大了，但世界在另一邊卻逐漸看不清她。然後她會消失，變成浮動的謎。就像她早已找到了離開這世界的出口，只等有一天她有足夠的勇氣，一腳踹開那扇生鏽的門。

門外是一面鏡子。是不是？鏡子裡面在下雨了。

在去拘留所之前，你把所有的案卷材料都看了一遍。它們不厭其煩地複述那個發生在週末下午的事件。所有證物與證詞互相吻合，沒有絲毫矛盾與破綻。你幾乎可以看見于小榆推著她的腳踏車出門，她的水藍色工作服就晾在外面的鐵架上，鐵架左邊開滿了半透明的九重葛。陽光穿透一切，人影十分淡薄。

于小榆穿著T恤，七分褲，帆布鞋，加一件運動型的橘黃色外套。外套兩側的衣袋裡裝著十元紙幣、一小張紙條和她的手機。紙條上寫著生命的密碼，那是他們一家人的生日月份和日期，三組，六個號。因為要買的是超級積寶，于小榆的父親說還欠一個號碼就機選吧，買五注。於是于小榆用紅色麥克筆在那六個號碼後面添了「＋×」。

你忽然想看看于小榆的字跡。辦事處裡有許多案卷還留有她用麥克筆寫的字。那都是英文字母和阿拉伯數字，工整，娟秀，平靜的殺人者。你從來沒見過她生氣的樣子，沒見過她紅色的字體；甚至無人可以想像，盛怒中的荊棘。于小榆自己也不曾想過，她騎著腳踏車往南走，沿著回憶的反方向，先到鎮上唯一的小書店逛逛，再到菜市場附近找那個磨刀的流動小攤，替父親拿回他的老剃刀，然後去大街上的多多博彩投注站，竟然就碰上那一扇畫在地圖背面的大門。

踹開它！踹開它！

到達世界的彼岸。

說來真像電影情節，荒誕，黑色幽默而天衣無縫。于小榆的父親說，那天是他的生日。他說得就像在怪罪自己似的，因為他習慣了在各個特殊的日子買幾張彩票，用他們家的生命密碼去碰碰運氣。「但我以前不會在生日那天想到要磨剃刀。」他想說鬼使神差吧，想找出這裡頭某個不尋常，不該出現，但至關重要的環節，卻終於無語凝噎。這退休校長一直垂下頭，兩掌緊扣，像個懺悔的老人在抵禦他晚年的惶惑。

我多想把你高高舉起／永遠脫離不平的地面／永遠高於黃昏，永遠高於黑暗／永遠生活在美麗的白天

案卷材料十分充足。穿橘黃色運動外套的于小榆看來如此明亮。她騎著腳踏車慢慢行駛。不急，不急。那天她值下午班。五點鐘前她會洗過澡，漱了口，穿著齊整的制服抵達商場那一邊的肯德基速食店。鎮上的時光行駛得安定而平穩，像個溫度適中的熨斗貼著生活滑行。不知不覺。她在那裡上班快三個月了，不久前才剛調升店長助理，領到兩套她喜歡的水藍色制服。

你看到于小榆在那些畫面中微醺似的臉。那秀氣而有些單薄的齊耳短髮在風中輕顫，釘在耳垂上的玻璃珠在中午的曝光下閃著菱形光芒。你幾乎以為自己聽到了畫面裡的聲音。腳踏車的鏈子很久沒加潤滑油了，它轉動時發出一種像響尾蛇的聲音。街上有人在叫賣什麼。巷口有一隻狗朝路人吠了兩下。嬉鬧中的孩童結伴闖過馬路。叮鈴鈴叮鈴鈴。于小榆擺了擺車把靈巧地閃避過去，又馬上回過頭，朝來時的方向笑了一下。

畫面中央綻開一朵淺淺的漣漪。

你覺得畫面很真實，除卻裡面的女孩長得並不真像于小榆。但那並不重要。即使所有人都說不出來于小榆離職的原因，也想不明白她放棄當律師，捨棄大好前途的道理，你以為那已經不重要了。于小榆如一顆葉尖懸垂的露珠自願墜入湖裡。她低下頭處理沉默而整齊的冷凍雞，用摺好的紙杯丈量炸薯條和汽水。每天，聽收銀機一次一次響亮地吞吐。用簡易的公式結算日子。

「他們說，我有病。」于小榆如此開場。病。她輕描淡寫，「病」像一條蠕動的蚯蚓，被釣翁輕輕垂入水中。

那是因為見你坐下良久而無語，于小榆像個熟人似的先說起話來。連稱呼也沒有，幾乎讓你以為你們過去就這般談話，像她是你的老朋友而不是當事人。你順勢說那就接受鑑定吧。於是于小榆看了你一眼。你躲閃不及，那淡褐色，如玻璃珠般透明的眼睛。

「你是說，精神病鑑定？」她垂下眼簾，眼觀鼻，鼻觀心，從鼻腔輕輕噴出一朵冷笑。

看吧，他們這些人。

就這樣你們便陷進各自的沉默中了。于小榆**把世界推開，慢慢後退**，再掩上那一扇鏡子似的門，此岸與彼岸之間的出入口。她在微微晃動身體。她那裡有歌嗎？抑或是詩？站在你們中間的女警先是擤鼻子，然後忍不住打呵欠。於是你記起律師該做的。你挺直腰板，深呼吸，把斗室中所有的光明全吸進去又吐出來。你說，你不擅長這個。

「這罪名成立，只有一種判決。」

于小榆眨了眨眼睛。只眨了眨眼睛便切除了生命。**死亡是一個小小的手術，甚至不留傷口**。以她的法學知識和在律師行工作的經驗，你說的這些都太淺顯。你知道她要的不是這些，甚至不是法律，否則她不必等到今天，等到你。

你翻了翻面前的案卷材料。現場照片。再翻。勘驗筆錄。再翻。受害人的死亡證明。再翻……終於，你在犯案人供述筆錄裡找到了最無關緊要的事。于小榆說她從家裡出門，第一站先到書店。那是在血案發生之前，陽光慷慨，于小榆騎腳踏車緩緩穿行在有點髒亂的小鎮道路上。她的小腿纖細，橘黃色外套背後有發亮的白色號碼。你的視線追隨那背影，如熨斗似地貼著日子光滑的表面。日光如斯揮霍，太陽正直，路很燙，小鎮拿自己的影子墊腳。書店在大街另一端，你們愈行愈遠。

「是一家怎樣的書店呢？」正因為它與案子本身無關，又與案發現場太過疏遠，你覺得在這堆環環相扣的材料裡，這書店是唯一的「其他的事」。它完全沒有必要被記錄下來，但于小榆畢竟對警方說了。

冷不防你有此一問，于小榆就笑了。且如曇花，即生即滅。那笑讓這女孩看來潔淨而無辜。誰想到她會那麼狠。為了一個被曲解的紅色「X」符號。至於嗎，那麼冷。于小榆恐怕也沒見過那樣的自己。她走進那狹長的老店鋪，裡面賣的多是漫畫、雜誌、兒童讀物和翻版暢銷書，再加一些文具和影音光碟。于小榆比較感興趣的是角落頭一個小書架上放著的二手書。她偶爾會在那書架上找到一些好東西。譬如文豪們的詩集，還有「看來很像陪葬品的線裝書」。

那天于小榆找到的是一部舊電影，正版碟。她沒告訴你那是什麼電影，只說是以前看過的一部日本片。「挺喜歡的，覺得應該收藏。」她因為身上沒帶夠錢，便讓書店老闆替她保管住那碟子，說好過幾天再回去拿。于小瑜也像其他女孩一樣，喜歡把手掌塞進外套兩側的袋子裡。那是一副清白的姿態。書店老闆對她很熟悉了，她有別的女孩沒有的乾淨氣質，有一只象牙鐲子。

「小地方，」于小榆說，「書店就那樣了。」

你完全可以想像。那些陳設，那些書，那種老店。每一本書裡都有雨的味道。但那不重要。你們都明白。書店總是離現場太遠。

殺人是一朵荷花／殺了就拿在手上／手是不能換的

※

醒來時男人已經離去。你覺得他吻過你了。狗在。牠趴在床腳，像造案後的凶手在清理指爪。像牠剛把男人吃掉。手是不能換的。**一個人不能避免他的命運，你是清楚的。**

窗簾始終沒拉上。城市把長長的側影投給你。你的手，在陽光下遮住眼睛。你手投下的影子，在冥冥中微笑。

你才記得詩人說，**我失去了一隻臂膀，就睜開了一隻眼睛**。

但于小榆唸的不是這首詩。昨日你離去之時，她在你轉身以後，幽幽地唸了一些詩句。聲音很碎。你屏住呼吸在聽。背上的寒毛全豎起來。太陽在外頭劈劈啪啪地縱火，柏油路在騰煙，一截未熄的菸蒂足以讓烘乾的貓屍燃燒。那麼熱的天，你卻覺得世界成了冰窖，心裡凝結了一柱不能融解的冷。

你離開拘留所。七月的陽光在身後呼喚你，用發燙的巨掌在你背上打手印。你沒理。陽光從背後攬腰抱你，把你整個嵌入懷中。沒用。它對你的左耳熱呼呼地說，只是夢。你知道它在撒謊，因為你始終沒有醒來。直至回到辦公室以後，你仍然坐在城市深沉的斜影中發愣。

那首詩，你知道它在哪裡。那是首十四行詩。于小榆放大了一首詩的局部。你只是不明白為什麼這些詩句被于小榆唸出來以後，會突然變得陌生。你發現你從未讀懂過那些詩句。于小榆拉開了一首詩與你的距離，彷彿她把那詩從你這裡拐走了。

離開辦事處以前，你和幾個打刑案的同儕一起研究這案子。大家都不樂觀，因此談興不高，也實在談不出頭緒來。日頭漸漸沉沒，城市的背影是好大的一張黑色斗篷。你開車回去，帶著狗到樓下的小公園遛了一圈，回去洗過澡吃過晚餐再看了一陣電視。男人還沒回來。你躺在沙發上看書，沒發現下起小雨來了。你又迷迷糊糊地找到了夢的小小的洞口，聽到裡面有雨聲。於是你闔上書本，看見十七樓窗外的月亮薄如宣紙，有點濕。

你以為你會夢見于小榆。她不在。外面的座位空著，椅背上披著灰藍色毛衣。有人動過你櫃子裡的書了，那一部顧城全集被放到最高處，你踮起腳仍碰不到它。夢中你就用盡各種辦法想要把那書拿下來。你搬來椅子墊腳，從哪裡找來竹竿去撩它；你甩掉高跟鞋，赤足攀上書櫃，但那書總在手指可勉強觸及卻無法拿下來的地方。這夢讓人焦慮，你跑去敲每一個人的門，要他們過來幫忙。人們看來很有興致，卻不加理會。你終於還是空落落地一個人回到辦公室，竟十分惱怒，然後無奈地醒來。

我們早被世界借走了，它不會放回原處

男人回來過的，又起早走了。你翻身躺在男人留下的形狀裡，看狗在床腳舔牠的指爪。你想起你的夢，彷彿領略了于小榆的憤恨。一個「X」符號被正確理解，與一本書架上的詩集被人拿下來，都是合乎常理的事。然而你睜開眼睛便從不合理的夢境走出來了，那女孩卻丟在夢裡找不到出路。

賣彩票的男生比于小榆還年輕。不明白，**我們不去讀世界，世界也在讀我們**。卻並非每個人都有夢可供參照。而且他在打遊戲，巷戰正酣，一整個上午的心血。但于小榆記得自己對他說清楚了，說時還以右手食指點著那紅色麥克筆畫的「＋X」符號。

「最後這個號碼機選，五注。」于小榆遞上她的十元鈔票。

彩票打了出來，男孩把票子、找回的五元錢和于小榆給的紙條都交到她手上，也沒看一眼便又潛回浴血巷戰之中。那票上卻只打了一注，五倍。于小榆蹙了蹙眉，對那男孩說票打錯了，要求更改。男孩頭也不抬，說是于小榆打票前沒說明白，票打了也就再無反顧，不能退不能改。

男孩的態度令于小榆很不服氣，她小聲反駁，卻一步也不後退。男孩見她強，也就來勁了，目光與指尖依然沒離開螢幕上的戰場，說話的聲音卻愈漸昂揚。而因為他堅持說紙條上的紅色「X」是個乘號，指的是倍增，于小榆忽然感到生氣了。她佔住窗口，青著臉解釋那「X」是個未知的代數，是機選數字的意思。男孩一個勁搖頭，始終目不斜視，只是一臉不屑地對螢幕上的巷敵痛下殺手。于小榆感到手心發寒，語音開始發抖。她把紙條攤開，指著上面的紅色符號說起X+Y=Z的理論來。這不像于小榆的聲音，嗓子有點尖，她自己也感覺不妥。但男孩反而得意，毫不掩飾地用半張臉笑。一掌冰一拳火，痛擊攔路者。

後面來了些買彩票的人，還有一些路過者循聲而至。人們眉開眼笑地看于小榆激越地講解數學公式，概然率與「X」的定義。見那賣彩票的男孩不搭理，于小榆轉身對圍觀的人群重述事件和「X」的原理，但她越是煞有介事人們越覺得荒謬。大週末。五元的彩票。人群中有人失笑，也有人按捺住笑意勸于小榆罷休。

那些不及痛癢的好意，竟比嘲弄還讓人難堪。

于小榆走不出去。幾乎像夢。看似空茫，但她處處碰壁。她茫然環顧四周，有點懷疑眼前的世界。是這個鎮嗎？那些人裡有平日熟見的臉，有帶小孩到肯德基買過快樂餐的老翁，有剛才替父親拿剃刀時瞥見過的婦人，有住得離她家不遠卻沒多少交情的一個老鄰居。她不明白事情何以有那麼難說清楚。這些人，像課堂上聽不明白老師授課，也不想明白，只一味在笑的小學童。而就像你無論如何要把顧城全集拿下來一樣，于小榆忽然靜默了。她用力嚥下一口唾液，像豁出去似的，掏出手機來報了警。

警員來過的，又匆匆走了。也沒想問清楚，只登記了兩人的姓名電話。人們在胸前交疊兩手。人們在搖頭。人們用半張臉在笑，另外半張臉在交頭接耳。世界在徐徐旋轉。陽光偷偷地調度小鎮上每一幢建築物的所在。于小榆掉落在漩渦狀的情境裡。因為她始終佔住那窗口不願讓步，人們遂改到另一個窗口排隊投注。沒有人站到于小榆那一邊了，連賣彩票的男孩也換了位置。只有于小榆一個人感覺到。旋轉。她被偷換了位置。世界聽不懂她的語言。

人們覺得于小榆正逐漸平靜下來。起碼，她說話的語氣沒那麼激動了。她打了一通電話到消費人協會。人們聽到她用一種禮貌，冷靜，辨差似的語言在說話，但顯然被對方用相似的語言回絕。於是這女孩平靜地向對方要了博彩公司總部的投訴電話，又把電話打到那裡。她等了很久，耐性地應對電話錄音的諸般指示。一號鍵。四號鍵。井號鍵。這次對方似乎友善地建議她向當地的彩票中心投訴，並且不等于小榆開口，便直接給了她兩串電話號碼。

于小榆把兩串電話號碼來回試了兩遍。預設的電話錄音總是把她領到無人之境。那裡空空洞洞，只有破爛的音樂循環無盡。她僵持了一陣，直至耳朵被音樂轟得發熱，臉色涼了，只有緩緩把手機放下。

事情已經沒什麼看頭了。人們聳聳肩，也有嘆氣的，或搖頭，帶著剩餘的笑意相繼離去。世界慢慢地停止打轉，如一只搖搖欲墜的陀螺。

但我們早被世界借走，再不會被放回原處。

賣彩票的男孩高興得顧不上他的電腦遊戲。他才發現自己剛在這場無血的戰鬥中大獲全勝。週末了。週末真好。他感覺不到于小榆感到的暈眩，感覺不到傾斜的漩渦，也感覺不到于小榆把手機放進外套的口袋時，手指骨節碰觸到的殺著。

一掌冰，一拳火。

他得意地把臉湊前去，在于小榆耳邊說：「你就鬧吧，有種鬧上法庭去。看誰理你！」

那是個週末下午。午後狂躁的陽光在鎮上到處發飆並搖旗吶喊。于小榆卻感到手指冷冷的，像十根小小的冰錐，掌心也寒，無法融解。她霍地轉過身，出其不意，讓賣彩票的男孩看看那蒼白冷冽的象牙鐲子。

終止世界的搖滾，讓它不再扭擺。
旋轉的陀螺倒下來。
很清醒，很平靜，很精準。

終於／我知道了死亡的無能／它像一聲哨／那麼短暫

你不會忘記了。這個你從未好好看清楚的女孩。你只知道她自律而安靜，一個人默默地完成所有事情的全部程序。當其他人都在騷動和尖叫的時候，她後退一步，大口大口吸進一些未沾血腥的空氣，然後用染血的手打電話。很快接通。她用潔淨的聲音說，我殺了人。

你們都不再說話，也不再注視彼此。都抬起頭來靜觀從窗外傾入的浮光。流光遲滯，一進來就變涼了。塵埃飄忽於光處，靜止於暗中。你等了很久，以為她已經把要說的都說完了。於是你收拾桌面上的東西準備離開。而就在你站起來轉身的一刻，聽到于小榆輕輕地唸——

我背後正有個神祕的黑影
在移動，而且一把揪住我的頭髮，
往後扯，還有一聲吆喝：

「這回是誰逮住你了？猜！」「死，」我回答。
聽哪，那銀鈴似的回音：「不是死，是愛。」

※

打電話來的是老先生。工作日上午九點十分，聽他那平靜得像剛剛坐禪後說話的聲音，你不由得挺直腰，把坐姿調正。他說他已經到書店去問過了，小榆那天要買的光碟確實是一部日本電影，片名是《何時是讀書天》。

「那碟子還在。」老先生頓了一頓，又清了清嗓子。「我替她帶回來了。」

那電影你是知道的，就像你知道那首詩的所在。電影說的是一個上了年紀的獨身女人每天靠送牛奶和超市收銀員兩份工作維生，晚上則躺在堆滿書的房子裡讀杜斯妥也夫斯基。電影的調子十分平穩安靜。你記不起電影的結尾，便猜想自己當初沒把電影看完便睡著了，可又隱隱記得自己曾經為當中的一些情境哭過。它怎麼那樣模糊呢。你有點徬徨，便走到書櫃那裡去找那一本十四行詩集。它還在，而居然就依傍著顧城全集，都蒙了點塵，也有陽光給的吻痕和雨的味道。

你翻了翻，那詩仍在原處。黑影尚在，死在，愛猶存。

下午你再去拘留所的時候，路上下了場像樣的雨，溽暑稍逐。但拘留所裡因而更幽暗些。雨激起了滿室潮味，塵埃都有附著處。兩管日光燈亮得憔悴，管子裡像各養了一隻鼓譟的蟬。燈下的人都蒼白。

看你把詩集從公事包裡拿出來，于小榆禁不住笑了，還撥了撥額前的髮絡，手上的鐐銬鋃鐺鐺鐺。

「你知道為什麼是你了。」她接過那書時，說得意味深長。

你不語。于小榆便翻開詩集，看到扉頁上你寫的句子。她的目光停留在那上面，褐色眼珠裡慢慢升起一對閃爍的飛蛾。如牠們在風中迷失。如牠們始終在尋覓彼此。如牠們被一面鏡子分隔。于小榆別過臉，狠狠地咬了咬牙齦，眼淚便珠串似的墜下，流過她冷冷的四分之三的側臉。

你將在靜寞中得到太陽
得到太陽，這就是我的祝願

傍晚時因為要給案子進行交接，你到刑事部那裡與接手的同事談了一會兒。離開時天色如墨，雨珠吧嗒吧嗒濺碎在擋風玻璃上。你急於回家，兜了些路，卻最終陷入這城市在週末晚上擺布的車陣裡。數條車龍在雨中纏鬥，車笛和雨聲讓你動彈不得，教人想起夢中的困阨。這時候接到男人打來的電話，告訴你住處停電，囑你雨中小心駕駛，又問起你于小榆的事。你告訴他那女孩終於同意把案子交給打刑案的律師了，條件是你以後還得給她送書。

「我答應她，會一直把書送到監獄。」

雨還會繼續下吧。今晚過後就會澆醒下一個雨季。男人用夢裡傳來夢囈似的聲音叫你好好開車，他會帶著狗到樓下等你。於是你微笑著掛斷電話，想起十七樓窗外那一盞壞了的街燈，便耐心慢駛。一路上，仍然有人從車裡彈出菸蒂。貓的屍體化作春泥。你總是在看望後鏡，總覺得那裡有一雙注視你的眼睛，一雙棲息的蛾。你凝視牠們便也看見了浮世流光。也看見城市把悲傷的臉湊到窗玻璃上，讓雨水沖洗它的彩妝。

——〈生活的全盤方式〉原刊《星洲日報》「文藝春秋」副刊（二〇一〇年三月一日與七日）、《聯合文學》第三一一期（二〇一〇年十月）與《人民文學》第四期（二〇一〇年），收入《野菩薩》（台北：聯經出版社，二〇一一）。

＊註：文中的楷體字俱為引用文字。多為顧城詩句。

【評析】

生活的局部方式

◎黃錦樹

這幾年黎紫書的小說發生了一些變化，我個人的揣想是，她可能更意識到馬華以外的讀者的期待了。換言之，或許她嘗試內化中文世界這由漢語設定邊界的「國際視野」，箇中有鑑賞力的讀者多半不會來自馬華（這無疑是個自然事實），因此小說語言、題材的調度也必然會更朝向這世界要求的「普遍性」。從這篇小說的取材與構造方式，也可看出一二。語言平易近人，時而優美而近於詩。

故事的核心是原本頗有前途的律師助理，少女于小榆的殺人事件。小說的敘事者是個律師，也可說是她昔日的同事，以顧城的詩為媒介，一步步的去理解少女小榆的動機和心事。選用顧城的詩作為媒介這件事即是相當關鍵的，可以直接引導讀者從詩的界面去探觸女主人公的內在世界。而顧城，恰恰是當代中文詩人中，既以童心的純真與想像力奇襲綻放其詩，又以對他人狂暴的殺戮終而結束自己的性命者。純真與狂暴，或狂暴後面可能存在的純真——黑暗背後的亮光，就藉由黑體字的詩句引文，以及柔軟的敘事，一步一步的被揭開。在這同時，敘事者自身的存在也被一種準獨白的文體揭露。這個說著故事的「你」是幸福的，她被滿滿的愛包覆。正是這種幸福的狀態，讓她煥發溫暖的亮光，讓她可以透過那些詩句，去理解一種自我隔絕的心靈狀態，去映照它。她自身開啟了一個幸福的小小窗口，也為被輔導對象打開一個救贖之窗。

但什麼是「生活的全盤方式」呢？這可能是這篇小說最大的謎團了。生活的全盤方式作為陳述句本身就不是那麼合乎邏輯的，甚至它的詞句重組——全盤的生活方式——也是不合邏輯的。雖然「生活方式」相較於「全盤方式」已經合理得多。如果說這裡的全盤是全面的意思，由特定敘事視角展開的小說恰恰是不能掌握全盤的。然而這題目的趣味或許正體現在這裡：它超出了敘事，是獨立於敘事之外的一個無理句。它自己在獨白，如同雨自己在下著。

蝃蝀

翁弦尉

翁弦尉，原名許維賢，一九七三年生於馬來西亞霹靂州太平，曾任《蕉風》執行編輯，中國北京大學中文系博士，現任新加坡南洋理工大學中文系助理教授，著有短篇小說集《遊走與沉溺》（二〇〇四）與詩集《不明生物》（二〇〇四）。

「蝃蝀在東，莫之敢指。」

——《詩經・鄘風》

小雨初歇，望著老者彳亍在九點鐘的紅日裡，你給超人和教授同發一條信息：第一次在奧運前夕的京城看見虹，超現實，但又誇張得像極電影裡的一道布景。超人回我，你這人文藝腔太重，我要跟你絕交。只有教授能忍受你的不知所云：哎，這多麼像一頁從未發生過的革命史。輕、薄，他的身影，漸漸縮小，狀似蟲，被光線拖扁、打壓、拉長，蝄蜽的弧形，可以掛在天空，轉眼即逝。人們看不慣的時候，可以隨時把他撤換，或者用一塊髒布，把他擦掉。你又發一條信息請將軍放心：你倆繼續幹吧，我決定去拔牙，估計要一個晚上，拔個精光。

沒有天空的京城。老天被蒙了一層灰布。沒有五官的一張臉。網絡就是人們抬頭抵達最遠的視線。不是一片無盡的天空，它會無故面臨「搜無此地」，或「伺服器故障」的查封託詞。從來，或因此，我們只能在那裡碰碰運氣，匆匆通過QQ邂逅、虛報身高、體重和年齡，交換照片和手機號碼，或閒聊天氣和沙塵。或者偶爾趁將軍不在，開動視訊互動。遠在一端的超人，內褲外穿，發動號令：限你三秒鐘內露臉，七秒鐘內發聲。沒臉、牙痛，你敲打鍵盤，聽見嘴裡左右上方那兩顆長不出來的智慧牙發出「嚓嚓」的輕響。超人通牒：十秒鐘內繳械。你哀求，硬給我看，已經將近一個月沒出來了，我很容易滿足的，沒有臉孔的身體，我也歡喜。他扔下一句：你有病。你回應他：你是我的醫生，突然視訊就斷了線。門外漸響起將軍皮鞋靴子迫近的跫音，趕緊套上褲子，關機，整個天空，與想像的社群就消失了。開門，將軍進來，撫抱著一個醉醺醺的女孩。女孩一頭就栽倒在將軍的床上，然後被將軍塞進被裡，底褲和奶罩從那裡被將軍掏了出來，扔在地上，女孩呼呼大睡。將軍沒兩下子也只剩下一條貼身褲，露出毛茸茸的六塊腹肌，坐在電腦面前扮演諸葛亮，穿著CK褲的將軍，滾圓的屁股，誘人的虎頭肌，像往常一樣精力旺盛，飲酒撫琴的姿態，策謀他的空城計。整晚你口腔左上方的第五根臼齒發出「咯嚓」的空響。

每次將軍出門，你不知道自己是關心，還是試探地問：什麼時候回來？將軍學會了京城人那一副狡黠的調子：不好說。彼此都指望對方天天出街。偏偏在京城，我們都儘量避免出去。一想到迎面就給你抹上黃土高原的胭脂，不然就是冷空氣下降，把一切欲望也制冷了。當宿舍的日常用品用盡，才硬著頭皮拉著將軍出去購物，囤積下一季的糧食。好不容易挑在春天的黃道吉日出門，一晚連續十個小時馳驅疆場的將軍，抬頭望見天空的藍色，低頭看到滿校盛放的月季，竟然還會流鼻涕、感冒和頭痛。他責怪那些花粉到處隨春風散播，觸發他的過敏性鼻炎。他嘀咕，這樣的藍天看起來像是抄襲電腦遊戲裡的3D視景，還有那些突然在一夜之間冒出來的紅花綠草，你知不知道要花上多少國家人民的血汗錢，為什麼不把清洗天空和栽花植草的天文數字去資助農民子弟上學讀書？將軍自小在秦俑出土的西安長大。那裡更是長年看不見天空，或者所謂的天空，在他的眼中就應該是一匹展布的灰布。

凌晨離去的時候，識趣地向坐在電腦前一夜不眠，忙著揮軍一百萬攻下荊州的將軍留下口實：中午過後回來。將軍斜睨床上的女孩，回應你，以神祕的一笑。高聳的煙囪在空中悠閒地吞雲吐霧，這通常發生在冬天裡。一到夏天，這些煙囪紛紛冬眠，終日無所事事地灰土著臉，像百年被廢置的城市古蹟，繼續故作不朽地屹立在人們的日常視線裡。你正是在這樣的一個天空布景下，預約了一個八十六歲的老者出來見面。在昨夜的電話中，他頗有難言之隱吞吞吐吐：晚上女兒回來，你打電話來，再預約我一次，否則，她不會允許我出去。半晌，老者沉吟：不行，還是把見面的時間提早，清晨七點，我有個藉口出來晨步。

趕搭上凌晨最早的公車，像赴一場幽會。對方連見面的地點都煞費心思：X大學小西門左拐出來的第五棵杉樹下。他在電話另一端，沉吟半根菸的時間，才道：那裡人少。你提前半小時到達現場。晨光下三五老人在杉樹林裡耍太極。橫掃過去，每張臉孔都鑿痕斑斑，被時光雕刻成一個樣板。你給超人發信息：臉孔只佔了人體面積的十分之一，為什麼僅以臉孔決定一個人美醜？老的時候，每人只會長得越來越像。翻開老者三年前出版的小書，封面內頁附有作者一九四八年的照片，打著西裝領帶的美少年，兩手光鮮地插在西褲，濃眉鷹鼻，明眸皓齒，目光炯炯地隔著大半個世紀的長河直射過來，四目交接，那份光熱，只有我族才能具備這種亙古的自然感應。超人回覆你：不要講大道理，不露臉就算了，我不認識你。

七點半，老者始終沒出現。致電他家，無人接聽。大概也學咱們這些見光死的宅男，不可觸的，老宅男。你跳上石階，正要轉身離去，無意中卻瞥見晨光正穿過一個穿著白襯衫的單薄身軀，他好像透明的一張白紙，彎曲地低頭靠在倒數的第五棵杉樹下。你趨上前，老者的鷹爪一伸，十指緊扣，猴急地把你手腕抓住。不遠處耍太極的老頭們，還以為是爺爺在逗孫子。你聽見嘴腔右上方的一整排犬齒發出輕響。

昨天上他的家。他慈眉善目地坐在太師椅上，入定似的等著你按下快門。你左側一張，右側一張，拍下的無非是一張張遺照，形同枯木、死灰。本來他已經在電話中一口謝絕登門造訪，迫得你趕緊把論文題目抖出，以暗示自己的可能身分，他不動聲色修改了口風。但甫見到他的神情呆滯，你已經不抱太大期望，把書奉上給他簽個名字，夫復何求。氣若游絲的他，抓起筆也顫巍巍。他那胖嘟嘟的女兒，四十多歲的人兒，倒茶也不費她多少工夫，一直鐵坐在老者狹小的斗室裡，你向老者拋出的問題，幾乎都給她搶了代答，正納悶今天的訪問對象出了錯位，一通電話進屋子，把女兒給喚了去。趕緊向老者提出五〇年代在京城發生的一宗流氓刑事案，老者張開嘴了，卻沒有聲音，倒瞧見那白晃晃的牙齒，正驚奇他怎麼還能保存年少的皓齒。他低頭，把聲量壓低幾個分貝，彷彿隔牆有耳，狐疑地問：沒這事，你聽誰說的？你顧左右而言他，看來是擊中老者的心事，先不要這麼快抖出這個撒手鐧，搞得自己在向他的記憶勒索似的，你不過要他多聊一下年輕時候的自己，他女兒一進來又搶答了。你近乎絕望，起身措辭說不早了。女兒迫不及待把你送出房門，一個彷若從《白毛女》❶跳出來的華髮老婦，步履輕盈地從另一間房裡冒現，想必這就是一九四九年導致老者決定放棄南渡香港的髮妻了。一臉森然的她不是出來跟你打招呼，而是把你送走。正愁著怎麼給自己下台階的同時，老者不知哪裡冒出來力氣，嗯哼一聲向兩個女人道，我送他下去。

雙腳一從四合院的門樓拐出，左手就被老者牢牢捏住，老者的手掌繭刮痛了你的掌心，老者怎麼一溜出來就能使出渾身奶力？不像房間裡行動呆滯的他。夕陽下，老者看起來朝氣沖天。他說有些話不方便在屋裡說，跟著就追問你從哪兒看到那些材料？這宗事件看來是他一生的陰影。此行你還要向他核實一些坊間的傳言呢，他倒不打自招起來。你要請他去對街的茶館，一面喝茶，一邊細說從頭。他四處張望了一下，把你強拉到行人稀少的一角，布滿紅絲的雙瞳盯住你，感到手不是被他抓住，而是被觸摸，另一隻手也正悄悄搭上你肩膀。眼看你們將公然在露天進行荒誕劇場的演出，公安們將會是你們的第一批觀眾，老者猝爾像那些炮友❷般看看手錶說，沒時間了，再不回去，女兒肯定下街尋人。你故作不捨說，我送你回去。他說不了，女兒看到不好。你停下腳步，他回頭發怔看住你：有空再預約。你說後天就要離開京城。他嗔著你，驟然像一個害羞的十八歲少年：你為什麼即將離開京城，才來找我？

於是你又陪他多走一段路程。你倆有意無意都放緩了腳步，他不時茫然看著手錶。老者曾在序文裡嘆及二十一世紀了，他依舊把自己定格在二十世紀上半葉，手錶在二十世紀四〇年代停止了。那是一只五十多年前的東方紅手錶，他感嘆，在上海買下的時候，愛人保證只要經常把它戴在手腕，時針將會永遠滴答滴答走下去，現在時針似他腳步，停停走走，總是誤了時間。一直走到十字路口，他阻止你再送他下去。他擦拭額角流淌下來的水滴，也不知道那是冷汗，還是什麼，抿緊的嘴角，白沫趁著牙隙流出，囁嚅許久，說不出一句話。你別過頭離開。一會看他踟躕走著，你回頭悄悄尾隨著他。他疲累地坐在自家樓下的柏樹石椅上發呆，發現你站在不遠處向他扮鬼臉，驚恐起來，拿起椅上的扇子，促你快走，並指一指樓上，大概是說不好讓他的兩個女人發現。

晚上他來電話。你意興闌珊說，太累，明晨太早了，起不來呢，不去。老者不慌不忙露出誘餌，獻議明早把事件告知，但要你約法三章，不可做文章，不然晚節不保。已將近一年了，你惱著如何填補五〇至七〇年代空白的那一章，教授命令你，把他寫進去，整座城市的人都心知肚明他的身分，只是不想說破，他是最後一個不知道他自己是誰的人。你說拿著放大鏡讀他

---

❶一九四〇年代抗日戰爭末期，在中國共產黨控制的解放區根據民間傳說「白毛仙姑」，創作的一部歌劇作品《白毛女》，後來被改編成多種藝術形式，分別有一九五〇年代同名的電影和一九六〇年代的樣板戲（芭蕾舞劇），在中國大陸具有深遠的歷史影響力。

❷性夥伴。

的小說，都是一些三、四〇年代都市的痴男怨女，沒發現任何的蛛絲馬跡。勉強可疑的只有一篇。一個富家少爺把同學接濟回家，並把自己的舊房讓出。清理房間之際，決定把牆上掛著的好萊塢電影《七重天》女星的照片卸下，之後又凝望牆上留下的一片空白，沉溺在旁人難以窺測的內心世界裡。少爺和同學朝夕相對，視同知己。在同學眼中，少爺不過是個患上憂鬱症的病人。最後同學戀上了跟自身補習的小姐，拉埋天窗。少爺得了肺結核，吞鴉片，一命嗚呼。那天在屋裡就向老人求證，少爺是否暗戀同學？憂鬱成病，最終為情自盡？老者臉色青白，在旁的女兒似背腹稿即刻代答，這篇反封建、反禮教的小說寫得很清楚，少爺為了反抗舊社會的沖喜迷信，不齒父母把花樣年華的女子錯配給病懨懨的自己。最後犧牲自己，保留女子美好的青春。

老者牽你走進清晨行人寥寥的公園，你不自在地指著對面廣場那一群練著氣功的老婦們說，我們過去那邊的石椅坐。老者識趣地把你手鬆開。坐在廣場的石椅上，像你爺那樣嘮嘮叨叨跟你有的沒的訓話。千方百計要把他引進五〇年代的歷史，他毫不費吹灰之力就繞開話題。你快沒性子地直搗黃龍，喂，是你答應要告訴我的。他環目四顧，瞄了你一眼說，這裡人多，不好說。半推半就下，漸漸被他帶進公園的密叢裡，空氣強烈竄流著，天色陡然陰暗了下來，他的手又不安分地緊撫你掌心，你聽見口腔左上方的第一顆犬齒鬆動的聲音。你乾笑著，提醒他的長輩身分：等我到你這把年紀，心如止水，色即是空，多好。他臉紅耳赤地搖頭：年輕的時候，我也這麼想。

你打了一個冷顫，看到那雙鼠目一睜一闔的，窺伺時機。你被他強拉到一座被廢棄的花架洋灰石上，可以聽到他的心臟怦然作跳。你鸚鵡學舌，模仿京城人那一副煞有其事的口吻：你沒事吧？他羞澀地瞪了你一眼：沒事。你訕訕地道，那你趕快說，快要下雨了。他打量你，從頭到腳。這個老人精，果然經歷大風大浪，突然警戒地冒出一句：你身上沒帶錄音機吧？你說沒。他說只有搜身才安心。魔爪一伸，從胸肌，徐徐地挪移到你的肚臍，眼看還要往下滑去，你抓住他手輕叫，你不是搜身嘛。他反捏住你手腕，幽幽乞求：輕摸一下，我很容易滿足的。這句話好像你也跟誰說過。趁機抓住把柄，單刀直入：五〇年代就是這樣對人毛手毛腳，被公安抓了去？他反問：你從哪裡聽來的？我說看檔案。他處變不驚，什麼檔案？我有樣學樣回道：不好說。

這三個字真管用。

第一次是誰啟蒙你的？你調整策略發問。十多歲，我家的司機……他陷入了無言的回憶。可見江湖傳言他出身上海豪門，一點不假。手機在這當刻，不識趣地響起，將軍發來信息：下午四點回來？你以牙還牙：不好說。老者敏感地盯住你手機，不愧是一個與時俱進的富家少爺：你的手機有錄音功能？你冤屈，手機沒這麼先進，你要相信我。乾脆把手機關掉，並把休暗的手機螢幕在他面前晃一晃。老者對這些誇張的動作，卻更起疑起來。你以退為進看看手錶，時候不早了，你不說我就走。他把你手抓得更緊了。大腿微感痲酥，他另一隻乾癟的手也不知什麼時候爬上那裡。你又聽見嘴腔裡右上方的第五根臼齒發出聲響。

四〇年代我認識了一個醫生。老者把我的注意力從手，轉移到他那白森森的牙齒。他有妻室了，我不時還深夜逗留在他的診室不去，為了有更多的時間和他在一起，我冒充他的病人，住進他的醫院裡。肺結核病人？你馬上猜到了幾分。他點頭，我們斷斷續續是醫生和病人的關係，一直到一九四九年，他把北京的表妹介紹給我，慫恿我結婚，為了一張紅色的北京戶籍……《大公報》派我去香港的機會，我也放棄了。很多人以為我是為了結婚，其實是因為他，他當時已被黨調職到北京。結果呢？就要扯到五〇年代了，你窮追迫問，緊要關頭的當兒，他的手卻滑動到你褲襠。你把他手甩開，結果呢？你不想打斷他，故作若無其事地追問。他別過頭去，許久不吭聲。

你重新打開手機，超人發來一條信息：昨晚你怎麼知道我是醫生？你呵呵地瞎編：因為我是你的病人。你繼續把玩著手機，瞥視老者佝僂的背影，主動打破沉默：解放後，你們通常去哪找伴？老者回過頭來，眼眶泛亮著快要滿溢的液體：澡堂。結果就在澡堂出事了？老者臉色一沉，譏諷道：看來你是寫小說的。你回敬他一句：你才是。他警告：不可以把我寫進去。你指天篤地保證，望見鐵青著臉的老天爺，正準備劈頭給你雷雨。你牽著他手站起身說，得找一個地方躲一躲。他笑瞇瞇指著前方不遠的廁所。

老者一踏進公廁，就像藻蘚找到水漬那樣，伸展的觸角，無聲的蔓延。你聽見口腔上下方的兩根門牙發出「咔嚓」的輕響。說到平日踏足澡堂不幹那事，那段日子實在寂寞，此刻他緊抓你的二肱肌。再說到時局動盪，醫生歸還東方紅手錶，劃清界線，他失魂地在澡池混水摸魚，摸錯了人。一隻毛烘烘的手已在你的背肌遊走。一旦把他手挪開，他倏地就中斷了故事，扶著你褲際蹲了下來，絕望地抬頭哀求，再一次亮出上下森然的皓齒。你說這是鯊魚的嘴，只會讓人痛不欲生。他說自己老了，還有競爭力，身上有一個獨家利器，年輕人不可能具備，說著就把兩隻手指往嘴裡一挖，兩排假牙下架，露出一張掉光了牙齦下去的洞口，深不可測的黑洞，紅光炯炯的舌頭一縮一放。你咋舌，原來穴洞可以長在臉上。他言之鑿鑿稱道自己多年遊走於黑暗的江湖，單靠修練了這套獨門工夫，超渡眾生，欲仙欲死。眼看褲頭就被他拉了下去，手機又不識趣地怪叫起來，將軍劈頭就命令你，今天晚上八點過後才可以回來。你說幹嘛？這次他連「不好說」三個字也省下，吼你：我操你！你沒看到我帶了一個女孩回來，還用說嗎？

心上轟然一聲，猝然發出「嚓」的一聲輕響，嘴巴右上方的三顆犬齒崩裂。聽到「操」字，身心都硬。你模仿將軍的口氣怒吼：我操你！你再敢動老子一根寒毛，把你寫進我的論文裡。老者完全沒聽見似的，像童年你爺那樣自然，蹲下來就把你褲鏈打開。小拳小腿扭打掙揣了一陣，褲子還是鬆開，你喊：你敢？把你寫進我的散文裡，登在《人民日報》上。老者舉起一根食指，抵住小嘴，像你爺那樣熟練發出噓噓噓的象聲詞催行曲，只是恐怕這次射出來的不會是尿液。你繼續恫言：你再不放手，我把你寫進小說裡，讓你永世不能翻身！他完全聽不進去的樣子，一口就把你含住。剎那間，聽見左上方的整排牙齒倒塌，完全崩潰的巨響，整個身子彷彿進入了柔軟的太空艙，在真空中飄浮起來，這跟過去的任何一種經驗不一樣。這次是一根擦槍走火的長程導彈，射進了古老的太空。

——〈蝃蝀〉原刊《字花》第三二期（二〇一一年七—八月），亦刊《星洲日報》「文藝春秋」副刊（二〇一二年一月八日）。

【評析】

異國之眼下多重身分的結合體

◎張斯翔

馬華文學常在論述中列身於邊緣的位置上，翁弦尉在此位置的發聲，更常在傾訴各種邊緣弱勢群體心中的衷曲。也許部分人會認為翁弦尉重點關懷的是同志族群，但我們從他的小說集《遊走與沉溺》也可以看到他對各種弱勢群體的關注。而從近幾年的作品觀之，翁弦尉的觸角已開始從單一族群的關懷，延伸到複數弱勢身分的結合體身上。

〈蝃蝀〉的篇名由《詩經》而來，第一句也引了詩中首句來破題起興。「蝃蝀」即彩虹，而六色彩虹也正好是同志身分的標誌，從這一點看《詩經》的一句「蝃蝀在東，莫之敢指。」其與小說的契合就顯得更密切，也更高度符號化，這正符合翁弦尉常用的筆法。

小說中人物常有多重身分，而這些身分卻讓個體集合了各種相對強勢／弱勢的立場於一身。你和將軍的異／同性戀、你和超人的渴求／給予、你和老者的年輕／衰老、老者和女兒、髮妻的順從／管制、老者與醫生的癡纏／割捨，都是個體在強勢與弱勢身分中的位移與結合。這一篇小說更加入了明確的時代背景及地域條件，讓故事中的老年作家陷入更深一層的困境與壓迫中。翁弦尉這一篇小說衝出了馬華地域的局限，走入到橫跨五十年的異國（中國）中，用馬華異國之眼（文中「你」仍顯然是從國外到北京的研究學者）來注視這一時代斷裂之際，一個受到異性戀、社會文化及國家政體壓迫的同性戀小說家。中國有句老話：「槍打出頭鳥」，當個體擁有某些常需被檢視的身分時，其背負的同志身分則更能脅迫其人「見光死」，老者作為小說家如是，五〇年代的醫生和千禧年後的「超人」醫生亦如是。若說翁弦尉這一篇小說與馬華族群的關係極小，似乎也無不可。但正因為在中華人民共和國建立的一九四九年，更有妨害社會風化的「流氓罪」，還加上小說中只稍提及「空白」的七〇年代所發生的文化大革命，及其留給老小說家一家人那一層「不可言說」的精神枷鎖，一連串的景況讓我們不得不聯想到了馬來西亞刑法三七七條文（違反自然性行為）、馬華社會家庭主義、宗教至上的馬來民族性／別主義，還有馬華同志及其文學身處在馬華文學及馬華族裔旗幟下，相對於馬來民族／文學的雙重邊緣身分。從這一串連接可能，則讓有志研究者找到一道跨國族、跨地域的文學連接之路。而「不好說」這一北京用語，正好帶出了各種不可言說的困境。這篇小說可算多有觸及情慾書寫，其中一句「我很容易滿足的」堪稱連接首尾的關鍵。開頭結尾的強弱逆轉，讓同志情慾的流動特質顯像，兩位容易滿足者也在篇末都「滿足」了，但馬華同志小說的情慾寫作是否能就此滿足？或仍待持續開發？則是持續觀察的其中一個重點。

翁弦尉此篇小說當然開啟了各種馬華同志小說書寫的可能，但論者仍惋惜其小說多年來篇幅皆似有所限制，無法盡情揮灑，使其於部分所關心的族群及課題上，尚未能真正深入刻劃書寫，大量使用隱喻及符號的筆法與許彌補了部分不足，但能否真正搔到癢處倒是見仁見智。

黃金格鬥之室

梁靖芬

梁靖芬，一九七五年生於馬來西亞森美蘭州瓜拉庇勞，馬來西亞工藝大學科學電腦教育系學士，中國北京大學中文系碩士，現為《亞洲眼》月刊副主編，著有散文集《夢寐以北》（二〇〇八）、短篇小說《朗島唱本》（二〇一一）、《五行顛簸》（二〇一三）。

妻把衛生紙一張一張攤開，仔細鋪在馬桶邊沿。馬桶周遭的地面也努力鋪上一些。整好、掃平，才囑我進去方便。

我小心翼翼行動，不落成她的把柄，無奈總有那麼幾沫在最後關頭失足，明明每一注都有了歸宿卻還要不安分地彈跳而出。細小如鹽的尿漬因紙質的賣力吸吮，足足放大了好幾倍，不只馬桶前沿有，腳旁地面以為風馬牛不及之處竟然也有，越去瞪視，一顆一顆越不知死活地發脹挑釁。

心虛且不容抵賴。妻指著衛生紙上，在她眼中大概已變成方糖大小稜角分明的戳記抗議：你自己看。

我當然自己看。只是沒想到平日肉眼監視能安全過關的衛生水平，在妻猶如吸墨紙體質的感官世界裡依然不堪一擊，劣跡無所遁形。我曾想過這世上有種鷹眼的構造，是專門設計出來對付這類善男子的粗心，不，是把所有不在它應該待著的地方的尿跡（僅是尿跡！）化成熒光汁液，一一登記肇事者並記下時間與力度，再祕密送往鷹眼主人處建檔打印，核實資料後建議一種（大半行不通的）姿勢或行為調整方針，讓站尿者沒一頓好過。

默默彎身收拾殘局。說到底我懷疑是馬桶構造出了問題。某日聽說，日本松下電工曾設計出一種防止排泄物回濺的馬桶。一些馬桶為了避免糞便玷汙便器，內部常積存大量的水，然而水積得太多，排泄物落下就容易回濺弄髒。於是為了找到平衡點，研究者做了不少關於水深與回濺程度的調查，最後得出「水深四公分以下，回濺程度最少」的結論。

倘若能有這樣一具馬桶，問題大概就能解決了吧。知道松下的結論以後，每一回沖刷馬桶時我都這樣想。

妻不置可否。

而我總能在妻的不置可否中感受到她隱隱的不屑，以為我又要開始拿舊事搪塞，掩飾技巧的笨拙。妻沒有經歷過無廁所可用的日子，她生命的順遂讓她以為一切本就如此自然，像舉凡屋梁必得封頂，汽車都會備有駕駛盤一樣。

我有。雖極之不願回想，可又實在忘不掉那段與外人共同方便的荒謬與不便的經歷。於是偶爾也抖出來談談。當一場笑話或苦盡甘來什麼似地，和人談談。

※

你很難想像那是怎麼一回事，我說。事實上我也不甚了解。只知道從我被告誡不能再隨處大小便開始，那廁所的身世就已經那樣。

它原來建得好好的，鋅片頂、木板牆，中間一剖硬隔成兩半。站在門口正前方打量，左半邊是浴室，浴室一角有磚砌的水缸。缸底缸面都糊了水泥，天色一晚，即使缸不怎麼深也顯得水色有點暗沉。右半邊是廁所。蹲式便盤像巨腿在地面踩了個洞，邊上還有曠日經年的縫，長著一些無法剔清的淡褐色黴斑；以放大鏡視之，必將飽滿肥大如優質水源下成長的怡保豆芽。

蓄水箱往下透了根塑膠管，自己則靠牆靠得有點斜，如廁者拉一拉，隨時有當頭罩下的隱憂。拉索以青紅兩色塑料繩捻成一撮懸垂，根部隨意打著不算小的結，斷過幾次便有幾次接駁的痕跡。

廁所左牆鑿了個剛剛好的洞，從隔室透過來一柄T字水龍頭，底下擱只塑料桶，盛滿了水供小解後沖廁。廁紙得自帶，因為誰也不想被人佔些不大不小的便宜。

不知當初礙於什麼考量，屋主要把廁所建在房子後頭。準確地說，是房子的後部，穿越廚房，跨過一條小水溝後的院子中。更精準地說，院子裡落了兩戶人家，彼此沒什麼血緣關係，甚至算不上同鄉。租戶是兩家共同的受限身分，因廁所只有一座，於是又成了兩家共同看照的資產。

妻來不及參與那段兩家一廁的時光，於是總問些不痛不癢的問題。比方說，要是兩家各有一人同時想上洗手間，那要怎麼協調。

我說那不痛不癢，是因為那根本不會是個大問題。你想，即使在同一間屋子裡的同一家人，不也會出現同時想上廁所的時候麼。你在這狀況底下怎麼解決的，我們就怎麼解決的。

那又痛又癢的問題是什麼？——妻有時也不那麼好氣。

※

那就得說到瑪戈特的身上去。

瑪戈特沐浴時一般沒人敢跟著進去。這話混帳，兩家自然誰也沒有共浴的習慣。即使姆妹太小，小得還搆不著水缸裡的舀水勺而需要瑪戈特替她洗澡，那也不叫跟著進去共浴。

瑪戈特和姆妹，是兩家最親近的關係了。瑪戈特早晨必會洗澡，家裡上學的上學，忙活的忙活，姆妹年紀最小以致醒來便無所事事四處巡查，多在院子裡亂走。她會在一種神奇的生理時鐘感召下知道瑪戈特的沐浴時間，並在瑪戈特往浴室鐵桶兌好熱水後準時現身，讓瑪戈特替她洗澡。

有時候我沒上學，總會見識到姆妹三歲的執拗如何搭配瑪戈特數十年來不變的生活習慣，打破兩家的疏離關係，一起交流。瑪戈特哼歌，哼她自己大概也沒能背下多少詞，所以每回皆有新意的歌。姆妹則打從出生起我就只聽過她的哭與笑，連父母也沒喚過一聲爸爸與媽媽，更遑論稱呼身為她哥哥的我。

母親很早就擔心姆妹聾啞，未滿周歲即不時舉著鈴鐺玩具猛搖以吸引姆妹的注意。姆妹心情好時也願意給一些反應，更多時候卻是耽溺在自己的世界裡玩她的笑她的。有時你以為她心有所動，直盯著眼前玩意伸手欲抓，你遂興奮地越搖越烈、越舉越遠，可一旦讓姆妹看出你在耍猴而根本沒有將玩具獻上的意思，她會即刻果斷地扭頭尋找其他逗樂自己的遊戲。母親往往心虛投降，最後奉上的玩具總差點碰及姆妹的耳輪（可能仍有不甘，始終不想放棄音控的心思），可她不轉頭就是不轉頭。

說不準是不是脾氣倔，有時姆妹也會忽然轉身盯著玩具瞧，瞧後也果斷地伸手來取。不過多試幾回，終究要發現那是因為視覺的驅使，而非聽覺的誘引。

母親久而久之也認了命。包括姆妹與瑪戈特的更親近。

瑪戈特一家三口什麼時候存在的，那歷史與我什麼時候開始意識上廁所必須把門關上一樣記憶模糊。每個清晨六點，我未睜眼就聽到瑪戈特的丈夫拉開門閂，趿拉著木屐上廁所的雜音。他擰開水龍頭，我不知道為什麼他就一定要先擰開水龍頭，讓水細細地流入塑料桶，製造出水桶越裝越滿的聲音。那聲音讓我焦慮，也讓我快手快腳爬起，衝進隔壁的浴室打一盆水梳洗。

然後是窸窸窣窣摺疊報紙之聲音。把「核」這個音拉得很長，再猛地一聲「凸」的棄痰之聲音。水勺與水桶碰撞之聲音。水從水桶裡被舀起來潑灑便盆之聲音。大力拉下蓄水箱繩索，滿缸儲水瞬間傾下之聲音。到最後是瑪戈特的丈夫放開手，水泵自動彈跳回原位之聲音、水流重新進駐灌滿水箱之聲音。

雖說是焦慮，但那也是我辨識時間的分寸。姆妹生活中少了聽覺的輔助，在感應時間這一點上並不比我來得遜。後來我逐步成年，才摸索出聾啞姆妹認識這世界並判斷這世界的奇異方式。

在我們與瑪戈特一家因為語言不通、習俗不同，即使同住一塊地、同在一個坑上淨身排泄也盡量互不干擾，各自遵循原生習俗過著各自的小日子之餘，姆妹已能怡然自得地半伏在瑪戈特腿上讓瑪戈特洗頭。

瑪戈特替姆妹洗澡時從不關門。她衣著完整地只把花色沙龍下襬拉高，對摺後塞在腰間褶縫裡。於是我毫不費力就能想像，全身光潔的姆妹安靜趴上瑪戈特的腿，讓瑪戈特先在她後背潑灑些溫涼的水，然後才輪到長著齊耳短髮的頭顱，手並順勢在姆妹頸背輕輕搓磨個幾下。姆妹服帖如被生母哺乳餵食，叫翻身便起來翻身，搓皂便允許搓皂。水流當頭淋下前，瑪戈特用手輕掃了一下姆妹的額，姆妹即刻意會閉起了眼。

沒有人懷疑姆妹對瑪戈特的依賴。這份依賴多少拉近了母親與瑪戈特微笑點頭的機率。可惜姆妹無法背熟並翻唱瑪戈特替她洗澡時哼唱的歌。姆妹即使不聾不啞，也沒法複述瑪戈特不唱歌時喃喃自語的內容。

我想像瑪戈特笑，姆妹也咯咯地笑。

我想像瑪戈特潑水，姆妹偶爾亦淘氣地躲。

我想像，姆妹也曾集中注意力凝視瑪戈特不斷張合的唇，隨即開始模仿那唇的律動企圖發出些聲。瑪戈特點她鼻尖，見她肯努力，就放慢速度一字一頓地講。

母親也曾那樣做。她點給姆妹看：花。努力撐大嘴型，然後又指著院子裡水溝邊那頭說：狗。偶爾用疊字：狗狗，或吃飯飯。

姆妹的年紀大概無法讓她處理失落、沮喪、悲戚等情緒，一切往往以不耐煩扭身而去來表白。真不舒服了更只有單音節地哭。哭聲甚至不如蓄水箱重新儲水來得響。

沒有人知道姆妹怎麼理解瑪戈特那些不同語系的唇。至少姆妹並沒有掉頭不看。儘管她也沒發出過一兩句聲。

我曾看見姆妹洗完澡換回原來的衣服卻仍心滿意足地步出浴室的樣子。那刻陽光剛醒，姆妹即已神情愜意得像此生再也沒有值得努力之事。她看起來非常喜歡自己那刻的淨潔、芳香與純粹。然後出掌，動手指撓撥狗的下巴，在院子裡和狗追逐著玩。瑪戈特就在這時關上了門，換她自己好好地洗個澡。

水表裝在我們家圍籬外邊，方便水務局人員每月例行抄錄，而後運算水費。因廁所與浴室佔據用水量之大宗，經年留下來的付費方法是平均攤分。其實也還好，兩家合起來不過七人。我們家四，瑪戈特他們家三。

只不知什麼時候起，說不上是母親，或瑪戈特開先，兩人忽然都有點避忌替姆妹洗澡這件小事來。

清晨，瑪戈特的丈夫依然準時如廁。瑪戈特忙完家務後的洗澡時間卻越來越晚。晚得，有時會與下午回來的我不期而遇。看對方提著換洗衣褲，雙方都有點尷尬，又掩飾著那層尷尬。好幾次門前互相禮讓，到後來我乾脆把時間挪得更晚。瑪戈特起初還會在她廚房的木窗縫隙間張望，似乎想要確定我，或其他人都沒有洗澡之意，才拉開後門踏出，跨過小水溝，步入浴室。

這樣的變更，唯一困惑的大概是體內長著顆規矩時鐘的姆妹。不，她看起來也沒有半點困惑的表情，只是循著日常做她早已習慣的事。上午，從瑪戈特平常應當出現在浴室的那刻，她就開始等待了。狗通常也百無聊賴地陪伏在她身邊。

有時瑪戈特剛好過來，便若無其事地替她梳洗。有時瑪戈特屢等不來，姆妹會在溝渠邊似專心似遊神地蹲坐。坐久，她就通常洗過了。母親重新取回替姆妹洗澡的任務，倘若瑪戈特沒在原來的時間裡出現。母親有時顯然搶著替姆妹沖涼。

母親安安靜靜的，姆妹也安安靜靜的。鏽蝕的鋁製門通常關得好好的，水聲一瓢一瓢嘩啦洩地，沒有聽不懂的哼唱，因為根本無人有興致放歌。

瑪戈特是刻意避開姆妹的，後來我就懂了。她總是躡手躡腳，儘管姆妹根本聽不見。她放慢動作以把家務逐件挪後，顯示忙碌得不再能準時赴約。姆妹下午總有一段也屬習慣的午睡時間，瑪戈特多半就趁那時間寬衣沖涼。

浴室的水缸下方留了孔，孔中塞著一粒裹了舊布的塑膠軟塞。軟塞抵住了水流，卻始終抗不住水壓，舊布於是沒有乾燥的時候，一絲滲透舊布的水線沿著洞孔下方暗自細淌，以致那裡逐日積了條老痕。痕邊綠苔攀附，久不洗刷，便大有往缸底蔓生之勢。老痕的更下方，水絲常年滴落之處慢慢堆疊出一小塊光滑乳白的水垢結晶。大概表面毫無縫隙，苔菌無法插足，遂一直保持著詭異的光潔在幽暗浴室裡嚇人。夜間洗澡，它還倒映著鋅片屋頂垂吊下來的圓燈泡昏黃之暈。

我極受不了外表柔軟雪白如棉花之物其實堅硬如鐵石般的欺騙，如今想起那顆蘑菇頭狀、肥皂大小的經年水垢，四肢頓起雞皮疙瘩，頭殼即刻發麻。同時最害怕腳趾不小心刮到缸底牆面黑綠綠的老蘚青苔，指甲縫填滿一彎微生物屍骸的噁心不適。那比牙縫塞了一片老剔不去的菜渣更叫人慌張。於是洗澡時腳趾總小心翼翼縮進藍白拖的版圖裡，努力，避免向下張望，眼神若不直盯著相對乾燥的板牆，就全程放空加快動作，祈求馬上，馬上就清理完事穿衣著褲鎮定出逃。

不像姆妹。姆妹總可以在浴室裡快活許久。

一個下午瑪戈特在浴室洗澡，姆妹逕自溜到浴室旁的出水口抓起正要流入水溝的肥皂泡耍玩。姆妹用雙掌仔細捧起一些，站起而然後大力合掌。噗噗聲中泡沫四下飛濺。姆妹的笑沒有聲音，可我分明隔著房間窗紗見證了她的笑聲具體而清脆地隨泡沫亂爆。它們一段一段沒心沒肺的飛撲過來，讓我妒忌又滿懷哀傷。

廚房裡的母親不久也尋聲而至，她聽到的只是姆妹雙掌拍出的聲響。母親一邊拉走姆妹一邊大聲叱責我怎麼由得姆妹那樣胡來。

儘管一隻手臂被人提吊著，姆妹臉上依然持續著她旁若無人的快樂。

這也讓我得以想像姆妹在浴室裡的快樂。

——難道瑪戈特替姆妹洗澡時哼起的歌，便是為了附和那樣的姆妹？

我靈光一閃。就在這時瑪戈特從浴室裡出來，低頭移動的步伐比平日都快，沙龍上的花因擺動得太厲害，每一碗都像多一朵不如少一朵地收起來。

有一天姆妹應該等在浴室前的那時刻，誰也沒有看到她的影。瑪戈特亦沒出現。那段日子瑪戈特幾乎都在傍晚，趁陽光將落未落前洗澡。姆妹的固執讓人沒輒，她仍蹲在原來的時間點徘徊等待。有時我真懷疑那不全是為了等待，而是姆妹正在自我鍛鍊，企圖跨越先天的表達局限而與旁人努力溝通。但是據說那天中午的院子異常安靜，比姆妹在時更要安靜。

我在課室裡被大手搖醒，剛要洩憤的那刻駭然看清站在眼前的校長，總算硬生生壓下滿腔無從爆破的電光衝擊波，讓它沉入暫無出路的大腸裡。那股氣波一直憋著頂著，以後每回吃撐或腸胃不適，便要令我想起這件往事來。

或許是電光衝擊波繼續逞強，那個下午它全力轉化成動能驅使我踩出有生以來最快的速度，騎車衝回家裡。

可我就只來得及看到姆妹被水泡得泛白的身體，由浴室前的母親呆呆抱著。姆妹全身軟軟的沒了個角度。誰也沒有呼天搶地。瑪戈特在一旁同樣呆呆的，穿著整齊而臉色蒼白，根本還沒打算沐浴的樣子。旁邊還有一些（可能聽到之前誰的嚎啕）圍攏過來的鄰居。

※

姆妹的溺斃至今仍是家裡的禁忌。一如當初為什麼會生出一個聾啞小孩般無人願意碰觸。無人質疑，無人責罵，就只是接受。那是一個意外，我說。妻第一次聽到這段往事時曾大吃一驚，對我敘述語氣之平淡也非常不解（我懷疑還有不滿）。妻用一個母親的角度去質疑：不可能！怎麼可能不哭不喊。

我說我不知道呵。

而那已經是二十幾年前的往事了。姆妹的具體印象已退化得厲害。我就只記得住家裡從來的安靜，乃至於自己有時也沒有十足把握，兩家之間偶然的對話是我記憶力時移事往後之白目杜撰，一如姆妹拍破肥皂泡沫喉頭爆出的美好笑聲，還是真的確有其事。

你們難道就沒想過姆妹發生意外的過程，或原因？妻也曾純屬好奇地，央求我提供更多的細節。

所有的細節都指向姆妹自己在浴室玩水，然後失足滑入水缸，進而暈厥溺斃的邏輯。還有便是，那塊我稍稍想起就已噁心不適，表面光潔似無菌攀附實則狠毒如惡性腫瘤的缸壁結晶。誰踩上一腳都要像踩在一塊肥皂上全面失控。姆妹無法開聲吶喊，瑪戈特不在、母親在忙，難道要怪罪那條終日塌著腦袋一輩子渾渾噩噩什麼事也不見關心的老狗？（事實上姆妹死後狗就不知所終。）

還有一回我告訴妻，我看過姆妹憋屎的樣子。同樣是在作業裡偶然抬頭，透過窗紗望向窗外。姆妹站在小院裡先是靜止著不動，後來皺眼眉與鼻翼，臉上有一種不甘的表情。那個下午非常炎熱。姆妹一手拉著褲襠一手握拳，極力壓抑控制著什麼，且就那樣看著隔了網紗在房間裡的我。

還回不過神，便聽到姆妹拉著褲襠仍管不住的幾粒屎，像羊崽排泄似的，嘀嘀嘟嘟沿著她的短褲褲腳掉出來。

真硬啊。那刻我忍不住這樣啼笑皆非地想。

妻小心翼翼（或許為了顧及我的尊嚴）下了這樣的結論：那或許是較量。

我猜她完全想不用那「或許」二字。

妻以她外來者的身分清醒地從源頭抽絲剝繭：癥結在於兩個本沒有什麼血緣關係的家庭共

用一間廁所。

她的分析理據只有一條——民生。據說長期的忍耐只能存在於最親密且有直屬關係的個體之間，尤其涉及排解與疏通的自由，不論是心理情緒抑或生理需求，一旦遭遇外人入侵或無法發自內心地願意妥協，便要升起最原始的爭地奪權之較量。

於是問題早就存在於……用水多寡上；在水費的分攤不均上；在誰應該在什麼時候洗澡或如廁上；在明明充滿挫敗與不甘卻不願坦誠溝通上……

到後來分用的廁紙是較量，刻意錯開的洗澡時間也是較量。較量還存在於，姆妹選擇誰為她洗澡，與誰比較親近上。

所以，你的意思是，母親和瑪戈特的彼此較量害死了姆妹咯？——我的語氣大概好不到哪裡去。

距離，你理解嗎，距離。有一天我在購物中心上完廁所後這樣問妻。

什麼？——妻有時也不那麼好奇。

一般較標準的男廁裡總會有幾具小便斗，靠牆挺肚站成一排，肚皮最隆起之處都被剮空，同樣配有承接解放的重責大任。距離的確定存在於，倘若有三個小便斗，最左邊那個早已有人，後入的那位多半主動移到最右邊那具方便。

妻興致不大。

我以為自從上回有點不歡而散的民生較量論之後，她至少會好奇，雄性如何劃定自己的權力範圍，或用什麼方式來暗示自己的生存空間有多大。即使某些場所開敞一如小便斗並排的公廁，他們也小心甚至小心眼地抗拒不識相者魯莽闖入；同時拒絕讓自己成為私闖別人範圍的討厭鬼。

很長的一段日子我以為，所有雄性都暗暗守著這樣的默契。除非他們刻意想通過，比方說，並排站立小便來展示哥兒們的坦蕩、放棄攻擊，或別有用心的情慾暗示，否則大多不會在選擇小便斗的位置這件事情上粗心大意。

※

辦姆妹喪事的那兩天，我第一次見到父親與瑪戈特的丈夫站在一起的背影。兩人高度相當，前額幾近全禿，且同樣頂著一大坨下塌的肚腩。除了膚色不同，兩人連站姿也幾乎一樣。

姆妹的遺體只在家裡待了一日半。姆妹實在太小，所有傳統儀式都壓縮成精簡低調版。母親只有兩個反應：低頭嗚咽，以及失神呆坐。母親徹夜未眠，規勸不聽。瑪戈特偶爾陪伴，偶爾攙扶。儘管聽不懂，我想她神情哀傷的自言自語仍不失為一種切合時宜的慰問與安撫。那兩天我其實非常感激。

父親趕在姆妹出殯前到家。無人來得及在姆妹出事的第一時間找到正駕著拖格大卡在聯邦公路上奔波的他。我輾轉聽說，他是在把一櫃子零件送達目的地，再拖著另一批器材回到原廠時，才在同行的告知下驅車趕回；且因為實在太趕，只能空手而歸。

但一個長年在外的父親，要在女兒的葬禮上帶回些什麼呢？

和瑪戈特的碎碎唸不同，瑪戈特的丈夫什麼也沒說，只靜靜地抽菸。道士呢喃誦經時父親首次與瑪戈特的丈夫在一旁並肩而站。或許那其實不是他們的第一次。或許他們也有曾經會面甚至同坐的時刻，只我印象實在不深。自我懂事以來，這兩個家庭的父親就鮮少以常識裡的權威者形象輪替出現。他們也不是缺席，就只是，比起母親和瑪戈特偶爾的較勁，他們更相敬如賓。沒有智慧上的格鬥，沒有言語上的互相吹噓；甚至有點互相迴避，乃至於誰也不比誰強大、稱職。

父親在家裡待了三天，又趕著車子離開了。往後還要回來的，但那也不是三數天後的事。

奇怪，那氛圍我倒記得仔細。那三日，瑪戈特一家彷彿不知如何給予更多慰問，體恤的行動表現在屋後的共享空間上。廁所與浴室像純金打造，彼此卻路不拾遺還互相禮讓。父親走後，瑪戈特的丈夫三個早晨都延遲的如廁時間，又調回了我熟悉的節奏與程序——窸窸窣窣摺疊報紙之聲音。把「核」這個音拉得很長，再猛地一聲「凸」的棄痰之聲音。水勺與水桶碰撞之聲音。水被舀起來潑灑便器之聲音。大力拉下蓄水箱繩索，滿缸儲水瞬間傾下之聲音。最後是水泵自動彈跳回原位，水流重新灌注之聲音。聽它們全部還原歸位，我起初總錯覺姆妹的喪事只是一場荒謬無聊的夢。

很快，日子又回歸尋常。母親安靜下來也照常洗澡，洗衣時的唰唰聲像長在衣物上的鱗一片片被刮掉，每一刷都比母親吵。

那段日子我的注意力終於悉數投注在瑪戈特的女兒，拉芝蜜身上。

瑪戈特一家三口，拉芝蜜與我的年紀最相近。拉芝蜜比我倆的母親都要羞澀，對我也更冷淡。她的身影其實夾雜在姆妹洗澡的空檔中。在我正拉開鐵門準備上學的巧合中。在午後坐於窗紗下複習終至的瞌睡中。以及當然——在姆妹的葬禮中。可我往往一次只能專心憶述一件事，這是我現在才提起拉芝蜜的原因。

拉芝蜜逗狗，和姆妹對狗的挑釁並不一樣。姆妹頂多跺跺腳，發不出聲也聽不了話，狗被她撩急後警告式的咆哮作用不大。我們家幸運地來了一條不咬人的狗。

拉芝蜜逗同一隻狗，心機比姆妹重得多。

她讓狗待命，讓狗蹲坐；讓狗繞著自己轉圈，衝向自己也看得到的遠處撿拾拖鞋，再用撿到寶的討好姿勢疾奔而回。可那實在是一條懶惰的狗，這把戲無法常耍，耍多了戲碼便要失靈，失靈了即自討沒趣。

偶爾拉芝蜜昂頭，老狗也昂頭。拉芝蜜不理狗，狗也不理拉芝蜜。

拉芝蜜的耍狗棒經常由她的藍白拖充當。握在手上往什麼方向指，狗就呆呆地衝其看。玩多也無聊，拉芝蜜突發奇想地訓練起老狗握握她的手。我笑，隔著片窗紗難以置信地偷偷取笑。訓練什麼都要有誘餌，我就不信，拉芝蜜這樣無賞可賜的逗狗法能奏效。

拉芝蜜經常蹲在廁所的正前方，先伸出自己的手朝老狗說：手。要不我猜她說的便是：腳。

見狗不理，便又加大了聲量說：來，手。然後卻自己伸手去拉。

汗，汗。她重複重複地說。有時也另加一長串的什麼咒語；反正我聽起來就像咒語。

拉芝蜜放學回來沒事就嘗試。她進門我看她進門，她出去我就看她出去；我看她蹲下站起、蹲下又站起。一段日子了顯然誰也沒有馴服誰。

拉芝蜜不怎麼和姆妹玩，我們也不怎麼說話。拉芝蜜洗澡的時間要比瑪戈特調整後的時間早，幾乎就在她們母女剛洗完，太陽就下山。

我記得好幾次，拉芝蜜洗澡的時間總是特別長。有一回她在浴室而我剛好上廁所大便，隱約聽到隔室傳來撕開什麼的聲音。可那聲音壓壓抑抑的，動作長、節奏慢，夾雜著水流不時潑灑地面的嘩啦。然後大概是以報紙包裹什麼的折疊聲吧，每一下窸窣都那麼小心，間中偶有停頓摸索，就更似在期待水降聲波以掩飾室內的動靜。可這樣更惹起我的注意與猜測——這也太像放屁時拉拉桌椅，好磨出一點雜音當掩護的舉動了吧。然而誰都能清楚聽到那忸怩委屈而音質飽滿的一聲「噗」。那窸窸窣窣的折疊聲和她父親翻閱報紙的有點不一樣。

我極力掌控括約肌，讓糞便能更溫良地下墜；或盡可能先安排一些，平躺降落在洞口的前方。洞口先墊些紙，還能減少重物擊打水面反彈的回音。有時我乾脆擰開塑膠桶上的水龍頭讓水唰啦地流。這多少能消除我偷聽的羞愧和被偷聽的緊張。

我懷疑拉芝蜜一直曉得這種暗自留意隔室聲音的比劃和把戲。拉芝蜜或許亦清楚彼此小心翼翼的原因。我還想，拉芝蜜也沒把握接受或想像，要是那情景互換——我在浴室，她在廁所裡——我們又能有多自然。天知道誰比誰更想要一間鋪滿隔音泡泡棉的無縫密室，做點各自最私密的事。

我們總默契十足地仔細錯開完事推門的時刻。

拉芝蜜從來不看我。可有一天她忽然訓練成功了。

她又半蹲在水溝邊說：來，手。

狗那天欣然開竅，在拉芝蜜說到第十六次時忽然彈出那隻曲尺似的左前腳，輕輕點了一下拉芝蜜伸出的右手掌。拉芝蜜很開心啊，並就在那刻轉過頭，朝在窗內窺覷的我炫耀似地笑。左眉還誇張地往上抖了一抖。

姆妹居然也幸運地在場，見證了拉芝蜜的成功，以及——或許，還包括我的不知所措。可姆妹只是一如往常地朝狗跺腳，不知在喚狗過來，還是想把它嚇跑。姆妹幹什麼都像下意識。

那一整天都是風。

※

妻對我向她形容的拉芝蜜之笑頗不以為然；對我提起拉芝蜜在浴室處理衛生棉弄出聲響的那一段，則有點鄙夷。妻的反應讓我深感受挫，搞得我像個不虔誠的教徒好不容易提起勇氣下跪告解，神父就拉開告解座之門擺擺手讓我好自為之。

走前還叫我順便拖一拖地。

為了雪恥我告訴妻，有一天拉芝蜜洗完澡出來掉了換洗的內衣在地上。姆妹撿到了，拎著它直走進我房裡。

那個雨季滿是霉味，刷上灰水的牆手感很粗。合攏四指，以指腹輕輕劃過灰水牆，要是牆面感覺粉質黏膩伴隨卡卡的沙聲，雨不久就要來。撫牆的沙沙聲越響，響得能讓頭皮發麻，那雨便要下得越大。

我正以手探牆，姆妹不知從哪裡學來一套貓科類的做作動作，拎著內衣靠近我。鮮肉色，花樣一時也看不清，只在一瞥間確定那上面繡了些浪。姆妹的指尖那麼小。我毫不猶豫那是誰的，我剛看到它主人洗完澡回到自己的地盤。說實在的，我不知道姆妹為什麼那樣做，後來也沒機會細問查證。姆妹的神情機靈興奮得讓我以為她一直裝聾作啞，而當下便是戳穿謊言的千鈞一刻。

可姆妹抿抿嘴，沒有笑也沒有問，把東西放下即循著原路退出。肉色的浪紋胸衣在我腿上罩出兩座荒誕的滑稽感。沒有，它並沒像電影，或妻所能想到的那種情節，撩撥誰蠢動的慾念。那刻我奇異地表現出某種克制的教養。

妻常說我與周遭保有一層隔。也不是事不關己己不勞心，更不是反應慢、不敏感，就只是圈了一層隔。可那隔又不顯得陰險與自閉，僅隱隱透露著趨避與被動；試探力——零，好奇心——零。

她懷疑我頸椎老早蓋有趨吉避凶的印符，一時半刻也說不上此人是狡猾、機警，或魯鈍。（她第一次這樣說時情緒還好。第二次再說即發了好大的脾氣。那一時半刻說不上來的就明確成「你真冷漠與自私」，變成「毫不在乎我」了。）

見雨將落，我當下決定把衣物掛回浴室去。於是站起來，以潛行者之姿穿過廚房，拉開後門走入小院。光下我那背影無比正直，內衣則收在自己的汗衫裡，穩穩抵在右掌與肚臍眼之間。雨還未落而我目不斜視，動作麻利且不吁不喘，無便意、無喉頭緊繃，四下竟然也空無一人，連狗都配合演出沒現蹤影。浴室就在前方不遠，我從未有過計算彼此距離之念頭，那刻也不忽然就有，一切平順自然得像挽著自身衣物入室洗澡。除了它們並不一如往常地搭在我結實精壯的肩。

擔心妻認為我仍有猥褻念頭，我盡力形容得莊重又平緩。

我跨溝步入。我警惕著缸壁上蔓長的石蘚與苔衣。缸裡映著垂眉沙彌的虔誠倒影。我右手掏出那已被捂得微微發熱的少女文胸，以左手補上慎重捧之。搭在浴室牆面的橫桿時為了自然，我又仔細地擺弄了一會肩帶、罩杯，讓它們一前一後看起來就是隨手垂掛的樣子。半天終於滿意，發現左右肩帶長度過於對稱而位置太過精確，於是又伸手去耐心拉調。可就在這時半掩的浴室薄門被人咿呀拉開。瑪戈特的丈夫抬腿邁入，剛好看到我伸往前方倒扣如碗的十根手指。

他伸前的腿在半空硬生生後縮，整個人像踩著鋼釘似彈退了一大步。

我不知所措。正貧於對峙時他忽然炸了顆響屁。妻聽到這裡，沒有半點同情地大笑了起來。

——〈黃金格鬥之室〉原刊《星洲日報》「文藝春秋」副刊（二〇一二年四月十五日與二十二日）。

【評析】

浴室裡的種族默契

◎高嘉謙

本篇小說以比鄰而居的兩個異族家庭共用一間浴室廁所，開啟了一則有趣的敘事。兩個不同種族的家庭，迥異的生活作息，他們對共用浴室廁所的相互禮讓、容忍、窺視、偷聽，和諧共處的表面其實隱藏著種種無法言明的算計、不滿、猜疑，以及欠缺理解和溝通。種種細微的心理變化，突出了日常生活空間存在的恐怖平衡。

小說透過兩戶人家的女主人替敘事者聾啞的姆妹洗澡的情節，強調周旋在兩位異族婦女之間莫名的心結和競爭，姆妹選擇讓誰替她洗澡，或洗澡時不同的感受，都代表了親生母親和異族阿姨對姆妹的愛心與親密的比較。然而也在這種親疏難以界定的鄰里關係下，聾啞的姆妹替兩戶家庭搭起了一種沉默的溝通，共用浴室最親近的默契。但這種相敬如賓的生活默契，顯然是脆弱的。姆妹的意外溺斃，戳破表面和諧的假象，卻不經意掀開了兩個異族家庭欠缺互信和溝通的相處模式，像是長滿水苔的浴缸軟塞，魔鬼藏在大家自以為管控良好的生活細節。

處理異族關係本屬馬華文學常見的主題，但本篇小說細緻勾勒異族在生活共處上產生的微妙關係，且以共用浴室廁所大做文章，那可視為對私密生活空間的某種共享和私闖，凸顯了作者對種族關係的促狹。尤其小說以敘事者將浴室撿獲異族少女的胸罩而要假裝不落痕跡的物歸原位時，突如其來闖入的少女父親，以及緊張窘迫的敘事者，面面相覷中竟冒出一聲響屁，再一次嘲謔了異族間小心翼翼、處心積慮的和平相處模式。

無限寂靜的時光

龔萬輝

龔萬輝，一九七六年生於馬來西亞，吉隆坡美術學院與台灣國立師範大學美術系畢業，目前專事寫作與繪畫，著有短篇小說集《隔壁的房間》（二〇〇六）、《卵生時代》（二〇一三）與散文集《清晨列車》（二〇〇七）。

一開始，他在深夜裡聽見一陣陣細微的聲音，像油花自水底緩緩浮上來，然後在水面上擴散成一圈一圈炫異的彩膜。嗤嗤咯咯，嗤嗤咯咯。他搔了搔頭，從沙發坐起來，恍惚以為那是夢裡餘音。剛才他不小心在沙發上睡著了，坐墊上留下一片溫濕的汗漬。一日將盡，電視機仍發出閃動亮光，正播放著節目結束之前的國歌。他在雜亂散落的報紙和育兒雜誌之間翻找了一陣，好不容易從沙發坐墊的隙縫間找到遙控器，伸手把電視按息了。那細瑣的聲音似有若無，他側耳仔細聽了一陣，仍不確定剛才聽見的是什麼聲音。他站起身，把電風扇也關掉。電風扇兀自旋轉了好一陣子，空氣漸漸靜滯下來，屋子卻更加悶熱，讓他不住冒汗。客廳此刻變成了一個寂靜密封的容器，而他像是一個捕蝶人，屏住呼吸，等待薄翅掀動。牆上壞去的掛鐘秒針輕顫。日光燈上不知什麼時候飛繞著好幾隻水蟻，不停奮不顧身撞擊燈管，發出得答得答的微響。公寓樓下的停車場遠遠地傳來車子的警鈴聲。再聽一陣，鄰座某個單位裡，隱約還有不睡覺的小孩子在撒賴哭鬧……

他在悶熱空寂的客廳裡仔細分辨著周遭噪音，等了一陣，那細微嗤嗤咯咯在啃咬著什麼的聲音又自寂靜浮現，像是從房間裡傳來。他以為妻子醒來了，扭開房間的喇叭鎖，客廳的光自門縫漏進房間，房裡事物在迷濛的光照底徒具模稜的形狀，卻看見妻子依舊躺在床上安睡。他走近妻，俯身聽見妻的唇齒之間咯咯作響，竟是一整夜都在磨牙。

房間裡剛粉刷的奶白牆壁仍揮發著新鬆油漆的氣味，他小心跨過房間裡堆疊的那些大大小小的紙皮箱，依著房門口漏進的光，摸索牆上燈掣，卻按錯了電風扇的開關，再試過才打開了燈。日光燈閃了幾下，亮起了沉睡的妻。燈下妻子穿著一件長到過膝的史努比卡通睡衣，臉頰格外地白皙，睫毛微微地顫動，雙眼在眼皮底下快速地流轉，像是兩隻不安分的小鼠，躲在一層薄薄的被單底下玩鬧。妻子在咯咯地磨牙，彷彿還晃蕩在一場長夢之中。他坐在床沿看著妻子，伸手撫她額前頭髮，把掉出來的髮絲塞回耳間。他低下頭，輕輕在耳邊呼喚著妻的名字。

恍惚忘了，妻子已經酣睡多久了。

妻子安睡如昨。他又關了燈，輕輕掩上房門。走回客廳，看見燈管周圍飛繞的水蟻更多了，好幾隻掉落在地板上，蛻去了薄薄的翅膀，慌張亂爬。炎季的雨水一夜都下不出來，空氣悶熱又潮濕。他把落地玻璃窗拉上，看見對面公寓的燈光錯落。有些住戶睡了，有些還醒著。眼前的兩座公寓，真像工整切面的蟻巢。這裡看不見遼闊的風景，高聳的公寓遮去了大部分的景色。從公寓之間望去更遠，可以看到這座城市最喧鬧的地段。那被嵌在公寓之間的直長方形的夜景，燈火通明，像夾心餅乾的一層甜餡。即使到了深夜，雲朵厚重，天空仍是一整片泛光的灰紅色。城市的街燈在公寓背後綴成橙黃的點點虛線。他在那狹長的夜景之中，看見兩座矗立的巨塔，發出閃耀的光。那光是熾白色的，在一片黃色的燈火中特別顯眼，彷彿可以看見一圈一圈的光點綴成那雙巨塔的形狀。

當初決定買下這個小單位，不嫌公寓陳舊，不嫌外勞和黑人住戶太多，除了房價比外邊便宜了一大半之外，也許就是因為客廳的落地窗可以看到那狹小的一隙夜景。他記得那時他和妻在這座城市裡兜兜轉轉，依著一個一個陌生的地址去看房子，然而市區居高不下的房價卻讓他一再氣餒。他不慣於討價還價，在那些精明善計的房屋經紀面前顯得笨拙可欺，但妻卻彷彿對開車到處去看房子這件事，擁有著一種像是出外郊遊那樣的期待。每次走進那些空置的房子，妻總是伸手摸摸、敲敲，悉心地檢查門栓、水龍頭，樂此不疲。他想起那一天，和妻子開了老遠的車子來看這個單位，兩個人在房子裡磨磨蹭蹭半天，妻子支開了房屋經紀，把他拉去廚房，壓抑著心底興奮，小聲對他說：「但是你不覺得很棒嗎？這樣我們每年新年都可以坐在家裡看雙子塔放煙花。」

後來他在一間麥當勞裡頭，和妻子兩人，聽著房子經紀說明細項，隔著兒童遊樂區小孩子放肆玩鬧的喧嚷，其實一點也聽不真切。那一行一行英文的貸款協議恍若與真實世界無關，他只是依照指示一頁一頁的簽名。「每一頁都要簽嗎？」他抬起頭確認，而那經紀無可無不可地回他說：「是啊。」他記得他簽了許久，當他簽完名字，手心汗濕，小心翼翼地把那張頭期支票從文件夾裡拿出來，顫顫交給了經紀，像是交出自己的半生——那是他們兩人至今的所有積蓄，一張薄紙卻沉重不已。他點查著繁雜的文件，偷偷瞄了一下身邊的妻，見妻子手撐著下巴，正望著遊樂區那些陌生小孩們，看他們在塑膠小滑梯上爬上爬下，看得入神。妻的側臉襯著逆光，顯得平靜且溫柔。

然後他們就退了一起賃租三年的房間，把兩人擁有的一切都分拆、打包，裝進大大小小的紙箱裡。那些時光河床沉積下來的細瑣之物。那些陪伴妻長大一次一次搬家皆捨不得丟棄已至發黑的狗熊和布娃娃。那些衣服、床單、旅行紀念品、書本、相冊……。那段搬家的期間，妻子恍若處在一種迎接節慶的躁動和微熱之中，那些在床底或抽屜深處重新浮現的舊物引起妻子不斷驚呼：「啊，你看這張照片，以為都不見了，原來還在呢。」妻興致勃勃地不斷向他說起青春時光的往事種種。看著妻孩子般，在揚塵的日光下因為勞作而泛紅的臉，他總是微笑點頭，如他一貫的縱容。他滿頭大汗把床架和組合櫃都拆卸了，化整為零，開著那輛單薄的白色靈鹿，來回跑了一趟又一趟，才把所有事物都搬進了自己的家。

「這是我們自己的家了。」那時妻子手裡撐著一支拖把，坐在紙箱上微笑著對他說。那時還沒來得及為屋子添購家具，牆壁也一整片空蕩蕩的，只要開口說話，就蕩起幸福的回音。

終究還是在這座城市裡如船放下了錨。他想。他和妻子都是外鄉人，都在城裡工作了好幾年。他比妻更早走進這座城市，中學畢業就離開小鎮，一個人來念美術，後來到報館裡當分色員，算算都已經十多年。只是妻子有時仍會笑他，待了這麼久，怎麼廣東話還是說不溜，每次點餐的時候，總把「涼水」說成「涼誰」。他傻笑，沒辦法，他永遠無法掌握廣東話舌尖幽微的轉折。無法真正地進入。彷彿這座城市有著無可破譯的密語，他在城市裡生活了多年卻總是在阡陌縱橫的街道之中迷路，跟著路牌指示就走去錯誤的方向。那時漂漂浮浮，老是在搬家，從一個陌生的地方到另一個陌生的地方，也不曾真正想過會在這座城市裡安身立命，如今他從窗子望去城市的遠景，仍然覺得有些不甚真實。他記得他和妻剛剛搬進新家的時候，家徒四壁，房子陳舊了一點，天花板上還有好幾處水漬印，漫漶成一朵一朵褐色的乾花。牆壁粉刷之後也勉強還算明亮乾淨，只是房間的地板是小木條交錯嵌成的，日積月累，蠟質都褪去光澤，許多木條都從地板鬆脫了出來。妻洗地的時候，用腳趾夾起一塊脫落的小木條，好不容易把它塞回凹洞，然而一踩過剛抹洗的地板，那木條又黏上濕漉的腳丫子跌落出來。妻子還想用腳趾去夾，他怕妻子滑倒，說：「哎，妳要小心點啦。」

那時妻子已經懷孕兩個多月。剛搬進新家的時候，他不讓妻子搬重物，也不讓她爬高爬低。兩房一廳的小單位，他特地清理了小房，打算留給將來的小孩。而妻子興致勃勃地比劃著小床要擺哪裡，桌子要擺哪裡，燈管要買多少瓦特的，冷光還是暖光，小孩做功課的時候光度夠不夠亮……。他們那時連家具都還沒買，卻已經勾畫了太過遙遠的未來，彷彿妻體腔內的胚胎一夕之間就會長大、蹦跳，吱吱喳喳地和他們說話。初孕的妻像是回到了少女時光，對新鮮物事都有著過剩的熱情。妻且開始在臨睡前躺在床上捧著新買的童書，念英文童話故事，《睡美人》、《拇指姑娘》、《小木偶》、《人魚公主》……他總是微笑縱容著妻的一切。他知道妻想要一個小孩許久，而一次一次等待復又失望的時光也著實太長。他記得有一次，妻子瞞著他自己去買了一堆驗孕棒，一個人關在廁所裡一兩個小時都不出來。他剛從報館下班，試探敲著廁所的門，妻子也不應答。他急了，怕妻出事，乒乒乓乓又敲了一陣，妻才打開了門。他問妻怎麼啦？妻子臉頰泛紅，含笑不答他，眼裡卻蕩著流轉不下的淚光，把手裡的驗孕棒拿給他看。就是那時候，他們一起決定了，要擁有一個真正屬於自己的家。

如今卻只剩下他獨自一人坐在家裡客廳，在夜闇裡聽著妻子沉睡時自房間傳來磨牙的嗤嗤咯咯的聲音。客廳裡的沙發還是當時和妻子一起去大賣場買的。當初為了省運費，把整個雙座的沙發連拖帶拉地塞進了小車裡載回來。他且為了電視機在二手電器街上來回一間店一間店比價，咬了牙買了下來，而今那大塊頭的三十吋電視機卻只能擺在兩張併攏的塑膠凳子上。屋子裡仍散置著當時從舊居搬來的紙皮箱。有些已經拆封了，裡頭的事物亂七八糟被掏出了一半；有些被壓在最下，連膠紙也沒撕。搬來新家已經一個多月了，屋子的陳設仍然保持著未完成的雛貌，都還沒來得及收拾、布置。彷彿時間在這個屋子裡止步，像牆上壞去的時鐘，秒針震顫，卻再也走不到下一秒去。已忘了那時鐘是什麼時候壞掉的了，一開始這一切不都平安靜好嗎？妻子還沒有陷入深長的沉睡之前，每天晚上會坐在沙發上，一邊看電視一邊在手裡打毛線，織弄著一雙粉紅色的小毛襪。有時織著織著就打起瞌睡，直至夜深，恍惚被他搖醒，揉著眼睛看牆上的掛鐘，又轉過頭往落地窗外看去，穿過那些掛在陽台未乾的衣物之間，那一片被遮去大半的夜光景色。

他回過頭，妻子早已不在沙發上了，而遠方白熾的巨塔仍舊亮起夜景最耀眼的光。妻子還沒織完的小毛襪擺在一個小箱頭上，粉紅色的毛線球卻已跌落地板，拖著一條長長的尾巴，不知滾到哪裡去了。落地窗一夜未關，水蟻循著燈光，紛紛從外面飛進屋子。他用掃帚把那些跌落地上的水蟻掃成一撮，那些蛻了翅的小蟲在糾纏髮絲的塵灰堆裡拖著巨大的腹肚扭動竄逃。他順手拿了報紙，捲成筒狀，將牠們一一撲殺。報紙拍在地上啪啪作響，隨即屋子又回復一片安靜，房門背後仍然傳出妻子磨牙的細響，恍惚有什麼正在被漸漸啃蝕殆盡。

到底是從什麼時候開始的呢，妻像童話書裡的公主那樣，沉入了無限深邃的睡夢之海？

他記得妻子懷孕的時候，他每個星期都陪妻子到診所複診，然後兩人才各自上班。妻也和其他媽媽一樣，看著超音波螢幕一團模糊不清的黑白畫面就欣喜落淚。有一次，醫生給妻子檢查了一陣，收起聽筒，若無表情地對他們說，一切都還好，但胎兒的心跳就是比一般人的慢。那時他還安慰妻，妳看，真是巨蟹座的個性，將來長大一定是個慢條斯理的孩子啦。但他其實很難體會妻的體腔內正孕育著一隻粉紅色幼獸那樣的心情，有時也無法理解妻忽高忽低的情緒，或者在凌晨兩點為了想吃豬雜粥而發脾氣的種種舉動。他漸漸無法理解妻，這讓他有時感到無比的挫折。然而妻每天早晨朦朧醒來，總會在彼此賴床的短暫時光用手指捲著他的頭髮玩，或者趁著夢的泡沫還沒有破滅消散之前，向他述說剛剛的夢中情景。她說在夢裡，看見有一個五六歲的小男孩向她開心地招手，她就走過去了，小男孩聒聒噪噪對她說了很多話，但她實際上並沒有聽見小男孩在說什麼，只是看著小嘴不斷地開闔，如繁複的唇語，卻什麼也聽不見。她在夢裡頻頻搖頭，告訴小男孩抱歉她聽不見，還沒說完，卻發現自己在那夢裡其實也是無聲地在開闔著嘴唇而已。

「為什麼在夢裡，什麼聲音都聽不見呢？」妻問他。

因為夢本來就是沒有聲音的啊。誰會聽過夢裡的聲音呢？他說。卻不想那天早上，他和妻起床刷牙，如同往常複診，才發現原本心跳緩慢的小貝比已經全然聽測不到任何心臟跳動的聲音。像是一艘故障的潛艇，在羊水之中無重力地漂浮，漸漸下沉在萬呎的深淵，已沒有了任何的回音。妻那時仍不聽醫生勸告，一心要等待孩子醒來。「因為這個小孩本來就什麼事都慢半拍的啊。」然而時間的碼錶被按停了，妻體內的胚胎已然不會再繼續長大。他想像那枚晶瑩透明的拳頭大小的屍體（可以看透它的血管、臟器，甚至還拖著一條小指那樣的小尾巴），在溫暖的羊水裡，像漂浮在宇宙無垠之黑暗中，終究會在蕩漾無光的停滯時間裡慢慢慢慢地化膿腐壞。

妻在手術之後回家，躺在床上坐小月。他把房間的窗簾攏上，那一段光度被刻意調暗的日子，像被無限延長至今。新屋來不及布置，仍是當初剛搬來不久的糟亂模樣，他即開始忙碌著為妻子燉補藥、洗衣，照顧妻的日常起居。只是妻子變得格外靜默，不再和他如往日聊天。後來他漸漸發覺妻子總是吃了止痛藥之後，就深陷綿長的睡眠。有時他下班了，拎著打包回來的晚餐回家，屋子仍一片黑暗，無人把燈打開。他走進房間看見妻仍沉睡不起，就湊近喚她名字，輕輕拍她的臉頰。妻這才艱難掀動眼皮，撐起身子，連打著呵欠，像是歷經了一場太長的夢，現實反而陌生。妻望著他許久，又瞇起眼望了房間四周的一片晃亮，恍惚不知置身何處。停藥之後，妻子仍然常常一睡不知時日，不知從哪一刻開始，就陷入長睡不醒的時光裡，不吃不喝，如結繭冬眠的蟲類。像和妻之間從此相隔了一層無可穿越的膜，他一個人站在光亮的屋子之中，有什麼離他愈遠了。一日一日，他獨自漸漸習慣了寂靜的時光，漸漸習慣了妻子夜裡一陣一陣磨牙的細瑣聲音。那嗤嗤咯咯的聲音，彷彿只有他能聽見，像是妻子對他唯一的絮語。

「那時，我們都曾經在這座盆地城市的邊上，看著夜空中的煙火如朵朵曇花綻開。」

他想起他和妻第一次正式約會的時候，正是一年的最後一天，他開著他的靈鹿小車，載著少女妻要去雙子塔跨年倒數看煙火。小車顯得寒傖侷促，但少女妻正坐在他的身邊，好幾次他伸手換檔的時候，幾乎就要碰到妻的白瓷一樣的右手，讓他心底按捺不住急躁又緊張。然而像是有什麼細節又出差錯了，他錯過了一次左轉再回不到原路，車子駛到高架公路，再下去的時候就堵塞在恍若看不見盡頭的漫長車龍之中，舉目望去一整條公路皆是車尾紅燈閃爍的幻麗奇景。他們進退不得，車子以寸尺的速度緩緩推進，而車上的收音機早就壞掉了，少女妻手撐著下巴，側著臉看去窗外景物，而他為了讓氣氛維持剛才「要一起去看煙火囉」那樣的熱絡，開始叨叨絮絮地說起他以前念美術學院時的種種故事。他說他那時候在秋傑路附近的店屋樓上租房，早上走路就可以到學校去。但你知道，那樣的地方，他剛開學就被學長帶去附近的小巷子裡「看人妖」。那臭水溝發酵和尿騷氣味混雜的巷弄裡，有許多印度人打著氣燈，擺地攤賣壯陽藥。而巷子二樓的後窗，那些女人（她們原本皆是男身）袒露著她們的雙乳，以俯瞰的姿態看著過往路人，讓他不敢抬頭直視。

他說，那時候，他在店屋樓下的雜飯檔打包午餐，會看見一個老年而邋遢臃腫的女人，和他站在一起打飯。那個女人如此難看，紋眉經年褪色成墨綠色，且還留著隔夜未卸妝的青藍色眼影，卻穿著寬鬆洗舊了的破T恤。他知道那是晚上街角暗影之中的老妓，不想卻在日光下如此靠近地端詳著她的種種細節。總是那樣的時刻，他會覺得自己走進了這座城市幽微的皺褶之中，像手指輕劃在粉牆上的種種奇異觸感。但妻並沒有應答他，卻突然指著車窗外對他說：「你看！」他湊去少女妻座位的那扇窗，看去那個方向，隔著一層玻璃，看見遠處的煙火朵朵像無聲電影那樣，安靜又繁麗地不斷不斷在夜空上開放復又幻滅，像是永遠都不會結束那樣。那時他和少女妻靠得那麼近，甚至看得見妻的眼瞳映著燈火流轉的折光，他終於鼓起勇氣牽住了妻子的手。

他此刻握著妻子的手，仔細感受指尖那端傳來的溫度。他輕揉著妻子手指的骨節，指甲摳弄骨節上結著皺痕的皮膚，像默讀一行無解的古老文字。一日辛勞，他有些疲累了，索性就躺臥在妻子的床上，把身體縮起來，屈著腿，像一個孩子依偎在妻的身邊。妻子仍在恍若無限漫長的沉睡，他抬起頭，盯著妻微微顫動的眼睫毛，在心底數算一二三，想像妻會不會在下一刻就突然睜開眼睛。一，二，三。時光卻彷彿依然停滯於此。他想，已經有多久沒有這麼仔細地看著妻了？他側過身，伸手環抱妻子，隔著單薄的睡衣，他撫摸著妻子的身體，手掌在丘巒之間起伏，緩慢而小心翼翼，像是撫摸一隻擱淺在沙灘上的海豚。

妻子仍然緊閉著眼睛，持續著勻稱的呼吸，彷彿正在默許著他。他屏息把手伸進妻子的睡衣裡，搓揉妻的乳房，指尖仍然可以感觸到飽實的乳蒂如花蕊挺立。他掀起了妻子的睡衣，把妻子的雙手舉起來，讓睡衣從手臂脫去。白皙的肉體在日光燈底下蒼白又耀眼，薄膜般的皮膚底下隱現著青綠的靜脈。他撫摸妻的頭髮、臉頰、頸項、鎖骨……，惡戲地搔弄著妻子的胳肢窩。以前妻子最是怕癢，如今她卻全無迴避。那腋下地方，已經長滿了茂密的茸毛而無人剃理乾淨。

他的手指在妻子光滑接近透明的身上遊走，在妻的肚臍裡輕輕地打轉，那凹洞如神祕糾結的入口，總是讓他無法想像，那裡原本連結著另外一個幼小之生命，如今卻像失去指涉的纜繩，繫著體腔之內一整片的空無。他順著肚臍而下，至妻子的私處，手指伸進了棉質的內褲底下，在叢毛之中撥弄。他時而遲疑，像是一次犯規的冒險。他小心地撥開那些糾結捲曲的毛髮，伸進隱藏在黑色毛叢之中的肉縫，那柔軟複雜的皺褶之間卻乾澀如同粗礪的一幅巨牆。無法進入。他停止了摸索，抬起頭看著妻子，裸裎的妻子仍在側頭沉睡，深陷夢中，像一尊瓷白的雕像，原本勃勃燃起的慾望驟然熄滅，羞愧且沮喪地緩緩垂老。

再也無法進入了。

他發現妻子的身影正在慢慢地稀薄，彷彿錯覺了自己可以穿過妻發出螢光的肉體，透視到床單的圖案。嗤嗤咯咯，嗤嗤咯咯。那細微的聲響此刻又自寂靜中浮泛出來。他湊近妻的臉看她，想是妻子又在磨牙，卻發現那細瑣煩躁不住的咀嚼聲來自屋子的各處，從木條砌成的地板，紙箱的背後，掩蓋了水漬的天花板和牆壁之中流瀉出來，無處不在。

他從床上起身，耳朵貼著房間的牆壁，那啃嚼的聲音像是暗湧匯集，愈來愈巨大。他踩過房間的木嵌地板，原本已經用萬能膠帶黏好的小木條又鬆脫出來，低下頭才看見，地板內裡的木質早就已經被啃蝕朽壞，冒現出密密麻麻扭動的白蟻。

他費力地移開堆置在房間裡的紙皮箱，發現靠在牆壁的箱子背後，那陰暗隙縫之間，不知什麼時候開始，滿布一道一道土色的泥腸隧道。用手指劃去那些凝結交錯的泥線，就有一隻一隻米粒大小、半透明的白蟻從土腸之中跌落出來，在地上慌亂竄走。似乎在某個被遺忘的時刻，房子就悄悄地滋長了白蟻。但那白蟻之多，啃著木質的一切，發出細瑣又洶湧的噪音，讓他自心底浮現了奇異的幻念：或許他身處的公寓，落地窗外那些毗鄰矗立的樓層，其實早都一點一點地悄然被鏤空成單薄而脆弱的空殼紙盒。只要輕輕搖晃，就會砰然粉碎、倒塌。這一切都顯得太虛浮，像夢一樣太不牢靠了。

他俯身打開那些紙箱，想找殺蟲劑，然而在那堆搬家以來未曾整理過的雜物裡，如今翻來翻去，卻怎樣也找不到。他隨手從紙箱裡拿出一柄螺絲起子，用鑽頭一一碾死爬在牆上的白蟻。那些米白透明的白蟻出乎意料地柔軟脆弱，毫無抵抗，就一隻一隻噗滋噗滋爆肚死去。白蟻見光之後，毫無方向感地四處竄逃，他有些負氣，手拿著螺絲起子在牆上亂戳，不想一下太過用力，卻把房間的粉牆給戳穿了一個小洞。

他疑惑了一刻，不曾想過那牆壁竟如此脆弱，彷彿在白蟻日夜鑽營之下，整面牆只剩下薄薄的外層白灰。他敲了一敲那牆面，只有一下下空空洞洞的聲音。穿過這個洞，會是隔壁的房間？還是他所無從想像的未知深處？那個小洞在白色的牆上格外顯眼。他伸出手指往洞裡頭摳，一些白灰粉就飄落下來，間夾著幾隻落單的白蟻。他此刻或許更想知道那個洞的後面是什麼，於是用螺絲起子往洞口刺戳，想把那洞弄大一點。弄了一陣，把眼睛湊在拳頭大小的洞口窺看，卻什麼也看不見。他沉不住氣，回頭找了一柄鎚子。鐵鎚敲在牆上，發出一聲一聲悶響，石灰紛飛，白牆破出一個巨大的黑洞。

剛開始是一隻，然後第二隻，長了薄翅的白蟻一隻一隻從那個被敲穿的洞口飛竄出來，像是泉眼汩汩湧出黃褐色的流體，成千上萬的蟻群飛出洞口，在房間裡亂飛，有的白蟻飛撲到妻子裸裎的身軀，有的飛到他的衣上，在他肉身各處縫隙皺褶裡亂爬亂鑽。他幾乎可以聽見牠們翅膀拍動、腳爪刮劃的聲音。嗤嗤咯咯。嗤嗤咯咯。他慌張往自己頭髮、臉頰、衣領亂掃，伸手可及皆是蠕蠕爬動的蟻，腳底踩到的蟲蟻皆扭動死去。彷彿他誤戳了蟻族潛伏的巢穴，或者那一整群飛蟻早就醞釀了全族的遷徙，鋪天蓋地湧現而出。他不曾見過如此數量的飛蟻，像是古老神啟的諭示。他跌坐在地上，抬頭看著那群飛蟻依著昆蟲本能，循著光亮，穿過了房門，穿過公寓的落地窗，像一朵緩緩變化的雲霧，飛向了遠方那發著白熾光亮的巨塔。

一切又回歸寂靜。他看著那牆上的缺口，又回頭看躺床上的妻。妻未被蟻群驚擾，閉目沉睡。床單上滿布著白蟻的薄翅，一枚一枚錯落像滴滴凝固的淚珠。夜晚悶熱如常，房間遍地石礫塵灰和蟻屍。他額頭冒汗，小心翼翼把頭探進那個黑暗的洞中，努力想從漆黑之中尋找什麼。但黑洞中只有他自己呼吸喘息的回音，漸漸也就什麼都聽不見了。他扶著缺口的邊緣，矮身鑽入那個黑洞。所有的聲音和光，都退遠至他的身後。在他看不見的背後，他不知道，飛蟻傾巢而出之後，整幢公寓正在沉默且堅決地搖晃。窗架喀啦作響，懸吊的燈泡搖晃出忽長忽短的影子。公寓的窗外，傾斜的夜城光景一整片一整片地熄滅。他不曾知道整座城市不堪他的戳刺和敲擊，在他的身後碎裂、崩塌。

他此刻聽不見任何聲響，在那無限寂靜的時光裡，他心底卻平靜無皺，有一瞬間，他恍惚以為自己已經鑽身進入了妻子的同一個夢中。

——〈無限寂靜的時光〉原刊《短篇小說》第二期（二〇一二）。

【評析】

光所不及之處

◎賀淑芳

在這篇小說裡，龔萬輝以一貫精細的文筆，描繪都市裡個體陷入與他人隔絕的孤獨狀態，那是非一般的日常場景，在塑造幸福的幻象熄滅之後，正常生活的機制崩解，終告夢與現實模糊、窟窿化的全面崩潰。這篇小說收錄在龔萬輝以青春歲月為其標誌的小說集《卵生時代》，卻是「告別青春」的意味最鮮明的一篇。青春回憶屢屢伴隨少女妻的氣息閃現，透過「我」回憶的眼睛，青春如電光幻影，拉開時間的褶縫，斷裂零碎地倒敘。「我」回憶，循循道來年輕夫妻購屋、搬家、懷孕、相遇的故事，一路回溯，有活力有欲望的妻子活在過去，往昔年輕的主人公懷著可以走出孤獨狀態的嚮往，然而兩人之間的結合卻彷彿是一連串合夥生活的必經儀式，購物置業、生育兒女（亦是這個資本主義以降經濟模式的世代甚為普遍共組兩人生活的方式）。馬來西亞近二十年來急遽都市化的人口遷移，地產業改變了都市空間地表，貸款購屋已成中產階級安頓自身的方式之一。在許多家居或家具的廣告中，「幸福」尤以家的意象為蘊繞的中心。在此安身立命的「選項」雖少，但也還能給予安穩之感。龔萬輝一開始就設置伏筆，以緩慢的敘述節奏，成功地揭示了一個由異物蠶食、塵狀般的物質之城，城市夢幻由家具、樓房賦予，穩固的幻覺底下實是預支了的龐大空洞。沒有任何一樣事物是真正穩定的。小說發生在深夜，卻是出奇光亮，小說相當突出的筆法是那驅逐黑暗的日光燈下一片眩亮的白，白得讓人感覺刺目如盲，崩潰卻從看不見的暗處如深淵谷底開始蔓延。敘述者經由各種視覺、聲音、溫度與密度瀰漫的知覺，鋪塑出宛如碎片般與現實剝離的空間，公寓、城市、光、牆，盡皆瀕臨消散、如粉末般岌岌可危，只不過在崩潰來臨之前彼此暫呈依附靜態。這篇小說以帶有魔幻味道、夢與醒模糊不辨的茫茫異域感，旋入無底窟窿。小說中那些看似熟悉的生活細節，其日常感的面目卻逐漸在涉入的夢域裡瓦解，如撕落布幕，被遺棄在光所不及之處的心靈荒原。

偷換的文本

曾翎龍

曾翎龍，一九七六年生於馬來西亞雪蘭莪州加影，博特拉大學人類發展系畢業，一九九九年進入報界，現為《學海》周刊主編，二〇〇三年與友人創辦有人出版社，著有詩集《有人以北》（二〇〇七），散文集《我也曾經放牧時間》（二〇〇九）、《回味江湖》（二〇一〇）與小說集《在逃詩人》（二〇一二）。

蒙宇哲在他的書後站了很久。司儀先請出版社社長講話，再請大將書行老闆致詞。這是他的新書推介禮，地點就在大將書行，吉隆坡文化街。剛才他推開書行的門，看見牆上掛著剛勁有力的橫匾：但使隆城大將在。他想這句子好熟，又想這有意思，有大將在，我的書不愁不賣。但他來不及三思，就被人推到書後面。

他的書叫《踰越》，一個人佔了封面的一半，文案打在他近腳處：他終於來了，來到這臨界點。他曾有剎那猶豫，但他很快跨進去了，跨進另一個世界。他很滿意這封面，現在這封面被放大，在一塊三夾板上，上面那人依著輪廓做成了一道門。他躲在門後，很有些得意，像在後台等待粉墨登場的戲子。

司儀終於喊了，現在讓我們歡迎我們的新生代作家。他就靦腆推門走出來了。有那麼一瞬間他覺得陌生——那些鎂光燈和掌聲——但他很快適應了，開始從容微笑。礙於出版社和書行的情面，很多報館都派了記者。他也看到自己的同事，甚至想到明天報紙標題：本報蒙宇哲小說集面世。

拍完照便沒他的事，他坐在前排椅子，聽某位前輩作家講評他的小說。全是溢美之詞，但他還是很認真的從自己小說中思索用過的句子和技巧，來對應一些新鮮讚美。這樣一來，他就覺得那講評人也並不浮誇，都是有根有據的嘛。這時他感到右腹部被什麼啄了一下，一隻手拿著一張名片，拇指指甲泛著一層油光。陳如藝，女詩人、自由撰稿人。嗯，這名字他在文藝版看過。台上的人正講著自己好話，他坐在第一排不好回頭，就也拿了一張名片往後遞。他也有兩個名銜：媒體工作者、作家。這是他的新名片，因為出了這書，那作家才好意思放上去。當然寫作是副業，他的正職是某報館編輯。他有想過放「編輯、作家」，但那有自己編自己的書來出版的意味，讓人笑。他聽見後面小聲說了句再見，接著便是挪動椅子的輕響，講堂前門被打開了。他側目望去，剛好看見一個紅背包。

兩天後蒙宇哲收到陳如藝電郵，內容是《踰越》閱後感，她提到韻律，提到魔幻寫實。最後她說，這小說有著詩意的張力。蒙宇哲很高興有了個詩人讀者，而且是個女的。他這兩天特別不踏實，因為他的出書，報館同事看他時眼光都不一樣了。和熟稔同事一起，他覺得自己是主角。他們都是什麼呢？不過是沒有靈魂的生活物種。他的靈魂懸在書架最高那本《康熙大字典》上，連看總編輯時都是一個俯視角度。三角關係業已成形，他、靈魂、凡人。他的不踏實是因為他自己和靈魂也有段距離，隔著許多逐漸被湮沒遺忘的字眼。但他畢竟與眾不同，只有他發現了這距離。和不熟稔的同事擦肩，他察覺他們都在距離之外，正在轉頭望他。接線員聲音也變了，還有食堂老闆、收銀員，讓他多扒了兩口飯。他把這種文人的虛榮和陳如藝說了，她回了長信，努力解釋文字的虛假包裝和轉化。但這是我們的本質，最後她說，沒想到我們這麼快就進入事情的軸心。

他們圍繞著主題討論了兩個月，彷彿主題之外還有一個主題，正等著時機成熟，迸出一朵花來；在那之前誰也不願觸碰，相互間存有一個默契，要保有這段醞釀期。最後還是他窺準花期：因為主題的持續模糊，我們是否應該出來喝杯咖啡？她拒絕咖啡，咖啡讓人沉溺，啤酒讓人解脫。她建議到處女酒吧，就在大將書行旁……但兩個月了，我記不得你長什麼樣。她說，你有在小說裡適合當偵探的長相。那麼偵探，出門時帶本夏宇詩集吧。他不知道為什麼夏宇成了他們指認的中介，他只看過她那首下酒詩，聽說人長得像蘋果派。

他比約定時間早到了，先到大將書行打個轉。雖然偶爾也看詩，他卻幾乎不買詩集。大將書行老闆認得他，指著他的書說位置明顯呢。旋轉梯般疊起，也不知賣了多少本。夏宇詩集倒賣完了。難找啊，特別從台灣空運，賺不了多少錢。老闆拉開抽屜找出一張明信片：隨夏宇詩集送的，我抽起了一張。他笑了笑：正好給你。

他坐進酒吧等，把明信片放在左側桌面。上面畫了兩隻羊，他想起一首兒歌：河邊有隻羊，河邊有隻羊，河邊有隻馬騮精，好似你這樣。馬騮精不是要在樹上跳來跳去嗎，怎麼跑到長草的河邊來了？這是另一個世界。他不耐煩地點了菸，讀著明信片上的詩句：當我打穿他血像牙膏擠出來，結束他的憤怒和疲倦，至少此刻他又是個童男。他抬起頭，彷彿那是一個命定的剎那，在噴出的煙圈裡他看見那個紅背包正向他走來。

陳如藝拉開椅子坐下，說：我以為我忘了，可一見到你我就又記得了。他看著她，首先是耳朵的形狀，有點反骨。這樣就不能當耳環模特兒了吧。最特別是她的眉，很濃，像哪位水墨畫家畫峨嵋山，突然就潑了墨。這兩個特徵模糊了別的部分，他看著這位耳朵反骨的濃眉女子說：我以為妳長得像蘋果派，結果不像。她看著手上的夏宇詩集笑了：文人的傳聞總是精準遠播。他也笑了，看看四周有沒有人在看他們。怎麼約在這裡？她先從他菸盒裡挾了一根菸。Virgin這個字翻成中文就變樣了，變得沒有歧義。

她說：你知道嗎，這是一間優質唱片公司的名字，有一位歌手我很喜歡，Brian Eno，唱《The Son's Room》主題曲，〈By This River〉。他有點不能吸收她語言的跳躍，但《兒子的房間》這戲他看過，就哦了一聲。她從背包裡拿出《踰越》讓他簽名，他猶豫一下，寫：女詩人陳如藝教正。怎麼詩人還加個女呢？他問：妳是女性主義還是反女性主義？她揚了揚眉，像山動了一下。這年頭啊，一個招牌掉下來會砸死好幾個詩人，但其中不見得有女的。她嘛嘴示意他看啤酒泡沫：寫詩像這泡沫，沉澱是本質，但一沉澱便不好喝，所以要快——一快人就多了，像快餐店。他覺得要好好想個比喻來回應，緩緩呼出一口煙，忽然就想到了：寫小說好像這煙，剛開始是迷濛，要等它消散了才看得清楚。她似乎很滿意他的比喻，很快的從背包抽出另一本書，《愛在瘟疫蔓延時》。是啊她說，馬奎斯寫這小說用了三十年呢。他質疑道：那是《迷宮中的將軍》吧？這本只用了十五年。她岔開話題：我喜歡裡面的沼澤。

突然她就說了：我們去看鱷魚吧。

蒙宇哲其實不確定馬奎斯用了十五年或三十年來寫小說，但他記得阿里薩等費小姐等了五十三年。咦，還是五十四年？對他來說作品永遠比作家重要。他的結論是一個凡人可以寫偉大的小說。所以他不喜歡海明威，太傳奇了。但他迷戀馬奎斯，雖然海明威是馬奎斯的偶像。他不覺得這樣的三角關係有何不妥，一如他深信《百年孤寂》裡頭的雨會一直下到世界末日。從吉隆坡到馬六甲是一百五十公里路，他來過好幾回，不外是為了重構當年喧鬧的海峽，想像鄭和寶船如何如大雁翩然而至。鱷魚潭他還是第一次來，這讓他感覺從未來過馬六甲。事情就是這樣，他經歷過的種種事情因為有陳如藝，彷彿事情從來就沒經歷過；像好幾年前覺得老土不肯再用的字眼，如今再用又覺得新鮮。至少此刻他又是個童男，他在心裡罵過又笑了。鱷魚潭有五十條鱷魚，他算過了，也許五十一。有一條死了一般但一直張大口，陳如藝問：你說牠要張到幾時？這時他說了：永生永世。

兩個月後蒙宇哲和陳如藝結了婚。這期間陳如藝出版了詩集，《有人以北》。為了還原詩中旅途，他們打算曲折北上，把越南當作蜜月國。陳如藝好幾天一直待在書架前回思看過的詩句和章節，彷彿莊嚴而神聖的儀式，把一本本書塞進她的紅背包。有一天蒙宇哲從報館回來，拋給她袁哲生的書，說他上吊死了。她一下子跳起來：啊這猴子還真爬了樹。

他們以鐵路北上，先到曼谷看了場表演，再坐當地火車來到泰柬邊界亞蘭鎮。在亞蘭鎮上他們展開了初夜，其實那天看鱷魚回來他們就想了，只是陳如藝是教徒，雖然看不出信望愛的樣子，但規則還是遵守了。而在往曼谷的火車上他一再慫恿她就是不肯，現在他懂了，在亞蘭鎮某間旅館床上，他慌忙彎身拎起褪到地上的衣服就往陳如藝臀下塞——原來她真是處女！他想像火車服務員早晨收拾床鋪時發現那灘血跡，朝他遞了個會意的眼神再把紅事上報車長。他想像車長把香檳擺在那灘血中間，準備在這重複往返的火車上舉行解悶慶祝儀式。他想像車長通過擴音器以幾種語言宣布處女號火車的命名；他想像那「處」字鏤空在染紅床單，被製成旗幟在火車頭上伴隨汽笛飄揚。

他不是沒想過，但這事不好問。等到事情發生後他就亂了，從前經歷過的性愛顯得如此輕浮，不知道從何時起逐次飄出他腦殼，蒸發了應有的細節。他竟然有些安慰，至少此刻他又是個童男。反而她篤定多了，這篤定似乎來自宗教，一是她接收了上帝旨意，一是她背叛了上帝。她擠出沐浴露當止血藥敷在傷口上，叫他再來。蒙宇哲就來了，當他打穿她血像牙膏擠出來，他總想到這個，但這次他有了補充：透著芳香。事後他們不願睡覺，他們避不開床中央擴散的濕塊。蒙宇哲覺得這樣的時刻他有責任說話，於是他就說了：人類一做愛，上帝就臉紅。陳如藝說是那血映紅了上帝臉，上帝看第二次臉就不紅了。蒙宇哲說妳別打岔，他繼續說了：從來宗教總是和性作對，穆斯林剛旋開妻子的頭兜，想起隔天五點要起來早禱，一是草草了事，一是抱著微臭頭兜酣睡。正信的佛教似乎禁慾，當然也有人反對，洋洋灑灑引經據典指佛教縱慾色未必空，結果毀了鵬程當不成校長。基督教還好，經神鋪設的雙人床上永遠擺著禮物，但睡在床上的人總是小心翼翼不敢弄破花紙，怕神看到，而他們知道神必定看到。蒙宇哲說這是他的小說〈神交〉裡的一個章節。這題目好土，陳如藝說還不如叫〈眾神的性交〉。蒙宇哲說那還得了？陳如藝說那才了得。後來他們還是睡了，蒙宇哲夢見自己穿著那血衣走進自己的小說，成了小說排斥的他者。

他們從亞蘭鎮來到吳哥窟，看了三天千年曝曬的石頭。只有兩塊沒讓他們失望，一塊是巨大石盅，一塊是迎合的石臼，擺在朝四面八方微笑的那王的宮殿。他們對歷史沒什麼興趣，可陳如藝說她要療傷。我不能帶血進入西貢。她說是西貢，胡志明那時還沒回到越南呢。這幾天她都在埋頭苦讀，偶爾也把書拋給蒙宇哲，莒哈絲的《情人》。然後她要蒙宇哲看她從泰國學來的神技：用陰道口抽菸。要是真能從裡面出來一兩絲煙，她一定樂不可支：這煙療效很好。蒙宇哲覺得她變了，這不是他熟悉的，卻想經歷。她就像小說，可以允許任何情節的鋪排。有一次在排出一絲煙後陳如藝說：我感覺到她走了，永遠的走了。蒙宇哲說：那我便進來了，一次又一次進來。陳如藝瞧了他一眼，發現他開始懂得詩的隱喻。

中國摩哆❶佔據了西貢，他們在雨天來到楚隆，在電器行看見挨次排列的包青天在審案，啪的一聲雷。陳如藝說從前是人越南而來，現在是商品。她想像舊時三輪車伕濕著腳，露出的胳膊有一種豪華氣息。他們連跑了幾間旅店，終於接受時空的嬗遞，陽光再不能從板隙間進來。他們選了一間有百葉窗的房間，相互釋放熱能來對抗有點冷冽的空氣。閃電從窗口切割進來時他們也正在切割，然後是蒙宇哲一聲沙沉低吼。事後他們去買了盆栽，裸著身子為它澆水——幾天後他們打算將它留下，但這幾天它將吸收上帝的目光，讓上帝依循曲折生長路線思考，而無暇回想上一次的臉紅。陽光出來後他們帶著更大的熱能糾纏，汗水流過山脈和小溪而後蒸發，在帶腥味的小室上空盤旋，取代了上帝的位置。室外街頭開始喧鬧，每一個透窗而入的聲音都和他們的呻吟有著相同頻率。

在順化皇城陳如藝又從紅背包抽出一本書，柯慈的《屈辱》。他們約好每一下撞擊便要念一行詩，誰念了誰便主動。這樣一來陳如藝大佔上風，徐志摩拜倫她熟得很，每一次下挫都隱隱套在詩人寫詩的筆上。蒙宇哲一直被騎在上頭，他刷完牙後彷彿就沉睡過去，但他終於也想到王小波，這位被張大春譽為中國現當代小說史上的第一人，竟然也是位詩人。他說：走在寂靜裡（俯撞），走在天上（俯撞）。而陰莖倒掛下來（大力俯撞）。陳如藝讓這詩句給嚇著了，蒙宇哲撞得興起不願停，竟然自己想了幾句補上：如果我們小孩般相遇（由緩而急），我將會看到妳（俯撞），最隱密的私處（俯撞），沒有遮掩（俯撞），沒有不必的陰影（尾音拉長，距離縮短）。他以勝利者的姿態結束了遊戲，他記得上一回的敗北是因為劉震雲的《手機》。他們相約互罵髒話，蒙宇哲湊上陳如藝耳朵，但他告訴陳如藝，她罵髒話時耳朵會顫

❶即摩托車。馬來西亞通稱摩哆。

抖，到他罵時耳朵卻不動了。於是他讓她罵，各種不能書寫的方言器官都出來了，陳如藝記得她最後罵的是：小和尚！他就真成了小和尚，被反鎖在她的耳朵裡修行。

他們繼續北上，紅背包體積越來越小。在河內他們選了袁哲生的《猴子》，陳如藝在浴室待了很久才叫蒙宇哲進來。暗了燈後她坐在馬桶上把裙褪下，說你仔細看，等下我要問你問題。旅館沒火柴，蒙宇哲掏出打火機，嚓的一下他就嚇呆了，手一鬆火也就滅了——陳如藝竟把陰毛剃了個精光。她開了燈問的竟然是：我剛才小便了沒？

他們沒再關燈，陳如藝說你不是不願看到陰影嗎？蒙宇哲仔細巡視，果然自她粗眉以下再看不到黑色。這是何等不協調的山水畫，他想。而他是一條黃鱔，離水便活不了。

最後他們上山來到沙霸，陳如藝拿出最後一本小說，王小波的《黃金時代》。她向土著買了裙子，要她帶他們到部落，他們想寄居。那兒剛好有條小溪，只是溪水一點也不湍急。但蒙宇哲還是攔腰把她扛上肩頭，每走一步便要拍打她的屁股。陳如藝驚覺有些什麼被他拍落了，掉到溪裡。她想過讓他放她下來，但她什麼都沒說，只是靜靜望著潺潺流水。這時她心裡想到的竟然是革命。入夜時他們出來野合，要像書中那般赤身裸體無遮無攔，但那地方實在太冷，他們每次喘息都能呼出一縷煙，只好隔著厚重寒衣抱在一起，像兩個笨拙雪人。忽然他們聽見窸窣聲響，一隻羊竟摸黑跑來吃草。陳如藝撿了塊石頭丟去，羊驚嚇著跑開了。

回程飛機上她看見空姐制服簡直就是她背包的紅。這次旅行她一本詩集也沒帶，因為詩總是略過細節，她怕他們模仿不來。但她發現她越來越沉溺於細節，當空姐和男服務員搭檔推拉餐車過來，她就構想紅制服背後的故事，在稍作休息的服務員機艙裡，他們也曾倉促拉推，讓兩件紅制服分合、分合。但蒙宇哲說那紅更像乾在床單上那處女血。他早就醞釀把他們的故事寫下，只是他寫了他們的初遇就再寫不下去。以前他寫小說要有一段排毒期，把「他表示」、「他說」這些新聞字眼篩掉；現在他想寫小說就必須把赤裸的陳如藝踹開——她太鮮明，遮住其他細節。眼前這灘血鋪排不成一篇小說，或者說他已經喪失這能力。但如果是詩，他馬上想到一句：血衣飛上天空，上帝的臉更紅了。

回國後蒙宇哲停寫小說。他的〈血衣〉被譽為魔幻現實詩的開端；那首小孩詩更是受到詩評者重大注目，他們說他是走出小說陰影的詩人。而陳如藝發現自己可以從消散的煙中看見被隱藏的細節後，嘗試續寫蒙宇哲未完成的小說；她剛剛把它寫完。

——〈偷換的文本〉寫於二〇〇四年三月，發表於《星洲日報》「文藝春秋」副刊（二〇〇六年二月十九日）。

【評析】

譬如邊界

◎賀淑芳

小說裡有大量性愛場景的描述，氣氛是輕鬆而非沉重的，讀起來沒有現代小說中常見的陰鬱情緒，卻充滿好玩的喜感。小說中出版的新書叫《踰越》，加上小說裡設置的性愛場景，使人想到羅蘭·巴特把語言規範、形式的踰越喻為情色的說法。小說的語言簡潔、流暢、節制、精準，暗示或輕微的笑話點到即止，一些似是而非的假設、術語的錯接挪用，以及頗多玩味二元內在的格言，相當巧妙出色。小說以其豐富的隱喻、指涉、文本典故，經營一篇話題就是文學的小說。在這篇小說裡，詩與小說的較量既是語言遊戲，也是名符其實的性愛遊戲，性愛場合也是吟詩場合，讀來也確實如作者曾翎龍本身的詩歌「如果我們小孩般相遇」天真無邪，可說是一篇輕鬆、快樂的小說。雖然如此，小說當中也有作家光圈底下的虛無感一閃而過，因世故而收斂的淡淡傷感。大量小說書名（包含港、台、中國大陸乃至西班牙語與法文的經典文學）、改編自小說的電影名字、詩歌等等，陸續從對白中冒現，既是書中人彼此相認、接近、共同的文化符碼，也是這篇小說內在不甚嚴肅地對話的材料。小說中植入的詩集《有人以北》也是作者曾翎龍本身的作品。

在〈偷換的文本〉裡出現的經典相當多，包括王小波的《黃金時代》，小說在兩人北上之旅中相當幽默地予與叩問。這是一部「在逃詩人」創作的小說，逃遁並非能解作「從現實逃遁到文學中」來，小說一開始就已經在文學裡，現實空間的安排只是提供話題發生的地點，或者使話題的展開有點布景的流動（也可能作為有待詮釋的隱喻）。這是一部情節無甚起伏的小說，基於如此，語言本身的技藝就變得突出且至關緊要。這並非是一部挖掘「深刻意義」的小說，它在一串鏈接文學關鍵字的話題上近乎平面地滑動，比如沿著詩歌與小說的邊界進退滑行。雖然小說有大量的性愛場景，但並不志在講述如何踰越情慾「禁忌」（禁忌向來被視為促進情慾的重要方程式）或以此為戲劇張力。正如詩總因譬喻而遠離了所敘的對象，性愛也是越寫就越遠，既是寫與想的對象，但也是要踰越的真正對象。小說表面上消解了嚴肅的意味，反而更正視文學本身乃須為趣味性文本的嚴肅意義。

陳志鴻，一九七六年生於馬來西亞檳城，馬來亞大學中文系碩士，曾任影視公司創意總監、大學講師，現專事寫作。著有短篇小說集《腿》（二〇〇六）與《幸福樓》（二〇一三）。

叩叩敲門兩聲者進來，走路動作尚未適應快速發育的腿，笨拙，怯怯然。一站，又似乎受腿之累，孤苦伶仃在世般惹人憐。當時，先生還問腿的主人高度，但聽一副剛經換嗓的聲音答馬來文，一百七十二公分。語畢，腿之主人低望半隱桌下的大腿，人中汗珠可數。先生同時看了一下自己同樣半隱桌底的腿，比男孩還緊張呢，對方怎麼會清楚一二。

都怪男孩莽撞，先時聽了一句「請進」，進來拉開桌前椅一坐，腿塞桌底時卻是一個不慎，跟先生早擱那兒的腿硬碰了一下，而石破天驚。一老一少兩雙腿各自彈開，形成了接下來半小時需要努力維持的距離。然而，都太遲太遲了，先生膝蓋所接收的那一碰猶如洪鐘腦際再三迴蕩。男孩坐是坐下了那張木面鐵椅，先生某個部位卻是奇異地站挺，頂住了桌底，久久才告平息。先生隱忍著尖痛，臉帶笑，不忘順應男孩的語言能力，以馬來文繼續說，（故意略掉主詞「你」字）腿還會再長。男孩笑，唇上薄下厚，下唇時時充血著：是的，完美的口腔，完美的入口。

桌面下兩匹馬狠狠給勒住不前，衝勁猶十足，老的那匹時時更有脫韁之危。然而，腿之長度，需待男孩在自己眼下躺臥身子，才能真正評估。當時（認識了男孩一個月後），先生要男孩週末上他家看畫冊，進一步教學。所謂「他家」，是跟華人租下的一房而已。幸好進了庭院前的籬門，小徑即分兩頭，一頭斜去，可以走向另外搭建的旁屋，裡邊有他的小房；另一頭筆直通正屋，老遠即見神龕前垂有海燈一盞，供奉南海觀世音。免了通正屋入他房，方便多，時時帶不同的穿短褲小男孩回來，到底可疑。

坐正屋簷下圈椅的先生，眼見男孩自炎熱三月來後，每一回急沖沖走向他，復又快腳一起走，似乎同樣有意避開任何人，相當配合他整個計謀，他每每帶淚感激：不想，臨至中年還能享此福分。可見男孩乃時時默許著他饗用自己青春的肉身，始終等他這個經驗豐富的老師（也是「老手」）啟示而已。壞，真壞，不全然純情——現在的男孩什麼都懂，精靈得很，偏還裝著不懂，就等他這個半老之人先主動出擊，當壞人罪人凶手之類，十年之後就在外頭聲淚俱下稱「受害者」扮可憐，博取廣大社會群眾氾濫的同情，真是。哪來這許多幼苗受害者！一見他這個四十二歲的人，男孩還不是依了自己當初的要求（先生要學生都稱他「哥哥」），嬌滴滴叫一聲「愛力克哥哥」。天知道，那小傢伙究竟懂不懂馬來文「哥哥」一詞另有「丈夫」的意思？是「哥哥」，有時聽那小傢伙竟是「丈夫」、「丈夫」那樣喚他，要命。

等男孩乘四十分鐘巴士自喬治市中心戰前老房子出門遠來，先生還是先翻英文《星報》為妙，且受微微晨風吹經，觀落葉之數墜；有時外加一份《新海峽時報》。庭院，盡是木瓜楊桃之類，結實了，還裹上報紙，時見小雀二三前來吱叫出回聲；男孩必來回味，先生放心得很，一行又一行順讀新聞下去。有時也不免興起指甲過長，且趁男孩未來，十指先剪它一圈才好；為對方著想，先生尤其留意食指中指，剪後銼平之良久，又試刮指心，不痛。完美的指甲，正好配合完美的入口。

有那麼一回，先生等，等到小男孩穿一件超短電光藍運動褲，還開衩呢，迫不及待擱下了報紙自圈椅上站起，走前迎他雙雙入房去。男孩總是話不多，大概也是緊張後事如何，拿了他一個枕頭，也不嫌老師的一切不常換洗，趴下了身子，腿長長地往後伸去，交疊成一副魚尾，等捕魚的人背後下網。先生也屏息跟著疊手當枕，趴下男孩左右，說，你看塞尚畫的靜物，兩邊的桌布高低畫得不一樣，我們人左右兩隻眼睛個別看東西時，有個高低，合起來就平衡了……。事前，禮貌上終究說了話，說著說著，常常先生發現自己雙唇抖如枯葉，說不下去了。分析再偉大的畫作，再合理，這時也變說傻話，男孩又是半聲不響，似乎專等有人——他——下手。回回如此。然後，統統靜了下來，先生起身由著男孩自翻自的畫冊，站了起來，或坐一旁呆望那一線起伏的背影、寸毛不長的大腿之背接小腿肚發亮著（在說著世上只有他一人能聽懂的語言），要他的手過去親自領受一雙腿之橫陳，之創造。腿，萬歲之腿，用手歌頌！

先生明白自己委實老了，只因為那一雙猶可再抽長的腿太年輕；自己，不過是葉慈詩中河邊老人，望水之流經，望水映出蘆葦似的一頭蒼然鬖髮。他還要看清，手伸了過去，不懂別人腿熱還是自己手熱，他遲疑止住了。他清楚自己要比男孩本身更懂一雙腿的價值，手抖著，又搭落下去，盡是等他接觸的皮肉。只有抓住了腿，才可以免除抖意。美，而且短暫的纖腿啊，將由毛腿取而代之！把握男孩雙腿，把握勢必流逝的時光。唉，時間，總要引起先生深嘆。男孩那一雙腿說話了，從併攏隙縫之間透出一絲絲默許的訊息，翻畫頁聲全然停下，等，就等他而已。

先生之手原是紫褐色，毛髮又密（加深了顏色）。搭眼前人腿上：腿益白，先生手益黑；年輕的腿益年輕，年老的手益老，處處對比。常常，先生是要心裡唱出一首首聖歌，振飛一屋頂白鴿似的，興奮著。男孩整體偏瘦，記得面試時穿校服，還內附一件背心箍得身子竹瘦，肩削臂小，脖子完全像莫迪里安尼筆下的畫像那樣細長，似乎給一隻無形的手高提上去：窒息之美。先生隔著猶帶粉筆灰的桌面當場問，會游泳嗎？男孩搖頭，額上鬱然多打了幾個鉤，是亂髮。先生忘了尚未答應收對方為生，即說，以後我可以教你。男孩面露喜色，以為事成就好。

游泳當天（收生、拜訪家長不久後），陪男孩上大學的泳池是不行的，耳目眾多，泳技只宜一對一密授。還是開車兩公里以外人煙稀處的沙灘為妙，至少，城中人鮮知一大段林間小路之後，竟是藏有一片堪稱洞天福地的沙灘，容得下身體初會的兩人。也不由得男孩不亦步亦趨，入林要告迷失，須得他這麼一個老嚮導領著穿梭一棵棵面貌難分的高樹，開一條隨即草掩的路。下水前，先生遞一條（其實）無數男孩穿過的泳褲給腿的主人，好套上沙龍內換。各背對方換好泳裝，是先禮後兵。不曾下水的男孩到底畏懼不前，一聲聲督促他下水的命令自後傳來，他風中抖著，那一雙腿不是煙囪，是煙囪上的煙了。施令者只管站在原地望腿讚嘆，心想：泳褲該短些，再短些。男孩見小浪一波波來，始終不敢涉水前去，先生闊步走前，牽他的手雙雙走投大海之中，由著水慢慢上達胸口，及肩。浪再襲，男孩（人輕）站不穩，先生手一伸扶住了他的細腰，借重水力，進而將一雙腿橫抱自己胸前（英雄救美之姿）。照例得學浮水，先生手榨男孩的腰，反之，要男孩用雙腿夾好他的粗腰及其胯下，雙手重複「折向胸口，划出去」兩個動作。先生原是反對用削筆器，素來拿刀片就垃圾桶將一根6B鉛筆削成半鈍，求白紙上的素描線條能見粗獷；然而，跟男孩一塊，不論何時何地，他不斷想像自己化身一根鉛筆，入削筆器之口，轉了一圈圈，越削越尖銳……一陣光劃破腦際，站海中的先生也要站不住了，泳褲濕更濕。

男孩似乎害怕驚動了自己（是的，自己），以及任何人，從來一聲不響，相當合作。當然，先生清楚一個初嘗此道者帶有罪惡感，樂壞了也不會開口承認樂之有。先生含笑一抹，畢竟，自己也曾是個過來人，也找對了人。有別其他孩子的父母看得緊；這孩子呢，他登門造訪，迎接他的，是個四十來歲的肥胖婦人，原是說福建話的，客氣得很，馬來話勉強可以應對，還手斟黑咖啡遞給他，連稱他「老師」。戰前老房子內裡頻頻有人出入（顯然是個大家庭），那婦人逢人介紹「是孩子的老師」：「老師」二字，始終以馬來文強調，要他明白指他，也不忘笑著說，是禮節，他總是頭低有愧，又似乎擔心慧眼的出入者識破面目。不像那些受英文教育華人家庭，分屬中產階級的夫婦倆一臉狐疑接待他入門坐沙發上，口頭上禮數十足，只是疑心不免過露，忘了倒茶。不久，他們這些人乾脆不開車送自己「溫室的小花」上他一週一次的星期五繪畫課，那些孩子大概至死都不明白自己為何自大學當局舉辦的「兒童繪畫訓練班」退出：只有他懂，父母比孩子的心眼更可惡，看穿他，不為他大學講師的身分所惑，媽的。原是容納十人的繪畫計畫，人漸少；鏡中人一副深目高鼻，他老記得自己在別人面前說話慢條斯理，上郵政局也是彬彬有禮（前道午安後道謝），怎麼，就這樣給識破了？大學當局交由他一手負責，從不過問每年入學人數，民間各源流的中學（只限男校，大學當局嚴防他接觸女中學生，笑話）可以無限供應新貨，只需到校會一會正副校長，要美術老師力薦數個有繪畫天分的小男孩，他應試一下，就可以根據過往的經驗決定哪個可以充當學生兼後宮佳麗（那無關誘導，本質如此）。市場上貨源永遠充足，一個又一個鮮澀的肉體憑空生生不絕，手一伸，捕不完；至少，又一蝶落網了。

還記得，男孩當母親面前順勢說老師要教他游泳，為人母者當即含笑答應。事情恐怕沒那麼簡單（先生後來省悟），男孩一開始似乎清楚他為人師表的目的，問母親時還特別看了先生一眼，不過示意大家可以一起瞞過眼前可憐的婦人。男孩難得靠話示意，除了華語，英文差，說起馬來文也不見流利得很，倒有一種牙牙學語的稚趣，聽來他心癢癢。易言之，男孩一用馬來文說話，除了突顯華人身分，年齡又變小了許多許多，小可愛一個。有時，就這樣，男孩繪畫班隔天（即星期六）午後無端出現在美術系辦公大樓的石階坐對草地上的雕塑品，常有出入的同事推他辦公室的門半開，朝內說：「你穿短褲的學生又來了。」男孩也許可以直接悄悄摸上他的辦公室，但不，他清楚這男孩要鬧得人盡皆知。先生領了男孩入室，安他在一張黑皮椅上，再搬一疊畫冊，說電話來不必接，他外出一會再回頭（跟同事一塊在校園內喝下午茶），不過為了餓一餓男孩。男孩得逞一次（即得他收容），就很有自覺在扮無家可歸的男孩惹人憐，多次電話都不打，獨乘巴士遠來求索，還是餓他一餓再說。問他所為何來，男孩老說無處可去，父母當小販忙，三更半夜才回來，暗示他留自己多久都沒關係。先生比誰都清楚，是體內那股無處可去的利比多❶將男孩牽引到此，供他這位老手驅出。他的大智慧懂這小傢伙又要什麼了。

先生愛故做神祕，將男孩私藏，餓他當熬他，再當一份夜消，無人之際慢慢搬出享用。月升樓空以後，領男孩進更廣闊的會議室（平日上課處），解開兩端窗簾的繫帶，拉攏，好擋住夜遊者諸如電單車騎士自外透經落地長窗望進來（然而，終究路燈一柱朝這裡亮著）；搬下一張又一張籐椅上的墊子鋪地上，男孩站遠遠一角正拿一副石灰膏骷髏的手骨掂在手心把玩，留背影等人趨前。多少年後先生是要記得自己一步步走向男孩，將那一隻白色手骨自男孩手心拿下，歸還骷髏，由著它重重垂落。最後，先生手所接觸的，已是滾得爛熟的軀體。男孩由著他背後環抱過來，從不正視他，由他解開層層「保鮮紙」；常常緊要時男孩聲音發抖，不忘套出先生的一番身世好再繼續下去，問題分期付款似的提出。自認老邁的先生，疏於運動而腆小腹，不想還得一個男孩真心青睞，暗中帶淚用手上下雕塑眼前人。先生語語交代自己祖先源自印度，自幼喪父，母親一手撫養成人，曾經主持電視兒童節目（男孩點頭自己有印象），任職中學美術教師；母親去世以後，自我放逐兩年，曾周遊多國（男孩心中自有羨慕）。事後，先生有時不忘開錢包，慷慨拿出十元紅鈔遞過來；男孩拒收，還是給他以「給你買顏料」一再說服了。只有先生清楚，青春其實可以漫天開價，開更高的價。

男孩也有自私之時，一炮之後，忙忙起身穿回自己的衣物，示意要先生送他回家。而仍中著魔的先生，按住怒氣陪他深夜裡走一陣下坡路，經泳池館而不忘同望一眼亮燈的湛藍泳池，再下大學正門車站招工廠夜巴，任由男孩獨登歸途。也許，可以送他回家；但大可不必了，算是報復男孩失責。常常先生是要後悔自己的舉動，落寞一人步回上坡路，覺得自己已經變成很老很老的人，像敗將自老遠戰場歸鄉。先生在系前那一條山路停車場上領車，坐進自己那輛白色甲蟲車，久久沒有開動引擎，感受了一陣窒息以致不能自已，再徐徐轉下旁邊窗口透一二分氣。果真開車送男孩回去又如何？常常，男孩不過要他送至街頭為止，自願走一程，免得別人老是見他跟錫克族老男人一塊出入；不如不送。今晚，自私進一步發展，那不負責任的小傢伙突然暗中坐直了身體，還掉淚對他說，我們不可以再繼續下去，這是男跟女的行為。天啊，開什麼玩笑，一個月前還沒有拿到結業文憑之前他會說這話！先生後悔了，早知道上回開夜車到島上西北部某處沙灘，他應該狠狠幹他一場，再拿出車後製畫框備用的鋸子鋸那小傢伙的腿，殺了他，不就一輩子膝下有這小鬼承歡為伴？虧男孩走運，那晚先生耳聞不遠處暗中有嬉笑聲傳來，又開車折返鬧市，一句話都沒說，一件事都不曾辦到。單方面的殉情計畫一旦不成，竟

❶ libido，性慾。

是永遠錯過，生活下去就是要面對無窮無盡的變化，天啊。先生要求靜止。

可憐，男孩是怕了自己初炙的慾望，先生則懷抱同理心冒險上男孩家，總聽婦人從樓下喊上去「你的老師來找你」。聽沒回應，婦人倒是殷勤上了樓去，再下來支支吾吾交代說孩子睡覺了。躲吧，先生也不忍拆穿一個小男孩跟自己玩捉迷藏，他會來了再來。先生忍辱在別人除夕闔家吃團圓飯時，以一個非我族類的身分當眾登門，心想那小鬼一定在，不得不面對他。是的，見了男孩也不過重演更狠的決裂而已，男孩不邀他進來，倒是一人先跨出了自家的門檻，等他隨後跟來，一起站街心對他這個老人說「別來找我，我有了女朋友」，暗示你我從此各屬兩端。先生要笑要嘆，卻為對方的尊嚴勉強止住，心底呼聲這樣喊：幹嘛再做徒勞的嘗試，我的寶貝。

先生掉淚開車，為男孩開始毀壞自己而不自知深深惋惜著，淚是為對方掉的，對方又不清楚，自然老淚紛紛滾落。最後，一人車停舊關仔角，走經售泡泡者，一天都是破滅；走經堤上一個個垂釣者，盡是面孔看不到的背影；走到British Council堤段無人處，坐石椅上面海記起了許多日子乃跟男孩在此無語坐上許久許久。先生雙手捂住了自己龐大的臉孔，海風猶一陣陣透經指縫來襲，他想到了可怕的未來：男孩有一天果真懂得回味，再回頭找他，那該怎麼辦？別來，千萬別來，那時他自己會更老更老了，男孩也應該不再年少，回憶實在禁不起再見的破壞。別來，別回來，先生要慢慢一個人獨老下去，等敲鐵釘的聲音自外響起。

——〈腿〉收入《腿》（台北：印刻出版公司，二〇〇六）。

【評析】

肉體局部的情慾書寫

◎張斯翔

〈腿〉自二〇〇五年得獎以來，屢受選集編撰者的青睞，自《九四年九歌小說選》起始，近年來在馬來西亞本土編撰的《馬華文學文本解讀》，在台編撰的本書都選入了這篇小說，似乎這篇小說已無可質疑地成為陳志鴻當然的代表作。〈腿〉的師生戀題材其實經過陳志鴻長時間的不斷創作，幾乎經過了其高中、大學的文筆磨練，從〈戲夢人生〉到〈泅〉，最後在〈腿〉宣告完成。

雖然〈腿〉的內容仍與大部分馬華同志小說，甚至陳志鴻自身所著的同志小說雷同，帶有戀童、老誘小（當然陳志鴻在小說中已經更進一步反諷式地利用了這個觀念）等對同性戀者的刻板印象，但在此作中，陳志鴻除了保有師生關係的設定外，還加入了跨越種族的人物設定，更進一步彰顯馬來西亞多元種族的社會特色。

小說中最引人注目者，乃其通過對身體各部位的巡禮而造就的情慾氛圍。其中「腿」作為最重要的部位，它同時表示了年齡、身體發育狀況及「先生」所真正渴求的、最短暫的「青春」。「先生」對一雙雙其迷戀的腿之禮讚：「美，而且短暫的纖腿啊，將由毛腿取而代之！把握男孩雙腿，把握勢必流逝的時光。」作者從小說開篇就一再強調「腿」的延展性，作為剛邁入發育期少男的獨特標誌。這段時光既短促又珍貴，正是少男初登大人，最為青澀的一段，作者巧妙抓住了年華老去

「先生」對這段青春的迷戀，加上極速成長的「腿」，兩者合一讓其中的情慾書寫昇華成符號隱喻，是其巧思，也是全篇最精采的筆觸。

除了「腿」的符號化，這篇小說較其儕輩更為突出者，卻是其中既顯眼卻又隱晦的同性性行為書寫。眾馬華同志小說中甚少出現明顯的性行為書寫，最重要的原因當然還是國內發表所面對的限制及作者自我內化的管理機制，但「情色」與「色情」之間的拿捏更是讓作者頭痛的界線。而論者既說其同性性行為書寫顯眼，正因其所提各個身體部位，皆帶有藝術品般精心雕琢過的誘惑氣味。無論表情、眼神、肢體還是肌膚，處處都透著一種與性相關的氣息。論者同時說其書寫隱晦，卻因為其同樣借用了局部的肉體，來完成各種可能的性暗示，讓肉體每一部分，都成為享受快感的工具。這兩者之間交合在少年的唇畔，先生的指尖，無論是毛髮還是指甲，都成為了小說中性快感的寄託之處，以備讀者順藤摸瓜，自行意淫。

小說最後一段情節，少年以交了女友拒絕與先生繼續往來，先生卻認定少年不過正進行一場注定失敗的實驗，這提供了更多的討論空間：是少年從頭到尾所求盡為慾望的發洩？（故有一炮即走的不負責任？）還是先生以過來者身分下了讖言——一日同志，終身同志？抑或如佛洛依德所言，這只不過是少年階段跨越同性情慾而進入異性情慾的過渡？作者沒有定論，卻都是可以繼續觀察和討論的問題。

籐箱

吳道順

吳道順，一九七〇年代末生於馬來西亞砂朥越，台灣國立東華大學中文系碩士班畢業，現就讀國立台灣大學中文系博士班。

祖父有一個大籐箱，那是他當年從中國來南洋的時候帶來的。祖父還在世的時候，籐箱就如他的寵物般相伴，老離不開他的視線，可是，他過世後，籐箱的命運就極為坎坷。

我們族裡每次有人搬家，都會提出丟掉那龐大籐箱的打算，卻是族裡的長輩說，不行喔，那箱子可是充滿萬能力的，丟了就再也找不回第二個了！

是如何充滿萬能力？我不知道。

照顧籐箱的義務，最後落在我和哥哥身上。而我們兄妹，每次有人搬家都對那籐箱你推我讓。這次是哥哥說要移民，就擅自把它託運來到我的公寓了。箱子裡面附了一封信，上面開頭就說，小妹，哥要搬家去國外了，沒有什麼東西留給妳，就留這個箱子給妳做紀念吧！可別扔了它喔，這可是祖父的遺物呀！……我傻楞楞的站著反覆讀了讀這開頭，我的丈夫文宏就下班回家了。

文宏感嘆萬分的說，真是一個傳家之寶呀！然後，他打開箱子，頭往箱子裡邊探了探，就整個人往箱子裡邊踩進去，蹲下身，蓋起箱子，說，啊，妳看不到我了！

他在箱子裡小聲細語，而這樣的畫面，讓我想起小時候，我們兄妹玩官兵抓強盜，我也喜歡躲在那籐箱裡面，然後箱子反鎖，以致我在裡面不自覺的睡著了。我記得那箱子裡面有著一股奇怪的濃重味道，但是，那味道卻又透著點說不上來的安穩。記憶中，箱側上曾黏著一張女人的照片，哥哥說那是祖母。那是一個穿著黑色衣服的女人，梳著頭髻，微笑中帶點滑稽的意味，彷彿在笑躲在布塊下拍照的攝影師。

我把面前的箱子打開，想看看那張記憶中的老照片，卻是那照片早已不在那裡了。記憶中，照片中的女人臉如滿月。以前，我躲在籐箱裡面，常常望著她的長相發呆，以致也忘記了哥哥的官兵角色。他或許也忘記我了，倒是祖父，會習慣性的打開箱子看看，然後將我抱起，把我放在他的膝蓋上，對我說他以前的事情。他說他一個人提了那籐箱，帶了我父親來到南洋生活，多麼有趣。他說他一個人每天早早起床，下地耕田種菜。他說，知道嗎？菜園的角落，因為靠近森林所以住著許多的怪獸。他說，常常，清晨的菜園都踩滿了怪獸的腳印，然後，一定有人家的豬啊羊啊什麼的不見了。

會不會是老虎呢？我說。

祖父摸摸我的頭，說，妳這個小大人，哪裡來那麼多老虎呀！而如果是老虎，妳祖父不就早給老虎吃了嗎？

我把那些怪獸介紹給文宏，並且附了畫圖來加以說明。那些都是小時候祖父教我畫的古典小說插圖，譬如長長的龍啊，會發火的鳳凰等等。

文宏看了看我畫的插圖，就說，偷那豬啊羊的一定是山豬啦！怎麼可能是這些龍啊鳳的？

我說，怎麼可能是山豬，要不然祖父早就說是山豬了，還來怪獸說？

文宏笑笑，然後站起來，思索著要把那籐箱往哪兒放。我們的家很小，儲藏室也早就爆滿了，客廳又實在侷促。文宏想了想，就說，不如把它放在我們的床尾吧！

我還沒有頭緒，他就自己一人把它搬去睡房了。

這好嗎？這籐箱雖然看起來和其他籐箱沒有兩樣，可是，據說它是充滿萬能力的！萬一它半夜變出什麼東西來，那該怎麼辦？我再三的解釋著，文宏則毫無顧忌的說，不會啦，妳看這多麼的乾淨，連個蜘蛛網都沒有，怎麼還會變出其他東西來呢？要是真的會變出什麼東西，那不是更加有趣嗎？

他說完話，就開始把一些零碎的雜物往裡邊放，看來我的抗議是沒有用的了。文宏堆了一大疊的東西在籐箱裡面，然後古怪的看看我，說，怎麼這個箱子這樣大，東西老是填不滿似的。

我往裡邊看看，確實還剩很多的空間可以存放物件。看來還可以把我們兩個人裝進去都還綽綽有餘呢！我說。

文宏就隨即拉我進籐箱裡面站，按著我的肩膀，蹲下，然後關了蓋子，說，喔，真還剩很多空間呀！

我看看他，然後撐起身，說，這有點奇怪，感覺這箱子會變大，很詭異，我看我們還是把它寄回給哥哥好了！

文宏嘟嘟嘴，說，這不是放在我們這裡好好的嗎？還要寄回給哥哥幹什麼呢？而且，搞不好，哥哥那裡也沒有地方可放了呀！

然後，他又找了些雜物往裡邊堆進去，還是填不滿。我這東西是跟著祖父從中國來南洋的，我思索著而文宏則越收拾越起勁，還吹起了口哨。我坐在床沿，心思飄得老遠，想起了很久很久以前，我和母也一起躲進這個籐箱中。我把這說給文宏聽，他不可置信的說，不會吧？連岳母都躲進去過？

我知道他是想說連母那麼胖都可以躲進去，實在不可思議。可是，那時候我母沒有現在那麼胖。或許，沒有現在那麼胖，所以躲得進這籐箱吧？

文宏好奇的問說，是什麼樣的情況下岳母躲進這籐箱裡的？

我怔了怔，說，還不是跟那些傳說中的怪獸有關嘛！

文宏這好奇寶寶就放下了手上的東西，微笑著手疊在胸膛上，準備聽什麼故事似的靠在我身邊。

我說，那是個寒冷的鄉下夜晚喔，我和母一起拿了煤油燈去關豬欄的門，免得四腳蛇❶跑進來，叼走小豬。那時候，家裡可養了真多的豬呀！可是，卻老是給四腳蛇偷走了。雖然如

❶指亞熱帶雨林中一種在地上爬行的大型蜥蜴。全身皮膚疙瘩，尾巴長，爬行速度快，與雨棲鱷魚的體態相似。由於肉食，且頭部舌頭都跟蛇類相似，又稱為長了腳的蛇，簡稱四腳蛇。

此，老一輩如祖父們都不信是四腳蛇幹的好事，因為看那留下的腳印，絕非等閒之輩。他們說，這除了怪獸幹的，就別無其他嫌疑了。

文宏聽了，就挑起眉毛說，你們鄉下怎麼會出現那些怪獸呀？

我也不是很清楚，我說，只知道祖父他們要捉拿那些怪獸很久了都沒有捉到。常常，夜裡就會組織巡邏隊，大人們拿著火把，嘻哈的說笑著，繞著村子的外圍走。現在想起來，彷彿他們在做運動似的，夜裡的徒步運動。

我記得那晚，我和母下樓去關豬欄，我走在前面，我母走在後面打著燈。四周一片漆黑，除了光線可及之處可看見些微影子以外。關了門，走回家的時候，我看見前面有個人形的東西，擋著去路。我很害怕，問母那是什麼東西？然後，我握著她的手，卻發現她也在發抖。母說，不曉得是什麼？

我們母女倆心驚膽跳的往前走，手裡隨處拿了根木棍以壯膽。我們步步往前移，然後，一個火光突然從我們後面飛了上來，擋著去路……那是我的祖父和他的鄰里友人丟來的火把。

祖父趕上來，說，妳們兩個還不快點回家，剛剛看到怪獸往妳們的方向攔著呢！

我和母嚇得直打哆嗦，二話不說的趕緊上樓去，留下祖父一行人拿著火把去追怪獸了。鄉裡打著鑼，大家都警戒著把門窗關得緊緊的。我和母回到家，立刻也把門窗關緊，熄了燈，還是不放心，最後就往那籐箱裡躲起來了。這像做夢似的，卻是真實的。

那麼最後有捉到怪獸嗎？文宏急切的問著。

當然沒有啦，我說，鄉裡盛傳著，怪獸可能已經潛入某戶人家中，捉拿不得，而且，那時候啊，家家戶戶即使被圈在新村範圍內，卻是還有人不願意和大夥一起捉拿怪獸。

妳小時候住在新村喔？文宏好奇的問。

是呀，我說，而且籬笆外都是警察，拿著槍呢！

那麼那些怪獸後來有怎樣嗎？文宏疑惑的問。

聽說因為沒有食物，後來逐漸少了還是跑去其他地方了。我說，聽說喔，它們的佔據地是森林。

我坐在床沿，看著那籐箱，又說，有時候我還是會夢到那些怪獸追著我和母跑，結果我們無路可逃，就往這籐箱裡邊躲。我和母聽著籐箱外的腳步聲，橐橐橐，橐橐橐，突然間，籐箱被掀開，卻是祖父的手伸了進來把我們拉了出去。

文宏聽了，就說，那麼妳看過那些怪獸的腳印嗎？長得什麼樣子呢？

這我還真的看過呢，不就和人的腳印一樣大。我說，還有呀，我聽過一個傳說，說那些怪獸是躲在一個龐大的箱子裡面從中國運來南洋的。

文宏收拾東西的手，突然停了下來，然後，看著我，若有所思的說，龐大的箱子？

我說，是啊，那傳說是這樣說的呀。

文宏把籐箱蓋了起來，坐在籐箱上，說，該不會就是這個箱子吧？這個箱子也夠大的了。

我忍不住笑起來，說，這下子你也會怕了吧！

文宏捉捉頭，說，我才沒有怕的咧，只是哪有這麼巧的事呢？別想太多！

他站了起來，脫下了他的西裝領帶，然後去浴室洗澡，留下我一人對著這籐箱發呆。這箱子，還真的看著我長大的，我想起了它從我小時候就出現在我面前的情境，先也是放滿了雜物，後來還來了警察打開箱子大肆搜尋。是要搜尋什麼呢？記得警察還拿著槍指著祖父，要他交出什麼東西似的。

是真有此事，還是我的記憶錯亂了？這件事好像還有個前奏，先是家後面的紅毛丹樹被雷打中，連帶劈死很多雞鴨。再來就是母和祖父都遇到奇怪的事情。他們說，門下的狗夜晚會哭嚎，很像看到了什麼東西。結果，來了少見的颶風，一把掀開屋頂……然後家裡就來了警察了？是這樣的嗎？我也不太清楚。可是，為什麼這個箱子終究沒事，還成了我們家的傳家之寶呢？

次日，哥哥來了電話，問我收到箱子了嗎？我說收到了，正想接著抱怨兩句，哥哥就搶著說，我可是花了許多勇氣最後才考慮把它寄給妳的……

我在電話這端無精打采，說，哥，我也真的需要些勇氣把它寄還給你呢！

哥哥在另一頭笑出了聲，說，總之妳好好的照顧那個籐箱喔，別讓它有所損壞就是了，記得呀，那是祖父的傳家之寶呀！

他匆匆的放下了電話，丟我一人在電話一端。

是個烏雲密布的下午，我把晾在外面的衣服都收拾進來，天空就開始下起雨。我一人在沒有亮燈的睡房裡摺疊衣服，突然一陣大風吹開了窗，雨水沖了進來。我有些不知所措，因為從來沒有風會吹開這扇窗。我連忙關上了窗，待要回頭去繼續摺疊衣服，卻發現那籐箱的蓋子在櫜櫜的敲響著。我上前把它的栓打上了，然後整個人坐在那蓋子上面。窗外雷雨正猛，我看著那閃電彷彿就劈在我家附近似的，感覺十分可怕。當了家庭主婦也一年多了，還從未如此感到無助。我拿起手機，決定打電話給正上班的文宏，希望從他那裡可以得到些安慰，卻是沒有收訊。奇怪，怎麼會這樣？正想著用家用電話，一陣拍門聲驚動了我。這麼個陰暗的午後，會是誰來找？

我打開了門，外面站著的卻是年輕時候的爸爸。怎麼爸爸來了？我們就這樣站著觀望彼此良久，良久，然後，爸爸先打破了沉默說，這雨可下得真大！

對呀，一連幾天都不下雨了，突然下起了這趟怪雷雨！我搭著他的話，也講了幾句。他有點不好意思的點了點頭，然後眼睛觀察了一下四周，說，快放我進屋子裡來吧！免得給別人發現了。

我開了鐵門，讓他進來。父女倆很久沒有見面了，見面了卻是一整個尷尬。

爸爸說，妳這公寓真美，可以參觀參觀嗎？

搬來了這樣久，我還是頭一次聽見別人稱讚我的公寓，我不禁有點虛榮起來，就說，可以呀，你就隨便參觀參觀吧！

爸爸依舊含蓄的笑笑，然後就往我的睡房的方向走去，看了看，然後指著那籐箱，說，這個可以讓我看看嗎？

我迎上前去，打開了那籐箱，說，這是祖父的遺物，你還記得嗎？不過昨天才從哥哥那裡運來的。

他的手指摸了摸那籐箱的蓋面，然後，我發現窗外的大雷雨剎那停了。他抬起了頭，說，可否把這個箱子讓給我？

我以為我聽錯了，問了聲，什麼？他則無言的笑笑，就整個人爬進了籐箱裡面，蓋起箱蓋，細聲的說，讓我們都回去祖國吧！

我還搞不清楚狀況，他已經消失在箱子裡面了。

怎麼會這樣？爸爸不見了！

我嚇得從沙發上彈了起來，心悸。文宏在我身邊看著我，說，妳怎麼了？

我定了定神，明白了過來，我做夢了。我說，文宏，我總覺得這籐箱很奇怪，我們不要把它留在家裡可以嗎？

文宏笑笑，說，這箱子還是看著妳長大的呢，妳現在卻嫌它古怪嗎？而且，妳哥哥還說要妳好好照顧它呢。

我覺得我再多說什麼都講不過他，就跳下了沙發，打開那籐箱，把裡面的東西全部都倒了出來，然後拖著那箱子往客廳去。文宏不解的站在後面問，妳在幹嘛？

我說，這東西我不放心，我們不能留它在家裡！

文宏說，不是說是祖父的遺物嗎？怎麼又說不放心呢？

我說，我不懂，就我剛才做了個夢，覺得這個東西不能留在我們家裡就是了。我隨即撥了電話給哥哥，他在電話另外一端哈哈大笑，說，拜託，爸爸在我們還是小孩子的時候就跑去森林裡了，怎麼又會回來呢？何況，妳現在住在大城市裡，離森林還很遠呢，放心啦！

我在電話一端嚷起來，說，可是那個夢我從來沒有做過，好像真的一樣，爸爸他，居然還是那麼年輕。我接著強調，說，我不管那麼多了，總之，我不想再收留這個怪箱子了！

放下電話後，我的視線就盯著那個箱子，突然很想哭。怎麼辦，我應該把它給誰保管呢？

我很努力地詢問我家附近的博物館願不願意收留這個籐箱，卻是博物館的負責人說，這看來是個很普通的東西嘛，博物館不收留這麼普通的東西。

我沮喪的又帶了那籐箱詢問古董店，卻是他們說，像這樣的東西我們店裡可多著呢。

實在沒有辦法了，我路過垃圾場，有了心要把它丟掉，可是，臨了卻又心軟地把它帶回家了。或許，是我想太多了吧！它也不過是個極為普通的尋常箱子罷了。我把它放在露台上，裡面堆了許多不要的舊報紙，蓋子上放了兩大盆栽。

傍晚的時候，文宏下班看見了這個箱子還在，臉上就堆滿了笑容。他說，妳看吧，最後妳也是捨不得吧！

他把我抱在懷中，細聲的說，這個家裡缺少太多東西了，來了個祖父的傳家寶就彷彿來了祖父，我們應該歡迎它的。

不曉得為什麼，我總覺得文宏已經深深喜歡上了那個籐箱似的。於是，我說，那麼我和那籐箱要你選擇一個，你會選擇誰呢？

文宏眨眨眼，說，不是吧，妳要和那沒有生命的箱子競爭嗎？

我說，不是這樣的，我總覺得你很喜歡它就是了。

文宏把頭抵在我的肩膀上，說，對呀，我覺得它能為我們家帶來什麼好東西呢！話後，他在我的耳畔輕輕的吹著氣，撫摸著我的下腹。

他脫掉褲子往我的身子壓的時候，我把頭偏了偏，眼睛正對著那籐箱看。有種奇怪的氣氛，彷彿有人在觀看我們性愛。我把手拍了拍文宏的臀，示意他停下來，可是他卻正起勁的抽動著他的身子，似乎無法停止他的動作。過了片刻，他停了下來，說，怎麼妳還沒有濕？

我把他壓著我的身子推開，站了起來穿上衣服，說，文宏，我不曉得怎麼回事，總覺得那箱子在偷看我們！

文宏無奈地看看那箱子，說，不是吧，它是沒有生命的呀！

他站起來拉起褲子，很煩躁的走去廚房喝水。我無力地坐在床沿，盯著那箱子看了看，再向著廚房喊話說，我們的房子真的太小了，真的太小了，無法收留它！

文宏也從廚房喊話回來說，那麼妳想怎麼樣呢？去找一間大的房子才能收留它嗎？

他走到我面前，繼續說，當初也是妳喜歡這樣小的公寓，我們才決定買下來的。

我點了點頭說，沒錯，當初是我喜歡的，可是當初並沒有那個箱子存在呀！

文宏頓時拉下臉來，說，妳是怎麼回事呀，把無生命的東西當作一回事的來討論嗎？

我說，既然你說它是沒有生命的，那麼為什麼你那麼重視它呢？

文宏拉了張椅子坐在我面前，說，我沒有那麼重視它喔，我是看在它是妳祖父的遺物才那麼珍惜它。如果妳不願意它在我們家待著，那麼我明天就去問問看有沒有人願意收留它吧！

他站了起來，走去露台把那兩盆栽移開，然後，打開箱子把裡面的舊報紙拿出來。我走到他身邊，捏了捏他的肩膀，說，我不曉得自己怎麼回事，就是無法對這個箱子放心。

我把頭靠在他的肩膀上，繼續說，你看看這個家，任何一物都充滿了我們的回憶，唯有這個箱子不是。

文宏轉頭看看我，說，我總覺得自從這箱子來到我們家之後，妳就怪怪的疑神疑鬼。如果是這樣，我們倒不如把它拿走算了。

經他這麼一說，我倒是覺得了自己的不妥，的確，最近的我總是心神恍惚，或許是因為這個箱子承載著太多過去的回憶，不論那回憶是愉快的還是不愉快的。

文宏第二天上班就把那個箱子載走了。不曉得他把那箱子送給了誰？我總覺得心裡很愧疚祖父。午後，哥哥來了電話，問說我和那箱子相處得如何了呢？我猶豫了片刻，對他說，我把它送給別人了。

哥哥在電話另一端不可置信的大聲喊說，什麼？送人？妳是哪條神經出了問題了呀？我說，我不知道怎麼回事，總之我對那藤箱毫無好感就是了。

哥哥接著在電話中發飆，說，妳對它沒有好感就可以送給別人了嗎？妳要知道那是我們祖父留下來的遺物，我們照顧它是我們的責任！

這下我可惱了，說，絕對沒有這種責任，絕對沒有！……哥哥在另一端插嘴，說，若早知道妳這樣不珍惜它，我就不會把它留給妳了！

對呀，我說，你為什麼不先問過我要不要那個箱子呢？你為什麼不先問問我！我氣得跺腳了。

哥哥在另一端頓了頓，然後說，這樣吧，妳去把那箱子給弄回來，然後寄還給我，我再想辦法怎麼處理它。

我放下電話立即撥給文宏，卻是他說已經把那箱子給了他上司了。那麼能不能要回來呢？我說。

文宏在電話另一端很為難的說，可是，已經給人了呀，總不能又出爾反爾的要回來吧？

我突然心情錯亂開來，一時之間也不曉得怎麼辦。

文宏嘆了嘆氣，說，如果真要拿回來的話，只好硬著臉皮去說說看了。

傍晚，我盼望著文宏回來，等著等著，居然睡著了。醒來的時候，面前就擺著那個箱子。我跳了起來，然後纏著文宏問說是怎樣把那東西弄回來的？文宏一臉無奈，說，以後請妳想清楚了再送人好嗎？妳不知道我那個上司是個多麼講求信任的人，而我居然把送給他的東西不過一個下午的時間又要回來了。

我抱著文宏的手臂，說，那麼你是怎樣和他說的呢？

文宏笑笑，說，就說我老婆要拿它回去呀，要不然，老婆要哭上一個晚上呀！

他摸了摸我的頭又說，現在拿回來了喔，可別再說丟掉它了喔！

啊，可是，我是要把它寄還給哥哥呀，我說。

什麼！文宏瞪大了眼看著我，說，不是吧！搞了大半天還是要把它寄還給妳哥哥呀！

他不可置信的看著我，而我則把頭低了又低，說，是我不好啦，我沒有把話講清楚就是了。

他搖了搖頭，說，我實在不明白妳才是，祖父的遺物也這樣踢來踢去的沒人要收留它，妳這樣做實在太荒唐了！話後，他逕自走去睡房留我一人與那籐箱獨處。

我不清楚哥哥是不是也對它有所抗拒才把它留給我，還是他真的只想留給我一份紀念物？我記得，小時候我並不會對這籐箱感覺抗拒，可是，在成長的歷程中，它漸漸的成了黑暗角落的主角，彷彿有什麼東西會躲在它裡面，然後跑出來嚇唬我一頓。我記得，祖父過世時，族裡把這個籐箱的監護權讓給了母，而母當時也是抗拒著這項義務。母說，它在夜裡會發光，彷彿住滿了上萬個不眠的魂魄。然後，母用磚塊把它壓得死死的，避免讓它開啟。裡面住著不安的東西，母說，我們絕對不要靠近它。

晚上，哥哥又打了電話過來，說，小妹，那籐箱拿回來了吧？

我說，是啊，拿回來了喔！

哥哥在另一端呼了口氣，說，那就好，妳把它託運給我吧，反正我已經找到堂弟收留它了。

我滿腹狐疑，說，怎麼你也是要把它送給別人呢？

哥哥則說，拜託，至少堂弟不是別人。

我沉默了片刻，問說，哥，你老實說來，那籐箱是不是有什麼古怪？要不然怎麼你也不要它而把它讓給別人？

哥哥在電話另一端安靜了下來，然後說，因為我不願再想起爸爸，也不想再提起祖父的行徑。

我握著電話的手開始微微的發抖，果然講起重點了。他繼續說，難道妳忘記了嗎？祖父過世後，爸爸從森林裡逃回家，整天就躲在那籐箱裡面，難道妳忘記了嗎？

對的，我完全忘記了，或許，是我不願意記得。那時候，母還很瘦，每天就往箱子裡邊丟進食物，像在籠子養著什麼動物似的。偶爾，母也會叫我照料照料箱子裡面的爸爸。母說，妳爸爸現在就住在那籐箱裡面，妳若看見妳爸爸跑出來記得把他壓回箱子裡，免得給警察撞見了！

我記得，夜裡，爸爸就在箱子裡面吹起笛子，然後，母就會坐在門檻上，看著夜空的大月亮。多麼的美麗，卻離我們那麼遠，母總是這樣說。妳的爸爸是個有理想的人，母說，妳爸爸是為了改變世界而被驅逐，進而無路可走才會跑進森林裡的。

我放下了電話，就一人坐在沙發上。文宏洗完澡，來到客廳看我呆坐著，就問說，怎麼了嗎？

我看看文宏，再看看那籐箱，說，那籐箱把我爸爸弄不見了！

妳爸爸居然也和這籐箱扯上關係？文宏一副茫然的問說。

我點點頭，說，他從森林裡跑出來，然後就一直住在這籐箱裡面，結果，有一天早上，我母發現他不見了。

怎麼可能？文宏說著話，還一邊打開了箱子往裡面探了探，然後又說，我看妳們實在太會想像了！

我突然覺得委屈，鼻子酸了起來，說，是真的，我母也這樣說！我母說，這箱子把爸爸送回祖國去了，可是，母每天還是煮了爸爸的食物，等待著這箱子把爸爸送回來，結果到了現在都沒有消息。

如果是這樣，我們不是更加要留住這箱子等待爸爸回來嗎？文宏說。

我看著文宏，說，你看過被槍斃的人嗎？

文宏搖搖頭，說，現實世界的，我還真的沒有見過。他頓了頓，又說，怎麼妳看過嗎？

我想了想，點了點頭，說，我的祖父就是被槍斃的。

文宏瞪大了眼，不可置信的說，怎麼祖父會被槍斃？

我說，我也不太清楚，就聽族裡的長輩說，是捉到了一隻怪獸卻把牠放回森林而被處決的。

文宏搖了搖頭，說，不是說祖父也是巡邏隊的一員嗎？怎麼會放走怪獸呢？

那天晚上，我又做夢回到了以前的新村。祖父一行人，從我面前路過，然後祖父說，快回家去，森林裡又有怪獸跑到新村來了！

四處都在打著鑼，家家戶戶都把門窗緊閉著。我來到我自己家裡，焦急的喊著我母還有哥哥，卻是屋子裡一點動靜也沒有，也沒有任何物品可供我藏身，除了那個籐箱。於是，我死命的往那個箱子裡躲，以為安全了，卻是突然籐箱被打開，怪獸的手伸了進來。我尖叫出聲，還拍打著手腳，結果看清楚了面前的怪獸卻是文宏。

啊，怎麼辦？我說，我不曉得我的決定對不對，我不曉得我該收留那籐箱還是把它寄還給哥哥？收留它，我又覺得渾身不自在，放棄它，我又覺得愧對祖父。

文宏在一邊輕撫著我，說，它不過是個尋常箱子，不要放那麼多心思在它上面好嗎？……我看看他，說，你不是之前也講它是祖父的傳家寶嗎？怎麼現在又說它是尋常箱子呀？

文宏撇撇嘴，說，沒錯，我之前是這樣說，可是我實在不想妳為了一個箱子而搞到精神錯亂。

次日，託運公司的人來到我家託運那個籐箱，文宏還為此事特別請了半天假在家裡陪著我。他們小心謹慎的把它裝進一個大木箱，然後包裝起來，抬進貨車。託運公司的員工冒著大汗，說，怎麼這個籐箱這樣重，裡面還是空的呢！

我和文宏對看了看，說，不會吧，我們都是一個人拎著它上下樓的呀！

兩位員工不可置信的對看一下，就拿出單據要我們簽名，我抬頭望向窗外，發現那天的天色很不錯，白雲疏疏落落的散開，然後，那輛貨車揚長而去。

怎麼了，又捨不得嗎？文宏在一旁勾著我的肩膀說。

也說不上什麼不捨得吧，我說，只是心裡有點忐忑，不曉得接著下來會發生什麼事？

文宏笑笑，說，妳剛才也聽見了吧，那兩個員工說怎麼籐箱那麼重？

或許，他們只想多賺些貨運費吧？我看了看天空，把頭靠在文宏的肩膀上。

過了幾天，哥哥來了電話說他已經收到那個籐箱了，可是，放在他家裡的第二天，那籐箱居然神祕的不見了。我握緊了電話，哥哥在電話另一端說，說也奇怪，因為太重了，所以就把它留在車庫裡，決定要在第二天約堂弟來搬，結果等到第二天，那籐箱已經失去蹤影了。哥哥接著說，要是說是進賊了，給賊偷走了，那有可能嗎？單偷一個空的舊籐箱，也沒有損失其他東西呢！

那麼你有報警嗎？我想了想，只能這麼說了。

哥哥在另一端笑笑，說，小妹，那不過是一個空的舊籐箱，妳要我怎樣去報警呀？也不會有警察無聊到去查這樣的事情吧？

可是，就這樣不見了，我總覺得不太好，我說，不如你開車去附近兜兜，可能它還沒有走遠！

這下哥哥忍不住大笑起來了，說，我說小妹，妳還真的是想像力豐富，妳是認為那箱子自己落跑了喔？

對，我確實覺得它是落跑了，而且義無反顧。

放下電話，我把事情向文宏陳述了一遍，他說，妳怎麼會覺得它落跑了？

我說，我不知道，就一種感覺。

文宏拍拍我，說，別想太多了，不見就不見了吧，我們焦慮也沒有用。

可是，我說，如果不是我拋棄它，它也不會消失了呀？

文宏笑笑，說，妳又那麼肯定它不會在我們這裡落跑喔！話後，他捏捏我，說，很夜了，快睡吧，別想太多。

或許，是我想太多了吧！可是，那夜，我還是做了個夢，夢裡月光忽隱忽現，然後，我看見祖父一個人提了那籐箱，在月光下，背向著我漸行漸遠。

祖父，祖父，我輕輕的叫著，然後，他停了停腳步，微微偏了偏身。

祖父，祖父，你要去哪裡？

祖父沒有回答我，只是放下了手上的籐箱，打開籐蓋，整個人往籐箱裡爬進去，再輕輕的合上蓋子，消失得無影無蹤。然後，不知哪來了一團霧氣蔓延開來，剎那的時光，那籐箱也跟著消失了。

——〈籐箱〉原載《星洲日報》「文藝春秋」副刊（二〇一〇年一月三十日與二月十日）。

【評析】填不滿的記憶空間

◎蘇穎欣

這是一則南洋華人家族簡史，以一個傳奇籐箱的命運展開敘述者「我」對家族的記憶重述。這樣的題材不算新穎，但敘述策略卻顯得複雜。「我」不知怎麼處置被哥哥託付的籐箱，總神經兮兮地要把這神祕的大箱子打發掉，卻透過籐箱透露的信息不斷重新拼湊起家族的記憶殘瓦。「我」先想起拖著籐箱到南洋的祖父形象，再來是兄妹倆和母親都曾躲進籐箱裡的畫面，到最後，她終於記起從森林逃回家的父親原來終日就躲在這籐箱裡頭，直到有一天父親突然憑空消失。

籐箱是個複雜的符號，它見證了「我」的祖父帶著父親從中國南來的經過，它的箱側貼著「我」從沒見過的祖母的照片，它帶來了祖輩下南洋的希望。後來，它是父親逃逸的隱蔽之所，母親曾告訴「我」：「妳若看見妳爸爸跑出來記得把他壓回箱子裡！免得給警察撞見了。」父親為了「改變世界」，逃入森林，最後只能被活生生壓在籐箱裡。再後來，籐箱被交託到「我」手上，「我」卻一直有不安的感覺，覺得那是個有生命的箱子，連和丈夫親密時都感覺到被它注視著。它變成一場無法擺脫的夢魘，怎麼填都填不滿。最後，祖父和父親似乎就這樣蓋起了箱蓋，回到「祖國」去了。

籐箱可能名叫「中國」，南洋的中國想像，中國的南洋想像，一直是馬華文學的命題。祖父和父親（下南洋的男性象徵）「回」中國，是無力卻又是最後的歸屬。下一代人的故事，是否仍無法擺脫籐箱的注視？還是，籐箱早就從記憶中抹去了？

張柏榗，一九七八年生於馬來西亞柔佛州峇株巴轄，吉隆坡中央藝術學院視覺藝術系畢業，現為營業代表，著有短篇小說集《世界灰塵史》（二〇一二）。

「已經是邊界了，為何軌道卻還在延伸？」在南方的終端，她倚在窗邊望著遠處的島國，拋出他無法回答的問題。

她個性內向，不多話，與生俱來的孤獨感常常令人錯覺她是那種孤芳自賞的類型。「不，不，我不是你想的那樣，我有時甚至好討厭自己。」他記得有一次將自己對她的看法婉轉的說出來後，她那樣回答說。他們的相遇竟然是因為彼此對自己感到嚴重的心理缺陷，想要從對方那裡得到安慰，最後可能落得更寂寞無奈的下場。

「軌道延伸至何處？」她又問。

「鄰國的火車站，因為這樣，火車得以開出，乘客離開封閉的島嶼，來到半島這裡，再北上，如果有那樣的班次的話，便可以到很遠很遠的地方尋夢去。」

「我不知道這樣好不好，總感覺怪怪的。」

他不明白她的話：「為什麼怪？」

「延續，連接，往來。」她說，「我覺得不解，不知有何意義，我還以為一座島嶼的守土方式是最完美的，也最安全。」他點點頭，她這句話的意思他倒是能理解。他記得她入睡時的樣子，總是背向他，或孤獨的面向牆，蜷縮起來，像在防備什麼似的。雖然同床共枕了，卻令他有不知怎麼靠近的感覺。她是獨生女，一直以來都把自己當成一座孤島，從小到大都沒有改變過這樣的想法。在蔚藍色的床單上，他想到海上兩座孤零零的離島那麼近同時那麼遠的對望著。兩個接觸後卻找不出任何交集的個體。他很想靠近她，希望兩個人的心能隨身體的緊密深入那樣，從而挽救多年來在他身上根深蒂固的寂寞。但是頹廢的他無論如何都建立不起信心，每次面對新的感情只有無力感，他感覺自己內心空蕩蕩的，沒有愛人的勇氣，注定失敗收場。他想起反覆讀著的那本叫《受傷千百次的男女》的小說——這樣的邂逅其實是雙倍的受傷經驗。

一年多以前他被現任老闆派到南方終端領軍開拓新市場，和幾個年紀更輕的小夥子到各個著名商場擺櫃檯推銷產品。「你在賣什麼產品？」有一次她問起，「我也不太清楚，感覺好像所有的產品都一樣！」他這麼回答。其實他已經很難去仔細辨別過去數年銷售生涯裡賣過的產品的差別。名目也許不同，但本質上都是一樣的東西。對消費者來說，越不實際，越可有可無的產品，他拿到的佣金則越高，賣出一套廚房鋼鍋的佣金遠比不上區區一個圍在腰部震動據說就可恢復苗條身材的新產品。賣賣賣，賣各種各樣新奇強攻市場的無聊玩意，賣到他內心空虛不已，賣到毫無良知卻還以為是良知，接著是把對生活的體悟和感受全都給出賣了。下班後回到宿舍他總是待在屋子裡哪裡也不去，頹廢的抽著菸，好累，好無聊的人生！二十五歲的年紀，在他老闆眼裡是：年輕就是本錢，你要敢去闖；對他而言，生活卻是每天早上硬支撐起床，掙扎著過日子，關於夢想、未來，全都是奢談。

那時每週都要回B城跟老闆彙報業務，慌亂車站裡的等待和兩個小時的快車車程竟然成了他難得歇息的機會。他總在重複讀著《受傷千百次的男女》，抽菸和回想快車公司櫃檯後那個手臂上有傷疤的女孩。很久沒有對某個女孩念念不忘了，可能是正在閱讀的書的關係，每次看到她手臂上的傷痕時，他竟然聯想到——受傷千百次的女孩。說的也是，來來往往車站兩個月了，女孩手上的傷痕好像從未好過。當他買票的時候，她低頭記錄，撕下車票，俐落的動作就像一次優美的示範。有時電話響，她暫時擱置手上賣票的工作，給櫃檯玻璃窗外的他比了一個等等的手勢，櫃檯內涼涼的空氣飄向他，他放任的看著她。平裝頭，瓜子臉，白皙的皮膚，兩隻手臂上的傷口有的痊癒了，旁邊卻又是新的傷口，圓形起泡猩紅的傷口，像某種皮膚病，斑點傷口一直往上延伸，被洗刷過很多次的白色T字衫覆蓋了。透過洗得變薄的衣服，他想像她瘦削傷痕累累的身體。不知為何，他突然有一種憐惜感，是慣常的對短髮女子形象的一種耽溺，還是和她真的有著天注定的緣分。注定要愛上陌生人？一種塵世蒼茫的孤獨和人生際遇的無奈。換班時，他看見她自櫃檯後門離開融入擁擠的人潮中，他上前自我介紹。「一起吃頓飯好嗎？」他對她說。他原以為她會拒絕，很意外的她答應了。就那樣他們很自然的開始了。

露天吃飯的地方依稀可以聽到遠方的晚禱。亮滿綠光還有許多五彩燈泡點綴的樹下，他們安靜的吃著晚餐。想起每天在斗室裡獨自啃飯盒，他其實滿感謝她的，雖然還是覺得二十五歲後的約會有點悲涼。大多時候他們始終維持著沉默，他很想說，如果一直這樣下去，就算結婚多年後還是對對方一無所知的。「對不起，我無法適當的表達自己，你知道嗎，以前在學校裡幾乎沒有死黨，一起吃飯的朋友來來去去就是那幾個，畢業後也不再見面了。」倒是她先招認了。原來她也是那麼的寂寞，難怪這麼容易就在一起。他告訴她不要勉強自己說話，就維持現在這樣的安靜。可是他有點感慨，他感覺自己漂移很遠後來到邊界竟然遇見另一個自己。其實，他這幾年不也是認定溝通無用了。

是的，他已經好多年沒和人好好聊天談心了，每天上班推銷公司的產品，然後基於工作的需要和顧客閒聊幾句，他常在轉身離去時忘記自己說過什麼話了。他是在去到社會上工作後，便逐漸喪失了用話語表達自己的能力。特別是從事銷售工作後，對自己說的話完全沒有了信心，都是空廢之詞，他幾乎不再和人溝通了。溝通毫無意義這想法究竟是上一次戀情結束後才開始出現的，還是早在自己年紀很小的時候，小到十二歲那年妹妹失蹤後，他失去了童年以來最重要的玩伴至親後就那樣認為了，其實已無從追究了。他這些年來根本不曾和誰交心，和女同事的戀曲總是無緣由的中斷結束。他認定自己再不能將心中的話送抵它想要抵達的地方了，他想人與人之間交流的緣分盡了，便開始撤退，退到他自己的邊界。那時，他無意間得到了一本叫《受傷千百次的男女》的小說，開始閱讀。他讀到他自己，孤獨城市中無數和他一樣遭遇的角色，無數的他在泥澤中苦苦掙扎，在陌生的世界裡尋求情感庇護，最後卻是遍體鱗傷。早就該一個人安安靜靜的過日子，以前他不知道，可是現在懂了，人是獨立的個體，要融入另一個人的心裡是多麼艱難的事，算了吧。在這之前，他完全沒有想過有一天會在南方終端之城生活，偏偏換過了幾份工竟然都是到處移動的市場開拓員，直到他抵達真正地理意義上的邊界。

他們彼此的話不多，他想既然都沒有什麼話題，這可能是第一次也是最後一次見面了。他告訴她晚餐時間他還在工作，以後只能一起吃消夜。她竟然還是點了點頭。她家在離城約十公里的住宅區，他聽見她說：「做這份工就是因為有提供宿舍，我可以不用回家住，以後也不會回去了。」細問之下他才知道她自出世以來就沒見過自己的親生爸爸，一直以來都是和媽媽還有媽媽的男朋友同住。「我不喜歡他。」指的是媽媽的男朋友吧？說完，她即深陷任他怎麼努力也沒法打救的沉默之井裡。她每天下班後就回宿舍，在小小的快車公司也沒法交到什麼朋友，都是些上了年紀的巴士司機和其他男職員，幾個好色者因為她頗為清秀的面孔和白皙的皮膚稍留意了她一下，卻因為她手臂上的傷疤和傷口而卻步了（令人聯想到有什麼「暗病」）。那真好，她心想，省卻了很多麻煩，但說實在的生活除了寂寞就沒有別的了。每天她在宿舍很早就關燈上床了，背著廣告牌光線，縮起身體閉上眼睛，聽著遠方車輛的咆哮聲，隔不久就有的警車或救傷車鳴聲，逐漸進入她每晚的例行公事——噩夢。

相識後他帶她上他的住處看夜色，「我想起香港電影裡的維多利亞港夜景。」她說，他很有同感。就在一個下雨的週末他說：「不要回宿舍了，一起看夜景吧！」夜雨的景色，很美，很淒涼，是一種永遠無法說服對方快樂的美。夜色籠罩陌生的城市，有時冷得很需要另一個人的體溫。那一晚，他和她睡了。剛開始他們只是互相擁吻，很悲涼的僅僅為了尋找生死存亡般重要的慰藉的擁抱和吻。但是最是生命交關的就越發激烈，他們誰也不想離開對方的體溫和濡濕的唇，最後他發現她正緊緊抱著他，如躲在他身下尋求保護般，他竟然是在她的引導下進入她，他還以為她是第一次，卻感覺到她迫切的期盼，直到聽到她喊痛，他正想抽離的時候，她卻緊抱著他：「不要離開。」接著是嚶嚶的啜泣聲。那是一場極度混亂的性愛，她幾乎是在痛苦中撐過去的，他一次又一次想要中斷，說：「不要再勉強自己了！」卻被她要求繼續，他真的好意外，完全沒想到她會有這般反應。隨著他單方面的結束，滿室急促的呼吸聲和呻吟聲突然中斷了，時間彷彿突然停頓了。她拉起被單覆蓋自己然後背向他蜷縮起來，看著被單下的人形，他感覺她在抽搐，但他不知她是否在哭，還是亢奮未止，接下來的安靜他不知她是否睡著了，還是累了？他也感覺好累。看著她臉上滿布的淚痕還有新剪的短髮，他突然聯想起妹妹的睡姿。睡覺比較容易出汗？他記得以前妹妹總會睡到滿頭汗，發出細碎的夢囈，他會用手幫妹妹擦去額頭上的汗，或把手放在妹妹身上安慰她，希望她不要受驚。他嘗試把手放在被單上她的肩膀處，換來一陣驚恍的顫抖，他連忙抽手，他認定她像足一隻受驚過度的小動物。這時他望向窗外，外面雷聲大作，是一場隨時會導致城市水災的大雨，他想起十二歲那年妹妹失蹤的晚上。

他記得很清楚，那晚他循例在媽媽沒有任何通知的情況下眼見時間已近晚上七時許，便帶著早餓壞了的妹妹出門到數街之遙的餐室買飯。拘謹的他雖然只有十二歲，但已經懂得照顧好妹妹，他從不讓妹妹一個人在家，在外也不會丟下妹妹讓她獨處。可是那晚的情況有點特殊，由於是雨天，茶室內的經濟飯檔口擠滿因塞車遲歸沒法下廚做飯的上班族，他和妹妹夾在人群裡，艱難的買飯選菜。一飯三菜的晚餐是他們一天之中最開心的時刻了，他會善用媽媽留下的買飯錢，要妹妹自己挑喜歡的菜，回到家兩個人對著電視一起享用晚餐。人群中，他向檔口阿伯接過裝了兩包飯的塑料袋，就在付完錢後，他發現妹妹不見了。剛剛還站在他身旁，只及他肩膀高的妹妹轉眼間就不見了。他慌忙的在人群中尋找，但怎麼找還是不見妹妹的蹤影。他哭著請求周遭的人，說：「我妹妹不見了，請幫幫我找妹妹！」大家忙碌了一陣到處尋人終究是一無所獲。後來現場的大人們幫他聯絡上媽媽，還協助他們到警局報案，他被大人折騰著帶來帶去，那時的他早已神情呆滯，槁木死灰了，他心裡有預感妹妹再也不會出現了。

小他一歲，一頭秀氣短髮的妹妹是他十二歲以前的人生裡唯一的溝通對象，父母離異，他們兄妹倆跟了媽媽。可是奔波於美容事業創業初期的媽媽加上剛交了新男朋友，忙碌之餘對這兩個孩子顯得有點兼顧不暇，有時好像還忘記了他們的存在。好長的一段日子裡都是他們兄妹倆在相依為命，妹妹失蹤後，是真正寂寞人生的開始。夜深人靜的時候，他總是在想究竟妹妹是被壞人拐帶了，還是自己走失了，會不會在下雨的暗夜裡不小心跌下路邊水漲的溝渠，被大水沖走了，不知她現在怎樣了，是否還活著？妹妹好可憐，他想著妹妹可能遇上的各種遭遇眼淚就流下來了，都是大人的錯！如果媽媽不丟下他們兄妹倆，他就不會失去妹妹了，才和爸爸離婚，那麼快就找到新的男朋友，媽媽只顧自己，還有那個不負責任的爸爸……就算過了很多很多年後他還是不能原諒大人，到社會上賺錢後的第一件事就是離開這個家。

他對著床上已經沉沉睡去的她輕輕呼喚了一聲：「妹！」

這幢大廈位於南方終端一個繁華的十字路口，房間的角度剛好可以看到半島的最後部分，海、橋和島嶼。雨停後他靠在窗邊看風景，一幅連接半島和島嶼的美麗夜色。夜更深後，霧開始籠罩，空氣變得很冷，心是空空洞洞的……

是那晚折騰的性愛令兩個人像受了傷似的，極需要漫長的睡眠來療傷，他醒來看見她正對著窗外城市抽菸，時間已經是第二天的傍晚了。竟然不吃不喝睡了那麼久，連生死糾纏的工作都可以不去。當她回頭望向床上的他時，「在想什麼？」他試著問，他有時不忍心她獨自在心情黯然中憔悴下去。「沒有什麼，我喜歡看晚霞。」在十三樓的窗口望出去，南方的城市淹沒在一片暗黃色的光海裡，像午睡醒來後的傷感：時光浮沉，塵世蒼茫，人生無以憑藉無以為靠。這是一個怎樣的南方，流動的城市，受傷的心，無望的明天。「很小的時候我就是這樣看黃昏的景色了，家裡只生我一個，我每次無聊時只能一個人看晚霞，直到現在。」她說。

「為什麼半島和島之間會有橋連接起來，有時我無法理解橋的意義。」她再次質疑。

「人類的生活需要交流，要不然與世隔絕很容易變得自閉的。」他說：「我們溝通好嗎，你說你不善和人說話，就從手機簡訊開始，一樣可以打出心形符號。」

送她回宿舍後隔日清晨醒來他收到她的手機簡訊：已經是邊界了，為何軌道還在延伸？那是她最念茲在茲的問題。是的，沒錯，歷經動盪的青春期，到繁華散盡的餘生歲月，他們竟然嘗試將通訊電纜伸向對方，會不會又是一場徒勞。

他回覆給她的第一封簡訊：因為我愛你。

是這句話，開始了他們穩定的交往，她其實並不太相信男人，相信愛情的，但是她還是想冒一次險。她還以為自己的故事就這樣平靜到老，也許在幾年後結婚生子，過著平凡的一生。卻在一次她到他那裡，他說滿身臭汗想洗個澡，等待之際她覺得無聊就隨手翻了他的書《受傷千百次的男女》。在她印象中他好像總是一個人靜靜在讀著這本書，她曾問起，他說是一本小說。她鮮少讀小說，所以一點也不感興趣的就此打住不再追問。她無意識的翻開中間頁數隨便讀起來：

「已經是邊界了，為何軌道卻還在延伸？」在南方的終端，她倚在窗邊望著遠處的島國，拋出他無法回答的問題。……

……

「軌道延伸至何處？」她又問。

「鄰國的火車站，因為這樣，火車得以開出，乘客離開封閉的島嶼，來到半島這裡，再北上，如果有那樣的班次的話，便可以到很遠很遠的地方尋夢去。」

「我不知道這樣好不好，總感覺怪怪的。」

天啊！這不是她和他說過的話嗎，怎麼會出現在小說裡。那是一個屬於〈邊界〉的章回，是眾多城市男男女女的故事之一，她繼續讀下去，情節就包括他們相遇的過程，她如今才知道他在對她表白之前就已經留意她很久了，她有點感動。她也知道了他的過去，例如他在十二歲那年失去妹妹後幾乎令他痛苦至今。她亦在小說中讀到她自己：每晚，她孤獨的待在宿舍房內，忍受心理痛苦的煎熬。每次只要一想起媽媽的男朋友闖入她房間趁她熟睡時掩住她的嘴巴強脫去她的衣物壓到她身上，她不斷反抗可是無能對抗男人的蠻力……，後來那男人好像嘗到了甜頭，而媽媽顯然是為了留住男人而縱容他，男人逐漸開啟她的慾望之門，演變成自己羞恥的需求，她恨死男人，恨死媽媽還有她自己……她常會蜷縮起身體面向牆壁哭到累極了睡著為止……有時她縮到牆角抽菸，再將紅騰騰的菸頭灼向自己的手臂，發出「嗞嗞」的聲音，痛得哭了出來。這種事她反覆做著，是這些痛挽救了她。她明白人生的痛苦叫她必須以痛制痛，讓肉體上的痛苦沖稀她內心的痛苦。所以她一次又一次將火紅的菸頭灼向自己雪白的手臂。

她甚至拿起他洗澡前隨手置於地板上的皮帶說：「用這個抽打我吧！」

天啊，為什麼會這樣？當她讀到這裡，淚水已經泉湧的流下來了。原來自己只是小說的一角，有著掙不脫的命運！每一次被閱讀時，她就必須經歷一次同樣的痛苦。

而窗外已開始了終端城市另一個孤獨的夜。這時他剛好從浴室走出來，她倏地把上衣脫了，拿起他洗澡前隨手置於地板上的皮帶說：「用這個抽打我吧！」

當皮帶抽向她粉白的背部時，她發出淒厲的叫喊，「再來！」她說。

——〈邊界〉原刊《星洲日報》「文藝春秋」副刊（二〇一〇年九月十二日），亦收入《一趟旅程》（吉隆坡：馬來西亞華文作家協會，二〇一二）。

【評析】

吞噬自己尾巴的蛇

◎黃錦樹

〈邊界〉是篇沒有未來的小說。

這篇篇幅不大的小說一開始營造了一對處於社會底層的男女，因同樣來自破碎的家庭、同屬「受傷的心」、同樣面對「無望的明天」而相濡以沫、相互取暖，順理成章的上了床，而後謎底揭曉——其實老練的讀者在謎底揭曉前，就可以隱約感覺到男女主人公之間有著結構性的互補對稱。男主人公受到的傷害是，相依為命的妹妹十二歲時失蹤，於是他的憂傷在於那空缺需要填補；而那同樣單親、長期受母親的男友性侵以致對性愛歡愉有強烈的羞恥感的女孩，無疑即是該空缺的具體化。反過來，雖然小說並沒有明敘她有一個失落的哥哥需要尋找，但從他們的鏡像認同看來，他也恰恰是她的空缺的具體化，於是亂倫成為一種宿命。

當他們結合，敘事就完成第一次的閉合。

可是在這第一次閉合完成的時候，它同時也完成了第二次的閉合。這第二次的閉合是她發現他們經歷過的、經歷著的，都是那本《受傷千百次的男女》的情節（這當然是後設小說的慣技，但也可以理解為原型母題的重演），他們原來不過是故事裡的角色，「有著掙不脫的命運。每一次被閱讀時，她就必須經歷一次同樣的痛苦。」而陷於古怪的受虐情境，一種絕望的宿命論合理化了黑暗的激情。兩度快速的閉合讓男女主人公沒有任何希望可言，而小說也只好快速的結束。

他們不只一開始就處於邊界，簡直就處於懸崖，而且很快就掉下去了。就小說來說，這是種危險的操作，就像一尾焦躁的蛇，因不耐飢餓而去吞噬自己的尾巴。然而看來，這像是一趟文體練習。

這位年輕作者的小說有一股怪異的、黑暗的激情，現在他自己面臨的挑戰是如何防止敘事過早的閉合。敘事會過早閉合，往往肇因於作者對小說懂得太多。向社會或歷史或哲學開啟是可能的活路。

羊水

黃瑋霜

黃瑋霜，一九八一年生於馬來西亞柔佛州永平，台灣國立東華大學創作與英語文學研究所藝術碩士，現為出版社編輯，著有長篇小說《母墟》（二〇一一）。

◎神祕隧道

在發夢的年歲，我這枚童稚懵懂的孩子，壓抑不了對外在世界的綺麗想像。我大部分時光都在古納鎮度過，曾經有過幾次出走，最遠也只是到鄰近的斗湖市。外面的世界是怎麼樣的呢？直到那年我剛滿十歲，兩星期後，爸媽偕同我遊歷那座詭祕迷幻的燕窩山，當時年幼的我深深認定，那就是世界中心的所在。

我攜帶飽滿的夢想，出發尋找心中澄澈溫暖的泉水。那個時候，我心底開始縈繞一抹神祕宛若預示般的聲音，冥冥中指引我往那座燕窩山尋幽探祕。

一個晴朗的清晨，溫煦的曦光穿透濃厚雲霧，遍灑在大地。點點微光在媽媽臉上跳躍滑動，久違的笑靨重新歸返她苦難的臉龐。爸爸煥發桀驁不馴的神采，使我彷彿得以跨越時間的迷障，覷見他年輕歲月裡飛揚穿梭於叢林蠻野的冒險歷程，那是我來不及參與的飄搖年代。爸爸僱請一位熟稔燕窩山路徑的卡達山杜順族中年男子，為我們領路，引領我們潛入神祕詭奇的大地寶藏。他多年來遊走於無數座巍然屹立的群山間，直到後來為謀生而帶領旅者深入山巒中。

我們由內陸出發，朝向蠻叢大林，直抵大森林的邊境，就可望見顫巍巍聳立的燕窩山，山頭的另一端面朝浪花激越澎湃的大海。我們穿越浮沉在灰濛濛濃霧裡的叢林，繁密蒼翠的林樹挺拔直立，汲取熠熠生輝的金黃色陽光，以迅雷的姿態滋長著衝向碧藍天空。我們身陷在幻影飄移的迷林，迷惑於無數庶幾相似的樹木和花卉蔓草，呼吸著遍野的濃郁花葉香和鬱鬱的潮濕氣味。那位杜順族男子悠遊其間，走在最前端，毫不費力為我們開路，我們循著他的指引，漫走在蜿蜒曲折的林葉小徑。我們越往前行，越無法尋回最初的路徑，彷彿先前的跋涉奔走不過是場塵世大夢。

我終於逮著機會探尋外面的世界。在這趟旅程中，偶爾泛起的莫名害怕若有似無地襲上我胸口。遠離了古納鎮和斗湖市，千變萬化的外在世界引起我前所未有的畏懼感受。無從知曉會有什麼冒險犯難的事在等著我們，那必然也是令人感到刺激興奮的經歷，我既惶恐又期盼。離開小鎮後，我發現小鎮以外處處是蠻野荒地和濃蔭的大森林，在密林裡偶有幾縷炊煙從長屋裊裊浮升。我赫然察覺自己與自然牽繫著一條無形的緊密關係。我們的行旅漫長且沒有退縮的餘地，只有繼續往前走，才能抵達最接近心臟的地方。每當我疲累得走不動時，我的耳邊又突然響起那股神祕飄忽的聲音，對我絮絮私語，勸誘我別就此放棄行進，要我打起精神來。它告訴我一個祕密：「路的盡頭，妳可以看見一張美麗的容顏。」我揣想著這個聲音從何而來，雖然它突兀地冒出聲，卻沒有使我感到顫慄，我把它視為一種神諭。那張臉長什麼模樣呢？我濃濃的好奇心對此萌生無窮的興趣，迫不及待想窺探這張無比神奇的臉。於是，不論遊蕩跋涉了多少遙遠的路途，我仍然奮力不懈地往前走。直到我們穿越了一大片蔓草叢生的原野後，終於來到燕窩山。

※

我們的面前，昂然聳立著一座雄渾巍然的岩山。這座燕窩山彷彿在開天闢地的古老時間已經矗立在這片叢林之中了。我們撥開飄浮在空氣和樹林之間的濃霧，佇立仰望著高山，朝山前進。

燕窩山滋長著蓊鬱、高矮不齊的樹木，茂密蒼翠的濃蔭枝葉升向天際。站在山底下往上望，始終看不見山頂和它的全貌。我無論從哪個角度凝視，也只能窺覷這座山的某個景象而已。我們爬過一些紊亂的岩石堆後，乍見掩埋在雜草亂葉中的灰色石頭階梯，綿延通向高聳且光禿禿的岩洞口。那是一個非常開闊巨大的洞穴入口，望進深處盡是烏漆抹黑，其難以探查的情狀足以挑起人們心底最深層的恐懼。我們無法準確察知何處是盡頭，輕輕扔進一塊小石子，噗咚噗咚響，山洞裡傳來層層疊疊的回聲，接著就滾落到某個陰暗混濁的洞穴深處。我感到毛骨悚然，又夾雜想探究的欲望，似乎有個輕飄模糊的聲音在催促著我，使我深深置信在這座山洞裡有什麼奇異的恩典等著我。杜順族男子和爸爸領在前面，為我們開路，媽媽牽著我，一步步踏上綿長的石頭階梯，直闖入燕窩山洞的核心地帶。

石頭階梯灰撲撲、硬綳綳，每踩上一階，我默數一次，踢踢踏踏，拾級而上的階梯宛似長出了腳丫子，輕快地跑起來。它跑，我也跑，不知是誰先跑起來的。它跑，我追……我跑，它追……我們不分彼此追逐起來，誰也不願讓誰獨佔鰲頭。它跑上前頭時，我趕緊加快步伐，越過它。踢踢踏踏，石頭階梯灰撲撲、硬綳綳，它的節奏就是我的節奏，我的節奏也是它的節奏，踢踢踏踏——噗咚噗咚——我喘起來，它喘起來。我跳躍，我飛奔起來，它也飛騰起來，像飄浮在雲端，我輕飄飄，風兒掠過我溫熱的身體。

轉瞬間，我瞧見橢圓形的山洞口啦！我探頭探腦、東張西望，瞪大著兩眼往黑壓壓暗沉沉的山洞瞧，噗咚噗咚，我心兒狂亂怦動，陰森森鬼魅似的。濃郁的氣味撲向我鼻縫，我擤了擤，吸吸簌簌。模模糊糊的聲音忽遠忽近，從哪個洞穴飄來，鼓震我耳膜，嗡嗡嗡，神祕地召喚我。我的靈魂蠢蠢欲動，胡亂竄流著，湧起直抵洞心的想望。是誰啊？快出來，不要再躲了。周圍迴盪山洞廊道呼呼的自然回音，過了好一會兒，響起一聲輕輕的嘆息。妳忘記了嗎？我就是妳。什麼？妳是我！妳究竟是誰？我是妳在黑暗世界裡遊蕩的影子。妳是我的影子？輕輕的嘆息聲又響起。我在這裡等妳很久了。妳在哪兒？我在妳心湖裡。心湖在哪裡？仔細傾聽妳內心的聲音，它自然指引妳找到我……「小心啊，不要跌倒了，要全神貫注，輕聲細語，別觸怒山神。」杜順族男子低沉地說，引領我們走入神祕黑暗的冗長隧道。那個聲音倏然消失。我的毛細孔豎立起來，黏答答的空氣粒子聚成一團薄膜包裹我全身，慢慢地融進這潮濕濃稠的洞穴裡。

山壁粗糙有稜角，冰涼如流水，觸電般迅速從我手掌心襲入體內。岩石地面散布枝葉泥土，越深入隧道路徑，枝葉越見稀少。在黑洞裡，白晝的光馬上被吞噬殆盡。瞬間，我彷彿目盲，看不清黑暗中的任何事物。我微微驚恐，寒毛顫慄，不自覺放大瞳孔，閉上或睜開眼睛都是一片黑茫茫。窸窣窸窣——卡答卡答——嗚嗚嗚——我在黑暗中晃動著身子，哪邊發出聲音，我就朝那方向移動，想辨識聲音的來源。許多聲音交疊混合，在山洞裡縈繞迴旋，奏出變化萬千的交響樂曲。它們是世上美妙天籟的聲音，感動我的耳朵，紓解我的感官知覺，淨化我的心靈。它們是地獄妖魅魍魎的聲音，挑逗我的耳朵，誘惑我的感官知覺，迷惑我的心靈。深層的黑暗在寬廣的圓弧空間裡漸漸稀釋消散，黑暗的濃度慢慢淡化，依次顯露出山洞中的自然形貌，山壁、洞頂和曲折迤邐的廊道。

媽媽牽著我往前走，她手掌傳來的溫度適時安撫我。杜順族男子將小手電筒傳遞給我們每人一支。我打開手電筒，照耀漆黑狹長的隧道。山壁和遍地嶙峋的岩石和石筍，洞頂垂下鐘乳石，地面凹凸不平，宛似神祕異境。爸爸和杜順族男子的身影在隧道裡鬼魅飄忽往洞頂蔓延，搖搖晃晃，在光影游移的洞穴裡忽隱忽現，切割成無數細碎的影子。我眼花撩亂，步履顛簸，爸爸的背影在深沉的洞穴隧道裡看起來英武而巨大，像拓荒前路的祖靈，將我拽進遙遠的年代。我們的祖靈飄洋過海，遠離故土，落腳在馬來半島的某處小鄉鎮，又輾轉追隨拓墾蠻荒的洪潮，遷徙前來婆羅洲沙巴的古納鎮，建立起自己的家園和種植園丘。我們歌頌祖靈開拓家園的艱辛和血淚故事，一代承續一代，不斷傳唱下去。我們湮遠的飄泊漫遊史在時間長河裡從不停歇，烽火連天、飢餓、貧窮、乾旱、流離失所、家園分崩離析……我們的祖靈抵達綿長的炎炎赤道，劃開南北半球的熱帶線往無邊的大海兩端蔓延開來。這熱帶國度是我們飄流停歇的居所，我們的祖靈在這塊蓊鬱蒼蒼的叢林綠地安身立命，精神的家園在午夜夢迴糾纏著祖靈們，念茲在茲何處才是靈魂真正棲息的所在。或許，一切又一切的懸念，終究只能化作一場遠逝的大夢。我承續了祖靈飄流漫遊的血脈，不停在小鎮遊蕩著、尋覓著，甚至出走到世界。

「妳終究要回到生命的最初。」影子說。

在黑暗的洞穴深處傳來一連串噪音般的卡答卡答聲響，在洞裡盤旋，形成無數的回聲。「那是雨燕發出的聲響。牠們靠回聲辨位，才能長期在黑暗裡尋路飛行。」杜順族男子向我們解釋這奇異的聲音。

雨燕群掀起的喧雜聲一波波灌滿我耳朵，卡答卡答——卡答卡答——我的耳裡縈繞著這短促又怪異的聲音。我戰戰兢兢深入光線朦朧的隧道，恍惚的靈魂彷彿被拽往更深層的路徑，卡答卡答——卡答卡答——雨燕勾起了它，在洞頂飛旋。我猛拍著胸脯，緊揪著心臟，深怕靈魂就這樣被攫走了。燕窩山的岩洞經受大自然風雨侵蝕，沒有人知曉一座座聳立在雨林裡的山洞，歷經多少時間和自然天候的暴虐，遂能形成我周遊的神祕景觀。「這是神明賜予我們的大地寶藏。」杜順族男子忽然出聲。雖然手電筒透出的微光能照見隧道和洞壁的情況，可是處在黑暗的洞穴裡一段時間後，似乎感到迷迷濛濛，開始頭昏腦脹。我揉揉雙眸，眨了眨眼睛，想揮去昏沉沉的倦意。我畢竟已經不像遠古的原始人類那樣習於生活在洞穴裡了，我們這些後世子孫早已脫離山洞的生活方式，尋覓其他的居所安身。前路迷茫如霧，阻礙不了我想繼續冒險犯難的決心，我隱隱約約感到這趟時光旅程將帶我歸返生命最初的地方。

杜順族男子忽然指著高聳的洞壁。滿壁的坑坑洞洞，像蜂窩巢似的，也有的鋪蓋一層墨綠色的青苔，彷彿綠地毯。卡答卡答——卡答卡答——雨燕群飛掠過我的頭頂上方，我有點害怕鳥糞會隨時掉在我頭髮和身上。雨燕在高遠的洞壁旋飛，來去自如；幼雨燕棲在洞壁和洞頂的茶杯形鳥巢內，發出呱噪的聲響。太暗了，我看不清牠們真正的模樣。光禿禿的石壁上散布著黑壓壓的蝙蝠，牠們看起來真的好像魔鬼的化身喔，與生俱來適合生存在黑暗的洞穴裡，一隻隻模樣醜怪的蝙蝠倒掛在石壁上，一動也不動，挺嚇人的。有一抹鬼魅般的人影站在高處，好像懸在半空中似的。我的心跳倏地慌亂起來，肩膀抖動著，以為見著了什麼可怕的鬼影。杜順族男子緩緩向我們解釋那些是採燕人，是他們祖先世代傳承下來的職務。洞壁可看出被人釘滿木墊，露出密密麻麻的痕跡，採燕人踩在一階階朝高處攀爬的木墊，用細長的木枝條採擷燕窩。他們赤裸著黧黑油亮的上身，只穿件短褲，冒著無法預料，甚至會粉身碎骨的危險攀上崎嶇不平的洞壁。雨燕生長於陰鬱潮濕的懸崖岩洞上，如果位於太高的地帶，採燕人在採摘時會用上竹梯子和繩子，捆綁搭建成木支架，再往上攀緣。直到他們攀上了燕窩築巢的地帶，需要打開照明燈，用一根長繩固定在岩石上，另一端捆綁在自己身上。他們在採摘前，會先用水噴濕燕窩，再用鏟刀鏟下它。他說，採燕人冒著很大的生命危險，只使用簡單的爬山壁工具，攀爬峻崖峭壁，進入布滿毒蛇蟲子的山洞裡採擷燕窩。他聽聞許多人有時一進入山洞就不再出來了，連屍骨都找不到。有的在懸崖峭壁間，用一條繩子垂吊攀爬，附在石壁間摘取燕窩，要承受烈日曝曬，還要抵抗群鳥侵襲，如果不幸颳來一陣強風，也許就會把繩子吹斷，然後墜落海中，失去蹤影。

我們繼續往前行，一路上滯悶的潮濕氣味散溢在狹窄冗長的彎曲隧道。不知走了多長時間，我們來到更深層的地帶，我心底隱隱泛起的害怕心理忽而竄升上來，又平復下去。

我們來到路口。

前方是顛倒的大梨子狀入口，不知道會通往什麼地方，杜順族男子說那裡是山洞中最神祕奇妙的境地。他的話挑起我濃濃的興致，會有多神祕奇妙啊，那不就是仙境了嗎？我馬上呵呵不可抑制地笑起來。我注視那個大梨子狀的洞口，看起來深長幽遠，黑漆漆暗沉沉的，究竟是怎樣的境地？

◎重生之巢

我們跟隨杜順族男子闖入巢洞，走過一小段陰暗的路徑，來到鳥巢穴形狀的空間。這裡像極鬼魂遊蕩棲息的地方。我覺得渾身不自在，周圍瀰漫陰森森的詭異氣氛，空氣悶熱凝滯，飄散難聞混濁的氣味。蝙蝠和雨燕身體散發熱氣，排出大量長期淤積的糞便。地面骯髒烏黑，我用手電筒一照，赫然是大片滑膩、厚重的鳥糞和蝙蝠糞。鳥糞發出一種阿摩尼亞的強烈刺鼻臭氣，我捂住鼻子，想趕快逃離這個巢洞。我的腦袋渾渾噩噩，沒有辦法好好思考。真是不可思議！這些惡臭熏天的糞便，在其他小動物和昆蟲世界裡卻是美好的食物。山洞裡隱藏著太多驚奇以及與生死存活有關的事了。鳥卵、雛鳥、有病或受傷的群鳥和蝙蝠的屍體隨時會從高聳的洞頂、洞壁掉下來，藏匿在洞穴暗黑處的黑色甲蟲、蟑螂和活生生的大蟲隻迅速竄出身影，在腐臭的屍物或糞便堆鑽來鑽去、爬來爬去。杜順族男子說，有蛇和黑鼠偶爾爬到黑暗的內部，咬噬這些腐爛的小動物屍體。無法在巢洞裡存活下來的蟲子，就變成了地面上腐臭的死屍蟲，牠們的體型看起來都好大隻。我嚇壞了，不停抓著媽媽，她不停安撫我。我覺得胃在翻騰，似乎想把什麼東西吐出來。杜順族男子見我一副慘白的模樣，馬上帶領我們遠離屍蟲與濁氣，來到比較乾爽的空地。

我深呼吸，情緒平復多了。我的影子彷彿消失了，身在這黑沉沉的巢洞，呼吸也變得輕柔微弱，我似乎感應不到它的存在。空氣變得乾燥，不見活生生蠕動的蟲隻。地面上鋪著風乾的鳥糞和蝙蝠糞。沒有風兒吹拂呼嘯，雨燕遍響的卡答卡答聲早已遠去，蝙蝠和燕群也不見了蹤影，像是沒有生靈存在的墓穴。杜順族男子悠悠吟唱起優美遠古的神聖歌曲，在陰冷闃寂的山洞裡呼呼回響，喚醒了四處飄遊的幽魂。我靜靜聆聽史詩般的往昔年月。最初，我們的祖靈居住在山洞裡，不畏風吹雨淋，以此作為天然屏障。山洞成為生靈的安全住所，也是死者安息埋葬的地方。史前人類的骨骸、粗糙原始的石器、貝塚、動物的骨殼：野豬、野鹿、犀牛、已滅絕的巨型穿山甲、猴……宛若巨大的生魂安棲之地。濃密蒼鬱的叢林大地上的原住民，幾千年來仍舊保留岩洞中埋葬死者的神祕祭禮儀式。我沿著斑駁的洞壁踽踽而行，洞壁上殘留鮮紅色的壁畫痕跡，那些破碎的色澤線條或許畫的是鳥、小船、歡舞的人形，以及湮遠年代裡人們生活的一切。

這個無比神聖的境地是死者的最後歸屬。杜順族男子談起他們族人的葬禮儀式。死者的遺體安放在棺木裡，由族人組成送葬的隊伍，扛著棺木，有人敲響大銅鑼，一路從長屋，穿越叢林，乘舟沿河向峻峭的山邁進。山洞口插著鮮豔的旗幟，用來嚇跑邪惡的精靈。送葬隊伍用兩根粗大結實的藤索將棺木沿巨大梯子拉拽而上，徐緩通達陰暗的洞口。我身處的這個巢洞幽靜多了，我們搜索了好一會兒也沒有發現任何棺木。這座燕窩洞被雨燕和蝙蝠侵佔為巢穴後，我想或許不復寧靜，在生靈遍地喧譁的境地，可能早已無法讓死者的幽魂得以永世安息吧！雖然沒有棺木，但這裡卻散發著鬼魅幽深的氣息，在洞壁的邊緣地帶遺留一些破碎不完整的古代中國的碗、陶罐、貝殼、琉璃珠，地面上有移動過的深長刮痕，彷彿有什麼物體曾在過去的某個時刻被搬動過，留給我無限的想像。杜順族男子邊引領我們遊走在奇異的山洞中，邊低聲喃唸他們族人的古老禱詞。我耳裡傾聽著哀悼如歌的字句，沉陷在安度鬼魂遠離世界的情景裡。祭禮儀式的老巫師低吟優美絕倫的禱詞，祈求死者入土為安，靈魂得到永世的解脫和安寧。他在棺木上方撐起一把傘，拿著籐棍朝棺木擊打，播撒米粒。幽魂跋涉過漫長黑暗的路，遊歷一切生前的悲喜苦難，最後跨越過一條暈眩焦慮的大橋，過渡到另一個夢幻世界，行過無數河谷，在路上飄遊，白晝黑夜，它們吶喊、哭泣或沉默無言，直到轉化為美麗的露珠。成千上萬顆晶瑩剔透的露珠從天而降，一縷縷靈魂棲息其中。水珠滾落一大片稻禾上，滋養了稻穀，幻為長串金黃的神聖稻靈，穿越生死的界限，抵達生命重生和延續的至高境界。

「路的盡頭，有一張美麗的容顏等著妳，快回到生命初始的境地吧！」影子的聲音在我心底輕輕旋繞。

我們拿著手電筒照亮整個山洞，躡手躡腳緩步前進，越往深處走去，山洞面積就變得更廣闊。暗黑褐色的洞壁閃爍著點點微光，光影在冗長寬大的洞壁上流動飄移，像風攪和了水流，在日光照耀下閃閃發亮，掀起圈圈漣漪。我凝止目光，痴迷望著似夢似幻的景象，以為來到了夢境。凹凸不平的洞頂滴落清涼透明的水珠，空氣中瀰漫水流浸潤岩石的潮濕氣息，有股奇特的氣味，我的呼吸彷彿也蘊含了這股味道。

岩石地面濕漉漉、滑溜溜。我們走了不遠，豁然開朗，抵達一個洞開偌大的渾圓天地。山洞口上方灑落光彩燦爛的光線，暈開無數圈斑斕綺麗的光圈。啊！我們的頭頂上方竟然是一整片蔚藍澄澈的天空。我驚嘆起來，雀躍萬分地蹦蹦跳跳，拚命指著天空，脫口說出一連串呱噪的話。我們站在宛如葫蘆般的露天圓弧狀洞口底下，仰望圓形的晴空，白雲輕輕拂過，數隻雨燕在天際洞口飛旋盤繞，烏黑醜陋的蝙蝠或飛掠過天際或倒掛在山壁間。沒有噁心腐臭的蟲屍，地面鋪滿高低不平的石塊，腳踩在石塊上，冰涼感馬上襲來，竄升到腦際。我目不轉睛凝視變幻無窮的奇幻畫面。陽光投射在凹凸不平的山壁間，映照出繽紛的色澤和光輝，七彩的顏色在山壁間飄來晃去，就像天真活潑的孩子隨處漫遊。

我沉醉在這奇異美妙的景象裡，遺忘時間的流逝，那瞬間忘卻了自己身在何處。倏地，我的耳朵灌滿轟隆隆的聲響，不知是從山洞的哪一個方向發出來的。從微微的輕顫，嗚嗚嗚——嗚嗚嗚——聽起來像有人在山洞中低聲啜泣的聲音，又像是風灌入山洞發出的特殊回音；直到輕顫聲逐漸變大，層層疊疊轉化為轟隆隆的聲響，我感到這整座燕窩山洞正在持續發生變化。轟隆隆——轟隆隆——彷彿從山洞地底深處緩慢層疊地傳遞上來，雷鳴般的鑼鼓聲咚咚咚，睡眠似的，麻痺似的，噗咚噗咚——噗咚噗咚——我的心跳聲也變得和山洞中的聲響一致，相融在大自然中。整座燕窩山洞撼動天地，宛若回歸母體的胎動般，我包覆在天然母體內裡，心臟怦怦跳躍，跟著翻天覆地，掀起驚濤駭浪。我躲進媽媽的懷抱，感受她和我一樣的心跳聲，她溫暖的體溫暖和我冰冷的身體，消融我滿滿的害怕。她清香的氣息包圍我，安撫我惶恐的情緒。

杜順族男子說：「山神在召喚我們啊！」我們跟隨他的動作，靜默地祈禱。

淙淙水流在我耳邊旋繞，如歌如詩。周圍的空氣清涼起來，潔淨的水氣洗滌這夢境般的天地，透明的氣泡瀰漫整座渾圓的山洞。我陷在溫暖的水氣團裡，靈魂變得輕飄飄，似乎擁有了殊異的神奇能力，只要從原地往空中跳躍，就能輕而易舉飛躍起來，像一尾魚，悠然自得地擺晃魚鰭，在水中游來游去。我聞到水氣的味道，呼喊出聲：「一定有水！」我離開媽媽的懷抱，歡欣喜悅的氛圍佔據我胸口，我興奮萬分，手舞足蹈，沿著山洞內汩汩流動的小溪流尋索水源。生活在古納鎮的日子，我飲用含有沙土顆粒的雨水，日常洗澡使用骯髒的湖、河水，我總覺得身體髒兮兮。我深深相信這裡一定有無比乾淨的水。我沿小溪流走，撫摸從洞壁頂端蜿蜒滑落的水紋，汲取水滴，淺嘗，舌尖留存香甜味，蘊含沁人心脾的涼意。

忽然，我看到一泓波光粼粼的清澈湖水。哇！這兒的水多麼清澈、多麼澄淨，宛如明亮平滑的大圓鏡。我奔跑過去，湊近湖邊。沒有綠色的浮萍，沒有浮游生物，沒有蜻蜓和蒼蠅飛舞，更沒有巨大蜥蜴浮在湖水中。湖裡只有奇異的魚兒在水中暢游。湖面平靜無波，周圍漫起水霧，我撥開霧氣，緩緩走到湖邊，蹲下來。杜順族男子和爸媽也跟隨而來，站在湖畔。露天洞頂灑落金黃色的陽光，投射在湖上，閃爍著這世界上所有生命的光輝。在那個繁花錦簇，萬物初始的國度，我同其他擁有相似命運的祖靈和同伴一樣，一旦誕生在這個世界，我們就背負了永遠飄流的命運，身上烙下預言般的胎記。這是上天賜予我們的試煉，一生不停息地飄泊，只為追尋靈魂的原鄉，直到死亡將我們帶離這場循環的苦難。我在幻覺中躍入湖水，彷彿潛泳在遠古浩瀚的大海，環繞蒼蒼鬱鬱的原始大叢林，野生動物奔騰，繁複多樣的植物生態，萬物循環不息。

恍惚間，我看見一張稚氣無瑕的臉龐，那是我的臉。我跋涉過漫長的黑暗旅程，終於找到我的影子，它一直留在我未降生前那塊閃耀著金黃色光芒，充滿溫暖的羊水之地。

——〈羊水〉收入《母墟》（台北：寶瓶出版社；八打靈再也：有人出版社，二〇一一），原文稍長，經作者縮短。

【評析】

雨林與重生

◎高嘉謙

本篇小說擷取自黃瑋霜《母墟》（二〇一一）一書的最後一章的最後兩節，處理一個尋找和歸返的雨林經驗。原書收錄的標題是〈分娩月　羊水〉，對應書中以月份的排序來標示一個懷孕週期，作者藉由孕育、分娩，以致重生的寓意，突出了寫作本身，以及故事發生的年代，回到作者童年的生命起點。如同大部分的寫作者，總有繞不過的童年，及其人事、自然經驗並存和產生故事的城鎮。作者童年成長的古納鎮（Kunak），位處沙巴州西南部。那是鄰近雨林和海岸的小鎮，在素樸、貧瘠，緩慢的生活節奏裡，有著作者接觸和認知世界的原生經驗。尤其作者經由寫作希望回歸「童年的母地」，小說的設計以敘事者循著原住民步伐最終尋覓和走入燕窩山的巢洞，在洞穴內窺探山神的召喚，祖靈的歸宿，以及湖水的鏡像對照。一個子宮羊水破出的寓意再清晰不過，投射了作者以雨林的大自然和土地為母墟，那是孕育個人成長的體驗，卻同時是作者藉「重生」的寫作，召喚自我的認同。

作者是東馬小說家李永平在花蓮東華大學時期的學生，李永平的長篇小說《大河盡頭》（二〇〇八—二〇一〇）也講了一個少年溯流和歸返雨林的重生故事。儘管兩位作者的原鄉分處東馬版圖的南北兩端，但婆羅洲雨林再次驗證了作家寫作的原初激情。

值得一提的是，那個孕育黃瑋霜純真年代的古納鎮，平靜且乏人聞問的所在，卻在二〇一三年三月二日成了世界新聞的焦點。一群喬裝成平民的菲律賓蘇祿軍從古納縣漫長的海岸線登陸，展開他們追討祖宗對沙巴土地所有權的武裝鬥爭。外來者的入侵，意外讓平靜的小鎮變得風聲鶴唳，草木皆兵，成為軍警封鎖、追剿入侵者的根據地。這個小鎮頓時成了兩軍交火的現場，外來者、在地人與豐沃的雨林大地，那將會是另一個故事的現場和起點。

【編後】

這批麒麟那批斑馬

——寫在馬華當代小說編選之後

張錦忠（國立中山大學外文系副教授）

故事，是這樣開始的。

一九九八年，黃錦樹編《一水天涯——馬華當代小說選》在台灣出版，收入一九八七至一九九六年之間的馬來西亞華語語系小說九篇，封底的文案說明是：「本書是台灣出版的第一本馬華當代小說選集」。從一九六二年張子深（即小說家張寒）在台灣出版「第一本在台馬華小說集」《夢裡的微笑》算起，到一九九八年，已有三十六年之久了。張子深在留學台灣期間，曾獲得中華民國教育部主辦一九六一年全國大專文藝創作比賽小說冠軍，是馬華文學在台灣獲得文學獎的先驅。在張子深之後，「在台馬華文學」的出版品多為詩集（如一九六三年出版的黃懷雲詩集《流雲的夢》與劉祺裕詩集《季節病》；黃、劉二人為一九六〇年代初留台馬華詩人），分別在六、七〇年代成立的星座詩社與神州詩社即出版詩集多部，儘管神州諸人也出版其他文類作品。在台馬華小說聲勢大振，是在商晚筠、李永平、張貴興、潘雨桐等人先後獲得《中國時報》與《聯合報》的文學獎之後的事了。《一水天涯——馬華當代小說選》出版時，四人皆有作品收入，但彼時距離台灣文壇的「文學獎時代」，也有二十餘年了。時移世易，李、張落籍寶島，商、潘歸返馬來半島；商晚筠已於一九九五年名登錄鬼簿。

到了二〇〇四年秋，黃錦樹和我合編的《別再提起——馬華當代小說選（1997-2003）》由麥田出版公司推出，已是《一水天涯》面世六年後的事了。那年夏天，我在加拿大渥太華給《別再提起》寫序，收到錦樹電郵，他預約了二〇一〇年為下一本馬華小說選的出版日期。歲月如神偷，二〇一〇年，當然早已過去了，「台灣出版的第三本馬華當代小說選集」並沒有如期出版。那六年間，台灣社會歷經各種政經變動，學界更是面臨「五年五百億」的「頂尖大潮」，高等教育生態丕變，我們雖非弄潮兒，也非逆浪者，但也難免在波濤洶湧間浮沉。那些年，我們繼續論述馬華文學，試圖將馬華小說納入各種當代論述脈絡，以歷史化和理論化馬華文學，同時繼續關心、觀察馬華文學在台與在馬的創作表現。

在台灣文學場域，文學獎早已神話不再，儘管得獎同鄉依然不少，但大概已不能說那是馬華當代小說家的搖籃了；完全新人得獎者不多，以小說書寫為志業者畢竟還得靠自己磨練技藝。但是，二〇〇四年之後，黃錦樹的《土與火》（二〇〇五）、梁亨的《最美的東西》（二〇〇五）、龔萬輝的《隔壁的房間》（二〇〇六）、陳志鴻的《腿》（二〇〇六）、李天葆的《盛世天光》（二〇〇六）與《綺羅香》（二〇一〇）、李永平的《大河盡頭：溯流》（二〇〇八）與《大河盡頭：山》（二〇一〇）、黎紫書的《簡寫》（二〇〇九）、《無巧不成書》（二〇一〇）、《告別的年代》（二〇一〇）與《野菩薩》（二〇一一）、黃瑋霜的《母墟》（二〇一一）、賀淑芳的《迷宮毯子》（二〇一二）、曾翎龍的《在逃詩人》（二〇一二）等長短篇小說集陸續在台灣出版，尤其是近三年，成果顯然不差，麒麟斑馬跑跑跳跳，就算不是豐收，至少不能說歉收了。去年《短篇小說》雜誌創刊，第二期即刊出兩篇馬華小說家的亮麗之作，頗為振奮人心。因此，去年秋天，黃錦樹旅日歸來，再次提起編本馬華當代小說選集的想法，我欣然附議。誠然，這個時候落實小說選集的可能性，遠比幾年前（是二〇一〇年嗎？）我動念問他時強多了。

於是有了這本《故事總要開始》。

《一水天涯》由九歌出版，《別再提起》由麥田出版，「台灣出版的第三本馬華當代小說選集」《故事總要開始》則由寶瓶出版，其實不無傳承意義。一九九〇年代下半葉，九歌出版社連續出版了黃錦樹、鍾怡雯、陳大為的幾部作品，可能是那個年頭在台馬華文學的最重要贊助者（其次是文史哲出版社與三民書局；這兩年則有秀威／釀出版社共襄盛舉）。彼時黃錦樹對文學史、典律、選集、大系的議題頗為關注，頻頻撰文發難，頗引起馬華文壇一些回響。黃錦樹的編輯選集構想獲得九歌出版人蔡文甫與編輯陳素芳的善意回應，於是才有了作為時報版《世界中文小說選》（一九八七）中的「馬來西亞卷」（姚拓、馬崙、李錦宗編）「續編」的《一水天涯》。到了新千禧年的二〇〇〇年代，麥田文化則出版了黃錦樹、黎紫書、張貴興、李永平、潘雨桐、李天葆、鍾怡雯、陳大為的創作以及錦樹和我的論述集，哈佛大學東亞語言與文明系王德威教授與吳惠貞、林秀梅、胡金倫等幾位現任或前任麥田出版社編者對馬華文學的厚愛自不在話下。對我而言，他們簡直是在台馬華文學的「麥田捕手」。更難能可貴的是，在文學生意不景氣的年代（我也不知道文學生意什麼時候景氣過），麥田還是出版了後來書肆

「湖面如鏡」的《別再提起》，盛情令人感動。近年來寶瓶文化則出版了龔萬輝、黎紫書、黃瑋霜、賀淑芳、曾翎龍等馬華青年才俊的散文與小說集，黃錦樹與駱以軍在台灣外交界的LP風波後「巧立名目」編選的「LP小說集」《媲美貓的發情》也由寶瓶勇敢推出，裡頭自不乏馬華小說，包括我自己的一篇「命題作文」。既然這個Island系列包括了許多馬華作家的書，接棒出版一本寶瓶版的馬華當代小說選集也是順理成章的事。

《一水天涯》出版於一九九八年，迄今十四年，入選前兩本馬華當代小說集的小說家十六人當中，商晚筠、雨川、宋子衡三人經已先後辭世，其餘十三人裡頭，僅有黃錦樹與黎紫書依然現身第三本馬華當代小說選集《故事總要開始》。而《別再提起》的十三人當中，也只有黃錦樹、黎紫書、梁靖芬、賀淑芳四人還被收入《故事總要開始》，薪火相傳般延續著「我們的當代」——借用黃錦樹的話。《一水天涯》收入的是一九八七年至一九九六年間的馬華小說，原本打算收入小黑的短篇〈十月二十七的文學紀實及其他〉。這篇國族寓言小說書寫一九八七年茅草事件，記錄了馬哈迪時代的那個歷史時刻，是馬華小說很好的時間座標，但是小黑並未同意編者收入，故只有「存目」。從一九八〇年代末到二〇一二年，黃錦樹、黎紫書的小說創作生涯，也有二十餘年，不可謂不長了，而《別再提起》所收小說的起始年限為一九九七年，即英國殖民主義在香港降旗的那一年，到了二〇一二年，也有十五年了，賀淑芳與梁靖芬還在持續創作，也頗受文學獎肯定，看來日後還大有可為呢。

《一水天涯》與《別再提起》裡頭其他沒有在《故事總要開始》中延續「我們的當代」的小說作者，如前輩潘雨桐，已退休返鄉多年，近年未見小說發表，張貴興的新書《祖母沙龍》

今年初剛出版，收入舊作多篇，新作蓄勢待發。李永平在二〇一〇年出版了大河小說《大河盡頭》下卷，繼續書寫他的婆羅洲三部曲第三卷，但是作品跨過台灣海峽，實踐了黃錦樹當年所期待的「重登中原戰場」，不過同時也盡情表露貌似壓抑多年的大中華或「祖國」情結。黃錦樹認為他是「錯位的歸返者」，我則以為我們這位離散在台馬華小說的師長輩是在尋找失落的父之名／父之土，一旦尋獲難免要向世人告白。李天葆當然還在創作不懈，也是當代的重要馬華小說作者，但是當年黃錦樹、莊華興與我合編《回到馬來亞——華馬小說七十年》（二〇〇八）時，他已強烈表示不願被收入，我們當然尊重他的意見。其他四人，廖宏強與林春美一行醫一治學，這幾年較多書寫散文與隨筆，李開璇與楊錦揚則持續創作小說，李開璇在二〇〇八年出版了以青少年為題材的小說集《紅塵中的新花園》，可惜沒有獲得更多關注，顯然馬華文學批評仍然相當欠缺，當年錦樹在《別再提起》後序中說「所幸馬華文學的批評體制漸趨成熟」顯然還是溢美之詞。

於是除了黃錦樹、黎紫書、賀淑芳與梁靖芬之外，《故事總要開始》所選錄另十一人當中，「新人」竟有冼文光、翁弦尉（許維賢）、龔萬輝、曾翎龍、陳志鴻、吳道順、張柏榗與黃瑋霜八人之多，而且除了吳道順，這批年輕有為的麒麟斑馬都已是至少一本書的作者了。十一人中的另外三人——溫祥英、洪泉與丁雲——則是馬華文壇老將，在小說界早已有其位置。溫祥英出道甚早，在六〇年代即已成名，是北馬棕櫚出版社的健將；洪泉在八〇年代初崛起，兩人筆力遒勁，斷斷續續耕耘迄今；丁雲與翁弦尉一樣，移居新加坡之後，已是「在星馬華文學」的代表。這本選集可謂老將新秀匯聚一堂。難怪黃錦樹在小說名單初步擬定之後傳來樂觀的臉書訊息說，下一本小說選的年代限度應該可以縮短到五年以內——彷彿在預言下一輪盛世光年。這個目標固然距離「年度」或「雙年」小說選還頗遙遠，但已真的可以算是「一種進步」了。不過，五年之後，果真還有下一本「馬華小說選」的話，編者應該不是我們了。

錦樹與我後來也邀請黃俊麟加入《故事總要開始》的編者陣容，因此這本選集也可視為在台與在馬的馬華文學共圖或共謀——那是我許多年前用來翻譯"common pursuit"一詞的說法。黃俊麟也是小說集《咪搞蒙古女郎》的作者，在本書編輯過程中，提供不少意見，或偏見，沒有他我們也難為無米之炊。忘了去年還是前年我跟黃俊麟及曾翎龍提過，有人出版社不妨策劃出版馬華小說雙年或更多年度選集，以盡點傳播文學與文化的責任與意義，可惜後來沒有成事。平心而論，馬華小說選集在「境外營運」固然有其跨國越界的流動意義，但是產品在市場的翻轉可能就沒那麼快速，畢竟台灣讀者對選集裡頭的麒麟斑馬未必熟悉或感興趣，搞不清是白底黑紋或黑底白紋，搞不清熱帶雨林究竟有沒有斑馬麒麟——這一次可能是例外。黎紫書、賀淑芳、龔萬輝、陳志鴻都頗有一些台灣粉絲。另一方面，馬華出版界也有義務與責任以選集的方式為「我們的當代」保存檔案、建構典律、銘刻記憶，書寫——或反書寫——「**我們的文學史**」。這，也是我們對同鄉的一種期許吧。

是的，故事開始之後，總得繼續講下去。

《故事總要開始》延續《別再提起》的編輯方式，每篇小說搭配一則短評。山烏有十三種觀看的方式，文本當然不止一種詮釋途徑。評析也僅是提供讀者一個與文本對話的起點，要走出迷津還得靠自己尋路。除了兩位編者之外，參與評析者為高嘉謙、張斯翔、蘇穎欣與賀淑芳。四人都具有留台背景，高嘉謙留台多年，現在台灣大學任教，頗致力於研究與推廣馬華文學，斯翔畢業後返馬，秋天將再來台攻博，穎欣與淑芳目前還在新加坡南洋理工大學念博士班。

這本馬華當代小說選集在台灣出版，要特別感謝寶瓶出版社總編輯朱亞君與編輯禹鐘月。

——於二〇一三年二月一日，高雄左營

國家圖書館預行編目資料

故事總要開始——馬華當代小說選（2004-2012）
／張錦忠，黃錦樹，黃俊麟主編
--初版．--臺北市：寶瓶文化，2013.08
面；　公分．--（Island；206）

ISBN 978-986-5896-36-2（平裝）

868.757　　　　102013030

Island 206
故事總要開始——馬華當代小說選（2004-2012）

編者／張錦忠・黃錦樹・黃俊麟

發行人／張寶琴
社長兼總編輯／朱亞君
主編／張純玲・簡伊玲
編輯／禹鐘月・賴逸娟
美術主編／林慧雯
校對／禹鐘月・陳佩伶・吳美滿・張錦忠・黃錦樹
企劃副理／蘇靜玲
業務經理／盧金城
財務主任／歐素琪　業務助理／林裕翔
出版者／寶瓶文化事業有限公司
地址／台北市110信義區基隆路一段180號8樓
電話／(02) 27494988　傳真／(02) 27495072
郵政劃撥／19446403　寶瓶文化事業有限公司
印刷廠／世和印製企業有限公司
總經銷／大和書報圖書股份有限公司　電話／(02) 89902588
地址／台北縣五股工業區五工五路2號　傳真／(02) 22997900
E-mail／aquarius@udngroup.com

法律顧問／理律法律事務所陳長文律師、蔣大中律師
如有破損或裝訂錯誤，請寄回本公司更換
著作完成日期／二〇一三年五月
初版一刷日期／二〇一三年八月七日

ISBN／978-986-5896-36-2
定價／三〇〇元

AQUARIUS 寶瓶 文化事業

愛書人卡

感謝您熱心的為我們填寫，
對您的意見，我們會認真的加以參考，
希望寶瓶文化推出的每一本書，都能得到您的肯定與永遠的支持。

系列：Island206　**書名：故事總要開始**——馬華當代小說選（2004-2012）

1. 姓名：＿＿＿＿＿＿＿＿　性別：□男　□女

2. 生日：＿＿＿年＿＿＿月＿＿＿日

3. 教育程度：□大學以上　□大學　□專科　□高中、高職　□高中職以下

4. 職業：＿＿＿＿＿＿＿＿

5. 聯絡地址：＿＿＿＿＿＿＿＿＿＿＿＿＿＿＿＿＿＿＿＿

   聯絡電話：＿＿＿＿＿＿＿＿　手機：＿＿＿＿＿＿＿＿

6. E-mail信箱：＿＿＿＿＿＿＿＿＿＿＿＿＿＿＿＿

   □同意　□不同意　免費獲得寶瓶文化叢書訊息

7. 購買日期：＿＿＿ 年 ＿＿＿ 月 ＿＿＿日

8. 您得知本書的管道：□報紙／雜誌　□電視／電台　□親友介紹　□逛書店　□網路
   □傳單／海報　□廣告　□其他

9. 您在哪裡買到本書：□書店，店名＿＿＿＿＿＿　□劃撥　□現場活動　□贈書
   □網路購書，網站名稱：＿＿＿＿＿＿＿＿　□其他＿＿＿＿＿＿

10. 對本書的建議：（請填代號　1. 滿意　2. 尚可　3. 再改進，請提供意見）

    內容：＿＿＿＿＿＿＿＿＿＿＿＿

    封面：＿＿＿＿＿＿＿＿＿＿＿＿

    編排：＿＿＿＿＿＿＿＿＿＿＿＿

    其他：＿＿＿＿＿＿＿＿＿＿＿＿

    綜合意見：＿＿＿＿＿＿＿＿＿＿＿＿＿＿＿＿＿＿＿＿＿＿＿＿

11. 希望我們未來出版哪一類的書籍：＿＿＿＿＿＿＿＿＿＿＿＿＿＿＿＿

讓文字與書寫的聲音大鳴大放

寶瓶文化事業有限公司

（請沿此虛線剪下）

廣　告　回　函
北區郵政管理局登記
證北台字15345號
免貼郵票

寶瓶文化事業有限公司　收

110台北市信義區基隆路一段180號8樓

8F,180 KEELUNG RD.,SEC.1,

TAIPEI.(110)TAIWAN R.O.C.

（請沿虛線對折後寄回，謝謝）